EIN STÖRENFRIED ZUM VERLIEBEN

KYLIE GILMORE

Ein Störenfried zum Verlieben: © 2017 by Kylie Gilmore
First Edition July 2018
Coverdesign von Kim Killion
Publiziert durch: Extra Fancy Books
Übersetzung: Anna Drago

ISBN-10: 1-942238-64-9
ISBN-13: 978-1-942238-64-5

Kapitel Eins

Ally Bloom betrat den Saal, in dem das Treffen ihres Abschlussjahrgangs an der Uni stattfand, sah sich nach ihrer verlorenen Liebe um und bereitete sich auf die Erlösung vor.

Wo zum Henker ist er? Sie sah sich in dem riesigen Ballsaal des Hotels nach ihm um, fand ihn jedoch nicht. Zahllose Männer und Frauen Mitte zwanzig bis Anfang dreißig in Cocktailkleidern und Anzügen unterhielten sich über die „gute alte Zeit" an der UConn (University of Connecticut), als wäre der Abschluss schon ewig her und nicht erst vier Jahre.

Zeig dich, Mann meiner Träume. Sie und Dean hatten den ganzen letzten Monat SMS ausgetauscht, und nachdem er gesagt hatte, dass er es nicht erwarten könne, sie beim Treffen wiederzusehen, war der Ton seiner Nachrichten immer flirtender geworden, und er hatte sie „meine Schöne" genannt und als „umwerfend" bezeichnet. *Bring deine Tanzschuhe mit, meine Schöne.* Es fühlte sich an wie der Auftakt zu einem neuen Anfang.

Betont lässig ging sie am Rand der Tanzfläche entlang in der Hoffnung, die Gegenwart ihres großen, dunklen, attraktiven Mannes zu spüren, um ihre Liebe neu entfachen zu können. Die Anziehung würde sie zusammenführen wie das Licht die Motten, wenn auch mit weniger dramatischen Konsequenzen.

Da sie ihn nicht finden konnte, ging sie hinüber zur

Bar, bestellte das Special – einen Fruchtpunsch mit Wodka – und trank einen Schluck. Sollte sie weiter umhergehen, auf die Eröffnung des Buffets warten und hoffen, ihn dort zu finden, oder vielleicht den DJ bitten, ihren gemeinsamen Song zu spielen? Doch was, wenn Dean sich nicht an ihren Song erinnerte? Sie hatten nur einmal dazu getanzt beim Ball seiner Studentenverbindung im letzten Jahr.

Vielleicht sollte ich ihm schreiben. Nein, warte. Sie wollte den Wow-Faktor einer Begegnung von Angesicht zu Angesicht nicht verderben, nachdem sie sich stundenlang vorbereitet hatte – Haare, Make-up, ein hammermäßiges rotes Kleid mit passenden Pumps. Ganz zu schweigen davon, dass sie sich hatte wachsen lassen, wenn auch nur die Beine, da sie den Schmerz eines Intimwaxings einfach nicht ertragen konnte. Sie hatte es einmal versucht und der Kosmetikerin das Knie gegen den Kopf gerammt. Doch das waren die Opfer, die sie im Namen der Schönheit zu bringen bereit war. Ihre Liebe würde schon für den Rest sorgen.

Das hoffte sie zumindest.

Wo war er?

Sie beobachtete die Tür, durch die immer noch Leute hereinkamen. Vielleicht würde er gleich durch den Bogen aus dunkelblauen, weißen und grauen Ballons treten. Dann würden sich ihre Blicke begegnen und sie würden mit einem einzigen liebevollen Blick kommunizieren, der alle weiteren Worte überflüssig machen würde.

Sie seufzte und trank einen großen Schluck von ihrem Punsch. Es war so lange her, seit sie sich das letzte Mal für einen Mann interessiert hatte. Ein Teil von ihr fragte sich, ob es daran lag, dass es ihr vorherbestimmt war, mit Dean zusammen zu sein. Und als ihr Abschlussjahrgang ein Treffen organisiert hatte – früher als üblich, denn die meisten Jahrgänge warteten fünf oder sogar zehn Jahre, bis sie sich trafen –, war es ihr wie ein weiteres Zeichen des

Universums vorgekommen. Das Schicksal hatte Pläne für sie, und es wäre dumm, sich der Möglichkeit eines Wiederauflebens ihrer Beziehung gegenüber zu verschließen. Dean war ihre erste Liebe. Sie waren sich in ihrem zweiten Studienjahr in einem Informatik-Grundkurs begegnet, mit dem beide vollkommen überfordert gewesen waren. Sie waren bis ein Jahr nach ihrem Abschluss zusammen gewesen, als Dean erklärt hatte, dass er „zu jung war, um eine Familie zu gründen".

Sie hatte es nicht fassen können.

Vier Monate später hatte sie sich in eine Rebound-Beziehung mit Mark gestürzt, hatte sich verlobt. Dann war sie von ihrer eigenen Hochzeit geflohen und hatte den armen Mark am Altar stehengelassen. Zu diesem Zeitpunkt war ihr bewusst geworden, dass sie Dean immer noch liebte. Sie hatte ihn sofort danach angerufen – immer noch in ihrem Hochzeitskleid – jedoch nur, um zu erfahren, dass er eine Freundin hatte.

Sie seufzte und blies sich den blonden Pony aus dem Gesicht. Die gespannte Erwartung machte sie wahnsinnig.

Ein großer Mann mit kurzen aschblonden Haaren auf der anderen Seite des Raumes stach ihr ins Auge. Er trug ein weißes Hemd und eine schwarze Hose (kein Jackett und keine Krawatte) und ließ mit harter Miene den Blick durch den Raum schweifen. Oh, hey, war das Ethan Case? Er war einer der Jungs, der mit den Campbell-Brüdern aufgewachsen war. Sie hatte ihn ein paarmal mit den Jungs im Garner's gesehen, sich jedoch nie wirklich allein mit ihm unterhalten. Sie hob eine Hand und winkte, doch er sah es nicht, denn er drehte sich um und sagte etwas zu der Frau an seiner Seite, einer großen Brünetten mit kurzen Haaren in einem schwarzen Kleid. Das war seine Freundin Cali. Man konnte sehen, wie nah sie einander standen, da sie auf so intime Art und Weise miteinander sprachen. Auch wenn keiner von beiden lächelte und sie sich auch nicht berührten. Nicht jeder war so liebevoll im Umgang miteinander wie sie und Dean.

„Ally?", fragte eine vertraute Männerstimme.

Sie drehte sich um und keuchte, als Dean plötzlich vor ihr stand. Dabei verschluckte sie sich an ihrer eigenen Spucke und hustete wie verrückt, während die Liebe ihres Lebens ihr auf den Rücken klopfte.

„Bist du okay?", fragte er lachend. „Ich wollte dich nicht erschrecken."

„Alles okay", keuchte sie mit Tränen in den Augen. „Hi", hustete sie.

Als er lächelte, kamen seine Grübchen zum Vorschein. „Immer schön weiteratmen."

„Ja." Sie trank einen Schluck von ihrem Punsch, um die Fassung für ihre erlösende Wiedervereinigung zurückzugewinnen.

Dean zog sie für eine kurze Umarmung an sich. „Schön, dich wiederzusehen. Wie geht's dir?"

„Großartig!" Sie betrachtete sein attraktives Gesicht, ein bisschen überrascht von seinem neuen Look. Der Mann, an den sie sich erinnerte, war ein Lacrosse-Spieler gewesen, der seine Studentenverbindung geliebt hatte – mit zotteligen dunkelbraunen Haaren und einem permanenten Dreitagebart. Jetzt trug er seine Haare kurz und war abgesehen von einem Ziegenbart glatt rasiert. So was aber auch. Die silberne Creole in seinem Ohrläppchen war auch neu.

Er lächelte und sah sie herzlich an. „Fühlt sich an wie in alten Zeiten. Hast du das Spiel gesehen?"

Sie hatte das Football-Spiel verpasst, da sie sich so ausgiebig auf diesen Moment vorbereitet hatte. „Nein. Bin gerade erst angekommen. Erzähl! Ist die Wall Street gut zu dir?"

Er wippte auf den Ballen. „Börsenmakler war nichts für mich. Ich verkaufe jetzt Solaranlagen."

Sie verspannte sich. Als sie ihn zuvor per SMS gefragt hatte, wie es in der Aktienwelt lief, hatte er geantwortet: *Ich lebe den Traum!* Offensichtlich hatte er vergessen, dass er das gesagt hatte. Die Lüge nagte an ihr. *Vergiss es.* Ein neuer Anfang bedeutete, dass alles anders sein würde, doch das bedeutete nicht, dass er unter der ungewohnten Hülle nicht derselbe liebevolle Mann war.

Sie lächelte und blickte ihn unter ihren Wimpern hervor an. „Ich freue mich so für dich."

„Danke." Er musterte sie unverhohlen von Kopf bis Fuß. „Wow, du siehst heiß aus in dem Kleid." Er legte seine Hände an ihre Taille, und sofort schoss ihre Körpertemperatur in die Höhe. Heiser flüsterte er ihr ins Ohr: „Ich habe oben ein Zimmer. Warum gehen wir nicht hoch?"

Sie zuckte zurück. „Wie bitte?"

Er folgte ihr und starrte auf ihr Dekolleté. „Um der alten Zeiten willen."

Sie runzelte die Stirn, und ihr Herz sank irgendwo in die Nähe ihrer perfekt glatten Knöchel. „Du hast gesagt, dass ich meine Tanzschuhe mitbringen soll."

„Oh, wir werden die ganze Nacht tanzen. Den horizontalen Affentanz." Er wackelte mit den Augenbrauen. „Zwischen den Laken", fügte er hinzu, als hätte sie seine schmierige Andeutung nicht begriffen.

„Ich dachte–" Vor Wut, angesichts der ungleichen Erwartungen, brachte sie fast kein Wort heraus. „–ich dachte, du hast dich daran erinnert, wie gut wir zusammen waren. Ich dachte, dass das ein neuer Anfang wäre."

„Ally." Sein herablassender Tonfall tat weh. „Du weißt, dass ich dich lieb habe, aber ich *liebe* dich nicht. Verstehst du? Ich empfinde nicht *so* für dich. Ich dachte nur, wir könnten ein bisschen Spaß haben."

Das nahm ihr den Atem. *Nicht so?* Sie holte scharf Luft. Ihr Herz pochte in ihren Ohren. Ihre Hände waren eiskalt. Sie konnte es kaum fassen. Sie waren vier Jahre zusammen gewesen, bis über beide Ohren verliebt. „Was meinst du mit *nicht so*?"

Sein mitleidiger Blick war wie ein Messer in ihrem Bauch. „Dinge ändern sich." Er winkte jemandem über ihre Schulter hinweg zu. „Olivia!" Dann wandte er sich ihr wieder mit einem herzlichen Lächeln zu. „War schön dich zu sehen, Ally. Pass auf dich auf."

Dann ging er zu Olivia, einer großen, schönen Frau in einem blassvioletten Kleid mit schwarzen Fick-mich-Stilettos.

Sie stand eine ganze Minute geschockt da, zittrig und kalt, so kalt. Wie vielen Frauen hatte er geschrieben, um sie heute vielleicht abzuschleppen? Ihr Magen brodelte.

Sein Lachen drang an ihr Ohr, als er Hand in Hand mit Olivia den Ballsaal verließ. Wahrscheinlich, um für ein „bisschen Spaß" auf sein Zimmer zu gehen.

Sie konnte es nicht ertragen. Sie drehte sich auf dem Absatz um, ging aus dem Saal den Gang entlang zur Damentoilette.

Doch dummerweise war eine Schlange vor der Tür. Verdammt, konnte die Nacht noch schlimmer werden?

Sie ging über den Flur in die leere Herrentoilette und versteckte sich in einer Toilettenkabine. Warum hatte sie sich das so romantisch vorgestellt? Das war nicht *Schicksal*. Das war absolute Scheiße. Ihre Wut auf sich selbst für ihre lächerlich hochgesteckten Erwartungen und auf ihn, weil er ein solches Arschloch war, wurde schnell zu Tränen. Sie weinte ausgiebig in ihren Punschbecher, vorsichtig darauf bedacht, die Toilette nicht zu berühren.

Versprich mir, dass du sorgfältig darüber nachdenkst, bevor du dich in die nächste Beziehung stürzt. Die Stimme ihrer Mutter in ihrem Kopf machte alles noch schlimmer. Nach ihrer Beinahe-Hochzeit mit Mark hatte ihre Mutter ihr ein Familiengeheimnis anvertraut: Ihre Mutter war impulsiv gewesen, hatte sich mit dem falschen Mann eingelassen und endete als Single – schwanger mit Allys ältester Schwester Serena. Für ihre Mutter und Allys Vater, der Serena wie sein eigenes Kind liebte, war alles gut gegangen, doch es hätte viel schwieriger werden können. Ally hätte es genauso ergehen können. Es hatte nicht sein sollen. Damals nicht und jetzt auch nicht. Sie versuchte, tief durchzuatmen, doch es war viel eher ein zittriges Keuchen, und die Tränen flossen immer noch. Ihr Liebesleben hätte beschissener nicht sein können.

Jemand betrat die Herrentoilette. Scheiße. Sie verstummte, doch die Tränen flossen weiter. Hoffentlich würde derjenige sie nicht bemerken. Doch wenn er zu Boden blickte, würde er ihre niedlichen roten Pumps unter dem Türspalt sehen. Sie hielt den Atem an, während der Mann sein Geschäft verrichtete und sich anschließend die Hände wusch. Das war schön. Ein Mann, der seine Hände wusch. Nicht alle taten das. Ihr Ex-Verlobter hatte es nicht getan. Dean schon. Ein leises Schluchzen entfleuchte ihrer Kehle.

Glänzende schwarze Schuhe näherten sich ihrer Kabine. Er klopfte.

Sie erstarrte und wagte nicht zu atmen.

„Brauchen Sie Hilfe, Ma'am?", fragte er mit einer Stimme, die wie die eines Cops klang, doch irgendwie vertraut.

Ihre Stimme klang kleinlaut. „Nein, ich bin okay."

„Sind Sie sich bewusst, dass Sie in der Herrentoilette sind?"

Sie lachte, dann verschluckte sie sich an einem Schluchzer. „Ja. Vor der Damentoilette war eine Schlange." Sie wischte sich über die Wangen, doch die Tränen wollten nicht aufhören zu fließen. So viele Hoffnungen auf eine Wiedervereinigung mit einer verlorenen Liebe, und alles, was sie bekommen hatte, war eine Einladung zu billigem Sex und Tränen in der Herrentoilette und jetzt auch noch ein Zeuge für ihre Erniedrigung.

„Weinen Sie, Ma'am? Hat Ihnen jemand wehgetan? Ich bin Polizist. Ich kann Ihnen helfen."

Sie wusste doch, dass er sich wie ein Cop angehört

hatte. Sie spähte durch den Spalt in der Tür. Da stand Ethan Case. Er sah tough aus, fähig und besorgt.

Sie öffnete die Tür und kam heraus. „Hi, Ethan."

„Ally!" Er betrachtete ihr zweifellos ruiniertes Make-up, ihr tränenverschmiertes Gesicht (sie war sich bewusst, dass sie nicht hübsch aussah, wenn sie weinte) und den Drink, den sie immer noch in der Hand hielt. „Was ist passiert?"

So bestürzt, wie sie war, war sie über soziales Geplänkel längst hinweg und berichtete ihm, was vorgefallen war. „Das Übliche. Komplette, vollkommene Zerstörung des Herzens." Sie trank ihren Punsch aus, zerknüllte den Plastikbecher und warf ihn in den Müll.

Als Ethan ihr die Tür zum Flur aufhielt, sah er sie immer noch besorgt an. Sie trat hinaus und lehnte sich an die Wand. Er blieb vor ihr stehen und musterte sie mit harten, blauen Augen. Wahrscheinlich suchte er nach Zeichen einer körperlichen Auseinandersetzung.

Sie winkte ab. „Ich brauche nur ein bisschen Zeit, um mich wieder zu fassen. Geh du nur zurück zu deinem Date."

„Wirst du weiter weinen?", fragte er ein wenig barsch.

„Wahrscheinlich."

„Willst du, ähm … darüber reden?"

Sie riss die Augen auf, überrascht, dass er ihr das anbot. Es war nicht so, als kannten sie einander gut. Natürlich war ihre Freundin Mad Campbell seine kleine Schwester ehrenhalber. Vielleicht war er weibliches Drama gewohnt. Doch sie hatte noch jede Menge Tränen übrig, und ihr wäre wohler, keinen Zeugen für ihren Zusammenbruch zu haben. „Nein. Aber danke."

„Okay." Er zögerte, starrte sie jedoch lange an, bevor er ging, und drehte sich noch ein paarmal um, bevor er im Ballsaal verschwand.

Sie ging in die entgegengesetzte Richtung und bog in einen leeren Flur ab, wo sie sich auf den Boden setzte. Wen interessierte es schon, wenn ihr Kleid verknittert war.

Niemanden. Sie zog die Knie an, schlang ihre Arme darum und senkte den Kopf. Sie fühlte sich wie ein absoluter Idiot dafür, wie sie Dean vergöttert hatte. Die vier Jahre, die sie zusammen gewesen waren, bedeuteten ihm gar nichts. Wie konnte er sie liebhaben und *nicht* lieben? Sie liebte ihn immer noch. Man konnte Liebe nicht einfach abstellen. Er würde immer einen Platz in ihrem Herzen haben. Dann kamen die Tränen wieder, und sie ließ es zu. Ihre drei älteren Schwestern waren alle verheiratet. Ihre Freundinnen fanden nacheinander die Liebe ihres Lebens und sie? Sie hatte niemanden.

Schließlich versiegten ihre Tränen, und sie wischte sich die Augen mit einem Taschentuch aus ihrer Handtasche ab. Sie stand auf, holte tief Luft und überlegte, ob sie verschwinden oder wieder in den Saal zurückkehren sollte, um sich zu beweisen, dass sie genauso die Nase von Dean voll hatte wie er von ihr. Er würde wahrscheinlich in zehn Minuten wieder auftauchen, dachte sie mit wenig Sympathie. So toll war er nicht gewesen im Bett.

Ihr Stolz ließ sie einen Schritt in Richtung des Jahrgangstreffens gehen, dann blieb sie überrascht stehen.

Ethan stand am Ende des Flurs, in dem sie die letzten paar Minuten damit verbracht hatte, sich die Augen aus dem Kopf zu heulen. Hatte er sie gesehen?

Sie ging zu ihm. „Was machst du hier?"

„Dasselbe wie du. Atempause. Komm, sie servieren das Abendessen. Du kannst bei mir und Cali sitzen."

Plötzlich gab es nichts, was sie lieber getan hätte. Ethan war eine Verbindung zu ihren Freunden, eine tröstende Oase in diesem trügerischen Gelände. „Okay … Danke."

Sie gingen ein paar Sekunden schweigend nebeneinander her, bevor Ethan mit einem gespielten Knurren sagte: „Sag nur ein Wort, und ich poliere dem Typen, der dich zum Weinen gebracht hat, die Fresse."

Sie lachte zittrig. „Danke."

„Männer sind scheiße", sagte er und verwuschelte ihre

Haare.

Es machte ihr nicht einmal etwas aus. „Und wie."

„Single zu sein ist gar nicht so schlimm", sagte er sanft.

Er hatte leicht reden, er hatte eine Freundin. „Was machst du eigentlich hier? Ich meine, auf dem Jahrgangstreffen. Ich weiß, dass du nicht an der UConn warst, als ich da war. Du bist zu alt."

Er stieß sie mit der Hüfte an. „Nimm das zurück, du Küken."

Sie lachte. „Du bist Mitte dreißig, oder?"

„Ja. Cali war in deinem Jahrgang."

Sie überlegte, konnte sich jedoch nicht an sie erinnern. „Hm. Ich schätze, wir hatten keine gemeinsamen Vorlesungen."

Er zog einen Mundwinkel hoch. „Du wirst dich gut mit ihr verstehen. Sie findet Männer auch scheiße."

„Dich auch?"

Als er lächelte, leuchtete sein Gesicht auf, und plötzlich sah er umwerfend aus. „Ich bin die Ausnahme."

KAPITEL ZWEI

Ethan hatte Ally nie wirklich zur Kenntnis genommen. Doch selbst mit verweintem Gesicht war Ally schön wie eine sexy Elfe. Blonde, schulterlange Haare mit Pony, die bei jeder ihrer energischen Bewegungen federten, arglose, große blaue Augen, eine süße, gerade Nase, ein niedlicher Amorbogen, eine köstlich volle Unterlippe, zierliche, doch wohl definierte Kurven in einem engen roten Kleid. Wie kam es, dass er nie Zeit mit ihr verbracht hatte? Sie war eine von Mad Campbells Freundinnen aus diesem Frauenbuchclub. Er hatte Ally definitiv schon öfter gesehen, meist umringt von anderen Frauen. Doch jetzt nahm er sie klar und deutlich wahr. Dass es ihm gelungen war, sie ein bisschen aufzumuntern, gab ihm das Gefühl, ein Held zu sein.

Als sie den großen Saal, in dem das Treffen stattfand, wieder betraten, stand sein Date Cali breitbeinig in steifer Pose am Rand und beobachtete mit zusammengekniffenen Augen das Geschehen. Selbst wenn sie nicht im Dienst war, den Cop konnte sie einfach nicht abstreifen. Sie war seine Partnerin, eine großartige Polizistin, die es sich zum Ziel gesetzt hatte, Polizeipräsidentin zu werden. Heute Abend war er ihr Date und sollte als Puffer gegenüber ihren ehemaligen Studienkollegen fungieren – insbesondere gegenüber drei Arschlöchern aus ihrem Strafrechtskurs, die es sich zur Mission gemacht hatten, Cali das Gefühl zu geben, nicht dazuzugehören, indem sie sie bei jeder

Gelegenheit als „Streber" oder „Möchtegern-Cop" bezeichneten. Er jedoch kannte sie nur als toughe und kompetente Polizistin. Sie halfen einander oft bei Veranstaltungen aus, hatten jedoch nie in Erwägung gezogen, etwas miteinander anzufangen. Sie konzentrierte sich voll und ganz auf ihre Karriere. Er weigerte sich, eine Kollegin zu daten. Davon abgesehen mochte er seine Frauen sanfter, wahrscheinlich um wettzumachen, was ihm in seinem eigenen Leben fehlte.

„Hey", sagte er, als er mit Ally vor Cali stehen blieb.

„Wo warst du?", fragte sie mit zusammengebissenen Zähnen. „Du sollst doch meinen Begleiter spielen." Sie starrte Ally an. „Und wer bist du?"

Ethan stellten sie einander vor, dann sagte er leise zu Cali: „Der Abend war bisher ziemlich beschissen für sie, hab ein bisschen Nachsicht mit ihr, ja?"

Ally lächelte Cali an. „Schön, dich endlich mal persönlich kennenzulernen. Ich habe dich sonst immer nur aus der Ferne gesehen, wenn du mit Ethan im Garner's bist."

„Freut mich auch", sagte Cali, klang aber immer noch angepisst.

„Sie sitzt beim Dinner bei uns", sagte Ethan zu Cali.

„Fein", antwortete Cali und sah sich um. „Lass mich nur nicht noch mal so allein." Sie funkelte ihn eindringlich an. „So allein rumzustehen hat mich wie einen Loser aussehen lassen."

„Warum hast du dich nicht mit jemandem unterhalten?", fragte Ethan mit strengem Blick.

Cali flüsterte scharf in sein Ohr: „Zwei dieser Wichser sind nicht hier und der dritte hat nicht einmal mein Hallo erwidert. Hat mir nur ins Gesicht gestarrt und sich dann abgewandt."

Er nickte mit angespannter Miene. „Tut mir leid." Er regte sich über die Missachtung auf und ärgerte sich, dass er nicht an ihrer Seite war. Gemeinsam hätten sie diesen

Typen schon zurechtgestutzt. Natürlich metaphorisch gesprochen. Doch er hatte Ally nicht allein lassen wollen, so aufgewühlt, wie sie gewesen war.

Cali hob mit stoischer Miene das Kinn.

„Dein Kleid ist schön", sagte Ally zu Cali. „Wo hast du es gekauft?"

Cali blickte an sich herab. „Danke. Meine Mom hat es vor Jahren für mich für meine Uniabschlussfeier gekauft. Ich habe keine Ahnung, woher sie es hat."

„Es ist echt süß", bemerkte Ally.

„Wollen wir was essen?", fragte Cali.

Ally nickte. „Oh ja, ich könnte gut was vertragen."

„Dann lasst uns gehen." Er bot Cali seinen Arm an, um sie zu beruhigen. Sie umfasste zunächst seinen Bizeps, dann legte sie die Hand auf seinen Unterarm. Sie war nicht gut, was diesen sozialen Kram anging, doch er verstand sie dank seiner „kleinen Schwester" Mad, die genauso war. Sie war einer der Jungs und kannte sich mit den Regeln des Flirtens nicht sonderlich gut aus. Ally ging auf seiner anderen Seite neben ihm her. Er überlegte zunächst, ob er auch ihr einen Arm anbieten sollte, verzichtete dann aber darauf. Eine Frau am Arm war mehr als genug.

Nachdem sie ihre Teller mit einer Auswahl an Prime Ribs, Zitronenhühnchen und Nudeln beladen hatten, ließen sie sich an ihrem Tisch nieder. Ein paar andere gesellten sich zu ihnen und stellten sich vor. Ally kannte ein paar von ihnen, doch niemand schien sich an Cali zu erinnern und umgekehrt auch nicht. So war es schon den ganzen Abend gewesen.

„Bist du sicher, dass du hier studiert hast?", fragte er Cali.

„Ich habe viel Zeit in der Bibliothek mit Lernen verbracht", antwortete Cali leise. „Oder im Fitnessstudio."

Das war keine Überraschung. Sie hatte einen Master in Strafrecht und war von Kopf bis Fuß perfekt durchtrainiert.

Cali war still und starrte ihren Teller an. „Ich hätte

nicht herkommen sollen", sagte sie leise. „Das war eine dumme Idee."

Oh fuck. Er hatte sie nie traurig erlebt. Er versetzte ihr einen sanften Knuff mit dem Ellbogen. „Hey, wir können immer noch Spaß haben. Wir sollten tanzen."

Sie schnaubte. „Ich tanze nicht."

„Dann einen langsamen Tanz, okay? Komm, das macht Spaß."

Cali blickte ihn mit feuchten Augen an. „Danke."

Mitgefühl schmerzte in seiner Brust. Er war kein Softie, doch Cali den Tränen nahe zu sehen traf ihn. Vielleicht weil er genau wie sie so stoisch und tough war. „Kein Problem." Er wandte sich Ally zu, die sich mit großem Appetit über einen Haufen gebackener Ziti hermachte. „Besser?"

„Ja, Trostessen hilft." Sie lächelte ihn und Cali an. „Und mit Freunden zusammen zu sitzen auch."

Es fühlte sich gut an, dass sie ihn nach so kurzer Zeit als Freund betrachtete. Er musste etwas richtig gemacht haben, dass sie sich in seiner Gegenwart wohl fühlte. Normalerweise flirteten Frauen eher mit ihm, als ihn als Freund zu betrachten.

Während des Essens war es an ihrem Ende des Tisches ruhig. Cali und Ally aßen auf und waren danach ziemlich still. Keine von ihnen wollte einen Nachtisch.

Dann fing die Musik wieder an zu spielen, diesmal laute Clubmusik, und ein penetranter DJ forderte alle zum Tanzen auf.

Als Cali sich abrupt erhob, sprang auch er auf. „Lass uns gehen", sagte sie. „Ich muss niemandem hier irgendetwas beweisen."

Er verstand sie. Aber was war mit Ally?

„Willst du irgendwo noch einen Kaffee trinken?", fragte er Cali, da er dachte, dass er auch Ally dazu einladen könnte. Cali und er gingen nach einer harten Schicht oft noch einen Kaffee trinken. Der einfache Akt, einen Kaffee zu trinken, half ihnen, wieder zurück in die Normalität zu finden. Manchmal blieb das, was sie bei der Arbeit sahen, an ihnen hängen.

„Perfekt", antwortete Cali.

Er beugte sich zu Ally hinunter und sprach in ihr Ohr, damit sie ihn über die laute Musik hinweg hören konnte. Sie duftete nach Blumen, zart und sanft. „Wir gehen. Wollen noch irgendwo für einen Kaffee anhalten, falls du mitkommen willst."

Ally blickte zwischen ihm und Cali hin und her. „Ich will nicht stören."

„Lass uns gehen", sagte Cali und ging in Richtung Ausgang.

„Unsinn, kein Problem", sagte Ethan zu Ally.

„Sicher?"

Cali war schon auf halbem Weg zur Tür.

„Ja, sicher", nickte er.

Als Ally sich noch ein letztes Mal umsah, blieb ihr Blick an einem dunkelhaarigen Mann mit einem Unterlippenbart hängen, der mit einem Haufen von Männern zusammenstand, die sich alle aufplusterten, als wären sie wieder in ihrem Verbindungshaus. Sie wandte sich Ethan zu und hob das Kinn. „Auf einen Kaffee hätte ich jetzt richtig Lust."

„Dann komm, Cali sitzt wahrscheinlich schon bei laufendem Motor im Wagen."

Sie lachte, und sie verließen eilig den Saal. Er beschrieb ihr schnell den Weg zu einem Diner in der Nähe, dann ging er zu Calis altem Chevy, dessen Motor tatsächlich schon lief. Cali saß auf dem Fahrersitz und starrte geradeaus.

Kurze Zeit später saßen sie in einer ruhigen Ecke des Diners. Er saß auf der Bank neben Cali, die jetzt sichtlich entspannter war, wenn auch immer noch still. Gegenüber stützte Ally ihren Kopf auf die Hand und seufzte. Zum ersten Mal war er der einzige, der guter Stimmung war.

Hm. Was sollte er tun? Bevor ihm etwas einfiel, meldete sich Ally zu Wort.

„Ich bin euch wirklich dankbar, dass ich mitkommen durfte. Ich bin heute Abend aus einem einzigen Grund zu diesem Treffen gegangen, und es war ein vollkommenes Desaster.“

„Was hattest du vor?“, fragte Cali überraschenderweise. Normalerweise schwieg sie über ihrer Tasse Entspannungskaffee.

Ally warf ihm einen Blick zu.

„Was immer es ist, es bleibt unter uns“, versicherte er ihr.

Cali nickte.

Ally holte tief Luft, und dann berichtete sie in einem Schwall von Worten über Dean Sweeney, ihre erste Liebe, mit dem sie eine vierjährige Beziehung gehabt hatte, und wie sehr sie darauf gehofft hatte, dass sie heute Abend diese Liebe wieder aufleben lassen würden.

Er saß schweigend da und hörte zu. Sie war eine Frau, die von ganzem Herzen liebte. Auch Cali schwieg.

Ally redete weiter, untermalt von lebhaften Gesten, die ihren blonden Pony bei jeder Bewegung wippen ließen. Sie erzählte ihnen, dass sie nach der Trennung nach Vorlage eines erotischen Liebesromans heißen Sex mit Mark gehabt hatte, und dass sie geglaubt hatte, dass er „der Eine“ war, sodass sie sich Hals über Kopf mit ihm verlobt und ihn dann am Altar stehengelassen hatte – wegen Dean, auch wenn der da auch schon eine neue Freundin gehabt hatte. Ihm schwirrte der Kopf, doch er war sich ziemlich sicher, dass er verstand, als sie fortfuhr und zugab, dass sie schon viel zu lange keinen Sex mehr gehabt hatte, jedoch keiner Fantasie mehr hinterher jagen wollte und wahrscheinlich den Rest ihres Lebens allein verbringen würde.

Er blinzelte.

Allys Kinn bebte.

Sein Magen zog sich zusammen. Er wusste nicht, wie er

ihr helfen sollte. Er wusste nicht, was sie meinte. Welche Fantasie? Hatte Sex was damit zu tun? Warum glaubte sie, allein sein zu müssen, wenn ihr Ex offensichtlich über sie hinweg war?

„Was ist dann das Problem?", fragte Cali. „Dein Ex hat eine Freundin?"

Ally blickte zur Decke und blinzelte in einem vergeblichen Versuch, die Tränen zurückzuhalten.

Er warf Cali einen finsteren Blick zu, dann sagte er zu Ally: „Du musst nicht darüber reden, wenn du nicht willst."

„Nein, schon okay." Ally schniefte. Cali nahm eine Serviette aus dem Spender auf dem Tisch und warf sie Ally zu.

„Danke." Sie trocknete die Tränen mit der Serviette und holte zittrig Luft. „Er hat keine Freundin. Er hat gesagt, dass er mich lieb habe, aber er liebe mich nicht. Nicht auf *diese* Weise."

„Was meinst du damit?", fragte Cali und nahm ihm damit die Worte aus dem Mund. Was zum Teufel sollte das heißen?

„Ich schätze, dass das heißt, dass er nichts mehr von mir will", schluchzte Ally. „Abgesehen von einer schnellen Nummer der guten alten Zeiten willen."

„Arschloch", brummte er.

Cali schnitt eine Grimasse. „Den sollte jemand kastrieren."

Ally lachte. „Oh ja." Ihr Lachen verschwand jedoch schnell wieder.

Die Kellnerin kam, um ihre Bestellungen aufzunehmen. Ally bemühte sich um ein Lächeln und bestellte einen Kaffee mit Sahne und Zucker. Niedergeschlagen und totunglücklich bemühte sie sich trotzdem, freundlich zu sein. Er mochte diese Art von Stärke und respektierte sie.

Nachdem die Kellnerin gegangen war, lächelte Ally ihn scheu an. „Tut mir leid, dass ich mich so ausgekotzt habe. Die Details meines bescheidenen Liebeslebens hätte ich euch ersparen sollen.“

„Ach was, kein Problem“, sagten er und Cali wie aus einem Mund.

Ally lächelte. „Ihr zwei seid süß.“

Sie glaubte, dass er und Cali ein Paar waren, doch bevor er den Irrtum richtigstellen konnte, sagte Cali: „Dann bin ich jetzt wohl dran. Ich bin heute Abend mit einer Mission hergekommen. Meinen Bullys zu zeigen, dass ich kein schwacher Streber mehr bin und schon gar kein Möchtegern-Cop. Meine Waffe der Wahl – ein sexy Kleid, das meinen starken Körper betont, und ein heißer Begleiter.“

Ethan zuckte zusammen. „Danke.“ Sonst machte Cali ihm nie Komplimente.

Cali ignorierte ihn und fuhr fort. „Meine Mission ist allerdings auch gescheitert. Zwei der Typen waren nicht einmal da, und der dritte hat mich ignoriert. Ich weiß nicht, aber vielleicht hat er mich ja nicht erkannt. Meine Haare sind kürzer, und ich habe meine Augen lasern lassen, somit brauche ich keine Brille mehr, aber ich glaube nicht, dass ich mich *so* sehr verändert habe.“ Sie hielt inne und starrte in die Ferne. „Ich weiß nicht einmal, warum es mir so wichtig war, es diesen Typen zu zeigen, aber …“ Sie seufzte. „Der Punkt ist, wir sind auf derselben Wellenlänge, und ich weiß, was du fühlst.“

„Oh Cali!“, sagte Ally, und ihre Miene hellte sich auf. „Danke, dass du mir das erzählt hast. Es tut so gut zu wissen, dass ich nicht die einzige bin, die dieses dumme Treffen zu einem lebensverändernden Ereignis hochstilisiert hat.“

„Du bist nicht allein“, nickte Cali.

Allys Miene wurde wieder ernst, und sie nickte mit feuchten Augen und aufeinander gepressten Lippen.

Ethan warf Cali einen bösen Blick zu, weil sie Ally schon wieder zum Weinen gebracht hatte. Cali zuckte jedoch nur mit der Schulter und sah ihn mit einer Miene an, die sagte: *Ist doch nicht meine Schuld, dass sie so ein Weichei ist.* Er nickte in Allys Richtung, um sie aufzufordern, etwas dagegen zu unternehmen.

Cali starrte Ally an. „Lass mich raten, deine Fantasie war, dass ein Mann dich umhaut und dir immerwährendes Glück beschert, und jetzt, da du aufgegeben hast, hast du Angst, einfach du zu sein."

Ally strich ihren Pony aus dem Gesicht und flüsterte: „Woher weißt du das?"

Ethan drehte sich zu Cali um, selbst überaus an der Antwort interessiert. Ja, woher wusste sie das?

Cali zuckte mit den Schultern. „Kultur."

Das war eine vage Antwort, doch Ally schien sich damit zufriedenzugeben und nickte. „Zu viele Liebesfilme von frühster Kindheit an. Ich habe fest an diese Fantasie geglaubt."

„Ich brauche keinen Mann, damit es mir gut geht", antwortete Cali.

„Aber macht Ethan dich nicht glücklich?", fragte Ally.

„*Ich* mache mich glücklich", antwortete Ally.

Die Kellnerin brachte ihnen ihren Kaffee, und Ally sah Cali sehnsüchtig an. „Ich wäre so gerne wie du."

Cali wurde rot, und Ethan schmunzelte. Sonst wurde Cali nie rot.

Ally sah ihn kurz an, etwas wie Sehnsucht in den Augen, senkte den Blick jedoch schnell wieder und trank einen Schluck von ihrem Kaffee. Wünschte sie sich etwa, Cali zu sein, um mit ihm zusammen zu sein? Oder war es nur Calis toughe Attitüde, die sie sich wünschte? Er war sich nicht sicher und wollte nichts überstürzen. Trotz Allys gegenwärtiger Niedergeschlagenheit waren alle seine Sinne hellwach. Sein Blut rauschte durch seine Adern, sein Puls schlug schnell und die Nervenenden in seinen Fingern prickelten vom Wunsch, sie zu berühren. Und nicht nur, weil sie schön und heiß wie die Hölle war in diesem Kleid. Sein Kopf und sein Herz waren seit dem Tod seiner

Pflegemutter Peggy vor drei Wochen auf etwas ganz anderes aus. Sie zu verlieren war ein Weckruf gewesen, die einzige Mutterfigur, die er je in seinem Leben gehabt hatte. Er hatte ihr nie gesagt, dass er sie liebte. Er hatte es noch nie zu jemandem gesagt. Und jetzt war es zu spät.

Er erinnerte sich nicht an seine Eltern oder den Autounfall, bei dem sie ums Leben gekommen waren. Er war erst drei Jahre alt gewesen und hatte im Kindersitz auf der Rückbank geschlafen. Keine Verwandten hatten sich daraufhin gemeldet, und seine Großeltern hatten nicht noch ein Kind großziehen wollen. Er hatte niemanden gehabt und war von einer Pflegefamilie zur anderen weitergereicht worden, bis er im Alter von acht Jahren in Peggys Haus gelandet war. Kurz darauf hatte sie ihn der Campbell-Familie vorgestellt. Sie hatten den entscheidenden Unterschied in seinem Leben bewirkt – Peggy zusammen mit seinem Dad ehrenhalber und seinen Brüdern und Schwestern –, doch sie waren nicht vom selben Blut. Danach sehnte er sich jetzt mehr denn je. Eine eigene Familie. Er war bereit dazu und wusste, dass er sich offener geben musste als sonst, denn –

Er wollte Liebe.

Niemand hatte je zu ihm gesagt, dass er oder sie ihn liebte. Nicht Peggy, keiner der Campbells, keine seiner Freundinnen. Okay, sicher, Joe Campbell, sein Vater ehrenhalber, hatte ihn miteingeschlossen, wenn er Dinge sagte wie *Ich liebe euch* oder *Euch Spinner muss man einfach lieben*, doch es war nicht allein auf ihn bezogen gewesen. Nein, niemand hatte je gesagt: „Ich liebe dich, Ethan."

Allys blonde Haare fielen ihr ins Gesicht, während sie ihre Tasse in beiden Händen hielt und hineinstarrte. Er wollte ihr die Haare hinters Ohr streichen und ihre Wange streicheln, um zu sehen, ob sie so weich war, wie sie aussah. Doch der Zeitpunkt hätte nicht schlechter sein können. Sie war zu aufgewühlt. Er wusste, dass er warten musste, auch wenn sein Instinkt ihn anschrie, es einfach zu tun.

Vielleicht war er schon vor Peggys Tod bereit gewesen, eine Familie zu gründen. Er hatte schon eine ganze Weile keine Frau mehr zu einem One-Night-Stand abgeschleppt. Er war wählerisch geworden, weil er mit einer Frau aufwachen wollte, die ihn zum Lächeln brachte.

Ally blickte auf und klatschte mit der Hand auf den Tisch. „Habt ihr eine Ahnung, wie viel Zeit und Energie ich mit der Suche nach Hoffnung auf Liebe verschwendet habe?"

Es klang wie eine rhetorische Frage, darum antwortete er nicht.

„Eine Menge?", riet Cali.

„Viel zu viel!", schimpfte Ally. „Ich habe immer gehört, dass Liebe alle Probleme löst, aber das tut sie nicht." Langsam schüttelte sie den Kopf. „Ich muss mir das ein für alle Mal aus dem Kopf schlagen. Ich habe die ganze Zeit auf ein Märchen gewartet. Ich muss mich von diesen Erwartungen befreien." Ihre blauen Augen leuchteten auf. „Wie ein Schmetterling, der aus seinem Kokon schlüpft, versteht ihr? Ich muss mich auf mich selbst konzentrieren und finden, was mich glücklich macht."

„Und was wäre das?", fragte Ethan.

Ally faltete ihre Hände auf dem Tisch und blickte beide an. „Ich weiß nicht, aber ich werde es herausfinden." Dann wandte sie sich Cali zu. „Mir gefällt wirklich, was du gesagt hast von wegen, dass jeder für sein eigenes Glück verantwortlich ist."

Cali gab ihr ein High Five und wandte sich ihm zu. Auch er schlug ein, froh zu sehen, dass sie wieder zuversichtlicher aussah.

Ally seufzte. „Wisst ihr, vielleicht bereite ich mich unbewusst schon auf ein Leben als Single vor. Ich bin gerade in eine Ein-Zimmer-Wohnung gezogen und lebe das erste Mal in meinem Leben allein, auch wenn es ganz in der Nähe von meinen Freunden ist." Sie spitzte ihre sexy Lippen. „Wahrscheinlich wäre ich nicht umgezogen, wenn meine Mitbewohnerin Carrie nicht zu ihrem Verlobten gezogen wäre." Sie winkte ab. „Egal. Es zählt trotzdem." Sie starrte Calis wohlgeformte Arme an. „Vielleicht kann ich mit einem Fitnessprogramm anfangen, besser auf mich zu achten. Ich meine nicht, um für einen Typen gut auszusehen, sondern nur für mich." Sie holte ihr Handy aus ihrer Tasche. „Ich schreibe Charlotte eine SMS. Sie ist Personal Trainerin. Ich buche ein Training mit ihr, damit sie mir zumindest sagt, was ich tun soll." Ihre Finger flogen über das Display, dann steckte sie es weg. „Erledigt."

„Also, für mich siehst du fit aus", bemerkte Ethan beiläufig. *Nur eine Tatsache, ich sabbere nicht nach deinem sexy kleinen Körper.*

„Ich bin von Natur aus zierlich, aber stark bin ich nicht." Ally spannte ihren Bizeps an, der quasi nicht existent war. „Ich will stark wie du sein, Cali."

Cali spannte ihrerseits ihren Bizeps an. „Ich trainiere mit Gewichten."

„Das ist eine Idee." Ally blies den Atem aus. „Gott, ich habe so viel Zeit verloren, so viel Energie verschwendet—" Sie hielt inne. „Ich mache einen Plan. Wisst ihr, Sachen, die ich ausprobieren will. Selbstverbesserung und so weiter, um mein neues Ich zu finden."

„Gefällt mir", sagte Cali. „Die Schmetterlingsversion von dir."

„Ja", hauchte Ally. „Ja, das gefällt mir."

„Hört sich gut an", bemerkte Ethan.

„Ich freue mich drauf", sagte Ally und nickte entschlossen. „Eine neue Richtung. Ich werde lernen, es zu genießen, Single zu sein, damit ich für mein eigenes Glück verantwortlich sein kann." Ihre blauen Augen glänzten. Sie strahlte über das ganze Gesicht. Und er wollte sie. In seinem Bett und in seinem Leben.

Ihre neue Mission, ihr Singleleben zu genießen, hätte ihn eigentlich abschrecken sollen, doch das tat es nicht. Man musste ihm nur sagen, dass er etwas nicht tun konnte, und sofort wollte er es. Das war Teil seiner rebellischen Natur und hatte ihn dorthin gebracht, wo er heute war. Als Kind hatte er ein ernsthaftes Problem mit Autorität gehabt. Er war wütend und aggressiv gewesen und hatte wahnsinnige Komplexe gehabt, weil niemand ihn adoptieren wollte. Nicht einmal Peggy, auch wenn er am längsten bei ihr gelebt hatte. Was hatte er also getan? Er war zu der Autoritätsperson geworden, die er einmal so verabscheut hatte, doch er achtete darauf, sich nicht wie ein Arschloch aufzuführen – schließlich gehörte er zu den Guten.

Ally trank einen Schluck von ihrem Kaffee, dann stellte sie ihre Tasse ab. „Ist es nicht witzig, dass ich hier mit euch zu diesem Schluss gekommen bin? Normalerweise wäre ich insgeheim neidisch, aber nein. Ich freue mich einfach für euch und für mich."

Cali runzelte irritiert die Stirn. Ethan trank seinen Kaffee und sagte nichts. Er musste seinen Moment mit Bedacht wählen. Und dieser Moment war es nicht.

Ally lächelte und schüttelte den Kopf, dann deutete sie auf ihn. „Ist es nicht lächerlich, dass alle immer gedacht haben, dass du sexsüchtig bist, obwohl du das doch offensichtlich gar nicht bist?" Sie nickte in Calis Richtung, die es jedoch nicht mitbekam, weil sie damit beschäftigt war, ihren trägerlosen BH zurechtzurücken. Schon auf der Fahrt hierher hatte sie sich ausführlich und lautstark darüber ausgelassen, dass Formbügel Folterinstrumente waren.

„Ja, lächerlich", sagte er mit ausdrucksloser Miene. Dieses Gerücht hatte sein Dad ehrenhalber in die Welt gesetzt – mit der guten Absicht, Laurens Aufmerksamkeit von Ethan in Alex' Richtung zu lenken. Lauren und Alex waren jetzt verlobt. Ethan hatte es nicht persönlich genommen. Es war ja für einen guten Zweck gewesen, und er hatte nichts dadurch verloren, dass Lauren und ihre Freundinnen ihm ein paar Wochen lang aus dem Weg gegangen waren. Davon abgesehen bot ihm das eine wunderbare Gelegenheit, auch Joe einen Streich zu spielen. Er hatte ihm gesagt, dass es genau dann passieren würde, wenn er am wenigsten damit rechnete. Vage Drohungen hatten die beste Wirkung. Nur dass Joe ein ehemaliger Cop war, Ethans großes Vorbild, und sich über die Drohung köstlich amüsiert hatte.

Ally sah ihn neugierig an. „Du lachst nicht viel, oder?"

„Nein, das tut er nicht", antwortete Cali, die endlich damit fertig war, ihre Brüste zurechtzurücken. „Ich auch nicht. Das Leben ist ja auch nicht wahnsinnig witzig."

Er und Ally sahen einander an und lachten. Cali behielt ihre stoische Miene bei.

„Du solltest mehr lächeln", sagte Ally zu ihm. „So siehst du viel jünger und nahbarer aus."

Versteckte Beleidigung: Lächle mehr, alter Mann. „Wie sehe ich denn normalerweise aus?", fragte er.

„Wie ein tougher Typ." Sie lächelte und trank einen Schluck.

„Ein alter tougher Typ?", fragte er.

„Ups!", sagte Ally gut gelaunt. „Ich wollte niemandem zu nahe treten. Nicht alt, aber, hilf mir Cali, wie beschreibt am besten, was ich meine?"

„Kompetent", sagte Cali.

„Nein, nicht das." Ally schüttelte den Kopf.

„Herzlichen Dank auch." Er hob die Tasse hoch, trank einen Schluck und hätte beinahe seinen Kaffee verschüttet, als Ally fortfuhr.

„Was sagt man, wenn man jemandem nichts vormachen kann?" Ally gestikulierte wild. „Du weißt schon, ein tougher Typ von der Sorte, der keine Geduld für Bullshit hat."

„Ein Cop", bemerkte Cali trocken.

„Nein, das auch nicht", sagte Ally.

„Themenwechsel", brummte er.

Ally zeigte mit dem Finger auf ihn. „Abgebrüht! Wenn du lächelst, ist es kaum mehr als ein Schmunzeln. Ich glaube nicht, dass ich dich vor heute je lachen gehört habe.“

„Dazu muss etwas schon wahnsinnig witzig sein.“ Er grinste.

Ally erwiderte sein Lächeln. „Vorsicht, du könntest glatt noch den Eindruck erwecken, dass du Humor hast.“

Er schlug sich die Hand vor die Brust. „Oh, sie hat mich verletzt.“

Cali schmunzelte. „Sein Lieblingswitz ist Brainsucker, und der ist am Verhungern.“ Sie legte ihre Hand auf seinen Kopf, um die Kreatur aus Resident Evil zu imitieren.

„Ha-ha.“ Er strich seine Haare glatt. Er trug sie kurz mit ein paar Stacheln vorn.

„Ein Klassiker“, sagte Ally.

„Was ist dein Lieblingswitz?“, fragte er.

Cali holte ihr Handy heraus und tippte darauf herum. Sie hielt Witze für eine Zeitverschwendung. Jetzt hatte er Ally für sich.

„Knock, knock“, sagte Ally.

„Oh nein“, sagte er.

Sie lächelte strahlend. „Du musst schon die Tür aufmachen.“

„Niemand zu Hause.“

„Christa.“

Er stöhnte.

„Komm schon, gib's mir.“

Er schmunzelte, und seine Gedanken wanderten wie gewöhnlich in Richtung Gosse. Sie wedelte mit den Händen und forderte ihn auf, mitzuspielen. „Christa wer?“, fragte er gedehnt.

„Christa die Tür wieder mal nicht auf?“ Sie wartete, doch er machte sich nicht einmal die Mühe, vorzugeben zu lachen. Doch das hinderte sie nicht daran, weiterzumachen. „Was essen Models am liebsten?“

Er schüttelte den Kopf. „Keine Ahnung.“

Sie lächelte. „Laufsteak. Verstehst du? Lauf-steak?“

„Gott, bitte hör auf.“

Sie schmunzelte und trank einen Schluck. „Ich bin Grundschullehrerin. Ich kann die ganze Nacht durchhalten."

Er schmunzelte. Die ganze Nacht war eine berauschende Vorstellung.

„Da ist dieses Schmunzeln wieder", sagte sie. „Was steckt dahinter?"

Er musterte ihre Miene. Sie sah ihn interessiert und offen an, und er hielt sie nicht für jemanden, der vorschnell urteilte, darum sagte er die Wahrheit. „Normalerweise bedeutet das, dass ich irgendwas Schmutziges runterschlucke, was ich gerade gedacht habe. Ich bemühe mich, in der Öffentlichkeit keine schmutzigen Witze zu reißen."

„Warum? Wenn es lustig ist, raus damit."

„Du hast gesagt, dass du die ganze Nacht durchhalten kannst. Eindeutig zweideutig."

Sie neigte den Kopf. „Das war nicht beabsichtigt, aber ich sehe, wo deine Gedanken sind." Sie warf Cali einen Blick zu, die immer noch mit ihrem Handy spielte. „Mann, du bist ganz schön beschäftigt da drüben."

Cali blickte nicht einmal auf. „Ich habe bald Urlaub und muss noch ein paar Details bestätigen."

Ally schien jetzt weitaus besserer Stimmung zu sein, als bei ihrer Ankunft hier. „Hast du zwischenzeitlich begriffen, dass der Loser dich gar nicht verdient hat?", fragte er.

Ihr Lächeln verschwand, und sie presste ihre Lippen aufeinander.

Halt die Klappe, du Genie. Ihr ging's blendend, bis du das Thema wieder anschneiden musstest. „Tut mir leid", sagte er schnell. „Vergiss es."

Cali steckte ihr Handy weg. „Ignoriere sein Gegrinse einfach. Männer denken immer nur an Sex. Geschlechtsbedingte Schwäche."

„Hey", protestierte Ethan. „Das stimmt nicht. In meinem Hirn kreisen durchaus ein paar sehr wichtige Dinge herum."

„Was denn zum Beispiel?", fragte Cali.

Ally kicherte und blickte zwischen ihm und Cali hin und her.

„Wie zum Beispiel der Punktestand des letzten Spiels der Sox", sagte er.

Cali drückte ihre Hand auf sein Gesicht und wandte sich Cali zu. „Ich wünsche dir nur das Beste für deinen neuen Single-Lifestyle."

„Single-Ally ist gleich glückliche Ally", erklärte Ally entschlossen. „Mein neues Motto und mein neuer Lebensstil." Sie gab Cali ein High Five und hielt dann ihm die Hand entgegen.

Er ergriff sie und hielt sie einen Moment lang fest. Erst, als sie ihn mit großen blauen Augen ansah, ließ er sie los. Ihre Wangen wurden rot.

Er lächelte.

KAPITEL DREI

Allys erster Tag als glücklicher Single war einer dieser wunderschönen Herbsttage in Connecticut – sonnige fünfundzwanzig Grad und eine leichte Brise. Und eine inspirierende Pilates-Session unter Anleitung ihrer Freundin Charlotte machte ihn noch schöner. Nach ihrem Training fuhr sie direkt zu einem Sportausstatter, um alles zu kaufen, was Charlotte ihr empfohlen hatte, und war jetzt stolze Besitzerin eines riesigen aufblasbaren Balls, einer Matte, mehrerer Kurzhanteln und eines Fitnessarmbands, das ihre Schritte zählen würde. Ihr Ziel waren zehntausend Schritte pro Tag. Sie trat das Gaspedal herunter, denn sie wollte nach Hause, um sich zu duschen, und dann noch ein paar Schritte gehen. Es war später Sonntagvormittag, darum hatte sie noch den ganzen Tag vor sich, um ihren neuen fitten Lebensstil zu praktizieren. Am besten draußen. Sie liebte den Herbst und fügte „mehr Zeit draußen verbringen" ihrer Liste von Zielen hinzu.

Charlottes Rat, „eines nach dem anderen anzugehen" und „jeden kleinen Sieg zu feiern", hatte ihr gezeigt, dass der Prozess ihrer Transformation machbar war. Natürlich hatte Charlotte ihre Fitnessziele gemeint, doch Ally nahm sich ihre Worte zu Herzen. Sie war offen für neue Erfahrungen und bereit, Verbesserungen jeder Art zu feiern. Irgendwann würde sie einen wirklich glücklichen Single-Schmetterlings-Zustand erreichen, und das wäre schön. Echte Zufriedenheit.

Plötzlich heulte eine Sirene auf. Verdammt! Sie warf einen Blick in den Rückspiegel und sah das Blaulicht hinter sich blitzen. *Nicht schon wieder ein Strafzettel.* Schon der letzte hatte sie ein kleines Vermögen gekostet und der davor auch. Der Streifenwagen fuhr dicht auf. Sie fuhr an den Straßenrand, gereizt, weil die unangenehme Überraschung auf ihre gute Stimmung drückte.

Der Polizist stolzierte mit diesem eingebildeten Gang auf sie zu. Hatte er wirklich nichts Besseres zu tun, als unschuldige Bürger zu belästigen, die nur ein ganz klein bisschen zu schnell gefahren waren?

Der Mann beugte sich herunter und sah sie durch das Fenster an. Ethan! Ein freundlicher Cop!

Sie ließ das Fenster herunter und lächelte ihn strahlend an. Er erwiderte ihr Lächeln nicht, sondern durchbohrte sie mit seinen harten, stahlblauen Augen. In Uniform wirkte er sogar noch tougher – ein Cop, der sich nichts bieten ließ. „Hi, Ethan! Ich komme gerade von einem fantastischen Workout und habe allen möglichen Fitnesskram gekauft. Gehört alles zu meinem *Single-Ally ist gleich glückliche Ally* Plan." Als er nichts darauf sagte, fügte sie hinzu: „Wie geht's dir?"

„Du weißt, warum ich dich angehalten habe, oder?", fragte er ohne jegliche Spur von Wärme. Es war, als könnte er sich nicht an den Abend im Diner gestern erinnern, wo sie einander gegenseitig das Herz ausgeschüttet hatten. Also, er nicht, aber sie und Cali schon. Es hatte ihr Leben verändert.

„Hm, vielleicht bin ich ein klitzekleines bisschen zu schnell gefahren?"

„Du bist fünfzig in einer Dreißiger-Zone gefahren."

„Wirklich? Oh", sie bemühte sich, überrascht zu wirken. „Das tut mir leid. Kommt nicht wieder vor." Sie lächelte und erwartete, dass er sie mit einer Verwarnung weiterfahren lassen würde.

Er verzog keine Miene. „Du bringst dich und andere in

Gefahr, wenn du zu schnell fährst."

„Kommt nicht wieder vor. Versprochen." Sie machte große Augen und schickte ihm eine dringende telepathische Botschaft. *Freunde schreiben Freunden keine teuren Strafzettel.*

Doch die Nachricht kam nicht bei ihm an. „Führerschein und Fahrzeugpapiere bitte."

Sie machte einen tapferen Versuch, das Thema zu wechseln, während sie die Fahrzeugpapiere aus dem Handschuhfach holte. „Trainierst du gerne?"

„Ich hebe Gewichte, laufe, wandere und schwimme."

Sie reichte ihm die Dokumente. „Wow! Du bist ja ein richtiger Quadrathon-Athlet."

Er starrte auf ihren Führerschein. Es war nicht gerade das schmeichelhafteste Foto. Sie hatte gelächelt, und der Typ hatte ihr gesagt, dass sie nicht lächeln sollte, darum blickte sie seltsam verkniffen drein. Dazu kam, dass die Luftfeuchtigkeit an diesem Tag besonders hoch und ihre Haare statisch aufgeladen gewesen waren.

„Habe noch nie was von Quadrathon gehört", murmelte er. Er hob den Kopf und blickte zwischen ihr und dem Führerschein hin und her, als wäre er nicht sicher, ob sie wirklich die Person auf dem Foto war.

„Ich weiß, das ist nicht gerade das beste Foto, aber so sehe ich eben manchmal aus. Wie auch immer, Quadrathon-Athleten machen vier Sachen … Okay, ich gebe ja zu, ich hab's erfunden, aber irgendwie passt es schon. Ich wette, du verbringst eine Menge Zeit im Fitnessstudio." Sie versuchte, es nicht zur Kenntnis zu nehmen, da er ja mit Cali zusammen war, doch er war auf eine sexy Art durchtrainiert, die Frauen überall ansprechen musste. Breite Schultern, breite Brust und massive Bizepse über denen sein kurzärmeliges Uniformhemd spannte. Und einen flachen Bauch hatte er auch. Sie war sich sicher, dass er stahlhart war. Seine Unterarme waren gebräunt und sehnig. All das beobachtete sie nicht in einem lüsternen

Nebel, sondern von einem objektiven Standpunkt aus, der seinen Beziehungsstatus voll und ganz respektierte. Sein Gesicht war auch ziemlich attraktiv – dunkelblaue Augen, scharf geschnittene Wangenknochen, glattrasiertes, kantiges Kinn und sinnliche Lippen, die sein Gesicht weicher wirken ließen. Wenn sein harter Blick einen nicht abschrecken würde, könnte man glatt zu dem Schluss kommen, dass er ein überaus heißer Typ war.

Seine Miene wurde ein wenig weicher. „Ich gehe nicht ins Fitnessstudio. Ich habe Gewichte zu Hause, und sonst trainiere ich lieber draußen." Dann wandte er sich abrupt ab und ging zurück zu seinem Streifenwagen.

Sie seufzte. Er würde ihr definitiv einen Strafzettel verpassen.

Ein paar Minuten später kam er zurück und sah sie streng an. „Du hast schon vier Punkte wegen Geschwindigkeitsüberschreitungen. Zwei mehr und du musst an einem Verkehrserziehungskurs teilnehmen."

„Oh, Ethan, *bitte* gib mir keinen Strafzettel. Ich hab mich nur so darauf gefreut, noch ein bisschen laufen zu gehen." Sie zeigte ihm ihr Handgelenk. „Schau, ich hab mir eben ein Fitness Mind gekauft. Charlotte sagt, ich brauche jeden Tag mindestens zehntausend Schritte."

Er sah sie so lange streng an, dass sie wusste, dass er überlegte, ob er sie vom Haken lassen sollte. Sie blinzelte ihm nervös telepathische Botschaften zu. *Freunde schreiben Freunden keine Strafzettel. Freunde schreiben Freunden keine Strafzettel.*

Er gab ihr ihre Papiere zurück. „Heute bekommst du nur eine Verwarnung–"

„Oh, danke!"

„Unter zwei Bedingungen."

„Was immer du willst."

„Du schwörst, nie wieder zu schnell zu fahren."

„Ich schwöre. Versprochen!" Sie hob die Hand zum Schwur. „Pfadfinderehrenwort."

Sein Lächeln katapultierte ihn am heißen Typen vorbei zu atemberaubend umwerfend. „Das ist nicht … was soll's. Okay. Die andere Bedingung ist, dass du deine Schritte heute auf einer Wanderung mit mir in meinem Wanderclub machst."

„Das ist perfekt! Eines meiner neuen Ziele ist mehr Zeit in der Natur zu verbringen. Ich verbringe viel zu viel Zeit vor dem Fernseher, an meinem Handy und im Klassenzimmer. So gesehen sollte ich die Kinder auch nach draußen treiben."

„Treffpunkt ist um ein Uhr am Reservat drüben in Fieldridge. Ich habe um zwölf Dienstschluss. Sollen wir zusammen rüberfahren?'

Sie strahlte. „Sicher! Kommt Cali auch?"

Er starrte sie einen Moment lang an. „Wenn du willst, kann ich sie gerne fragen. Ich meine, wenn es dir allein mit mir unbehaglich ist." Er beugte sich vor. „Sie ist meine Partnerin."

Sie nickte. Nachricht erhalten. Es gefiel ihr, das Ethan seine Freundin als seine Partnerin bezeichnete. Offensichtlich hatte er großen Respekt vor Cali. „So oder so ist es okay", versicherte sie ihm. „Danke noch mal. Du bist ein großartiger Cop."

Er schenkte ihr ein verhaltenes, ja beinahe scheues Lächeln. „Ich bin erst neulich zum Sergeant befördert worden. Ich hätte die Prüfung früher machen können, aber ich wollte mehr Erfahrung sammeln, bevor ich andere Cops kommandiere. Natürlich fahre ich immer noch Streife, aber die Bezahlung ist besser."

Sie spürte, dass die Beförderung ihm viel bedeutete. „Herzlichen Glückwunsch."

Er salutierte. „Danke, Ma'am."

„Bitte nenn mich nicht Ma'am."

„Okay. Ich hol dich dann um halb eins ab. Deine Adresse habe ich ja schon von deinem Führerschein."

„Oh, warte! Ich bin vor kurzem umgezogen. Ich wohne

jetzt in der Apartmentanlage in Clover Park." Sie gab ihm ihre neue Adresse.

Wieder sah er sie mit strenger Miene an. „Du musst dich ummelden."

„Ja, Sir! Weitermachen, Sergeant Case!"

Er lächelte und schüttelte den Kopf, dann ging er zurück zu seinem Wagen.

Sie seufzte und war einen Moment lang wie betäubt von seiner männlichen Schönheit und seiner Nachsichtigkeit. Schnell klappte sie die Sonnenblende herunter und betrachtete sich im Spiegel. Ihre Pupillen waren geweitet und ihre geröteten Wangen waren ein belastender Beweis für ihre – ja, Lust. Was aber viel schlimmer war, war, dass ihre Haare zerzaust waren und sie das unerotischste Outfit trug, das sie besaß – ein graues, uraltes T-Shirt und lila Leggings mit weißen Punkten. Sie klappte die Sonnenblende wieder hoch, wütend auf sich selbst, dass sie sich solche Gedanken wegen ihres Aussehens machte. Sie erinnerte sich daran, wie großartig sie sich mit ihrem neuen Lifestyle fühlte. Sie würde *auf gar keinen Fall* Zeit damit verschwenden, einem Typen hinterherzusabbern oder sich zu schmerzhafter Perfektion aufzubrezeln (und perfekt war sie sowieso nie). Kein Mann war verantwortlich für ihr Glück. Sie musste lernen, ihr Glück selbst zu finden. Davon abgesehen war Ethan mit Cali zusammen, und das bedeutete: Finger weg. Sie zupfte ihr Shirt von ihrem überhitzten Körper und wedelte sich frische Luft zu. Dann meldeten sich eben ihre Hormone nach einer qualvoll langen Durststrecke wieder zu Wort, doch das war nichts, worum sich ihr Vibrator nicht kümmern konnte, oder?

Sie blickte in den Rückspiegel. Ethan wartete darauf, dass sie losfuhr. Wahrscheinlich, um zu sehen, ob sie sich an das Tempolimit halten würde. Darum fuhr sie mit braven dreißig Meilen pro Stunde davon. Bei der Geschwindigkeit hätte sie ein alter Mann auf einem Scooter überholen können. Als Ethan den Wagen wendete und in die entgegengesetzte Richtung davon fuhr, wagte sie es, ein klein bisschen fester auf das Gaspedal zu treten. Beinahe hätte er ihr einen Strafzettel verpasst, doch alles war gut. Und jetzt hatte sie ein weiteres neues Hobby: Wandern. Wenn das mal nicht bedeutete, dass sie ihren Horizont erweiterte! Fitness, Natur, was könnte sie sonst noch tun? Vielleicht würde sie einen Gourmet-Kochkurs besuchen oder sich nebenberuflich selbständig machen und irgendetwas tun, worauf noch nie jemand gekommen ist, oder vielleicht würde sie einen Tanzkurs machen – Standardtänze oder lernen, an einer Stange zu tanzen! Oh, gärtnern auch, aber das würde bis zum Frühling warten müssen. Plötzlich hatte sie das Gefühl, dass ihr Leben voller aufregender Möglichkeiten war!

Als sie in ihre Wohnung kam, beunruhigte sie die Stille, die sie erwartete. Sie stellte ihre Einkaufstaschen ab und holte tief Luft. Jetzt, wo sie die Fantasie eines Happy End aufgegeben hatte, könnte das hier ihre Zukunft sein, immer in eine leere Wohnung zu kommen. Ein Leben ohne Liebe. Sie verschränkte ihre Arme und rieb ihre Flanken, dann rang sie energisch die dunkle Verzweiflung nieder. Niemand hatte behauptet, dass es einfach werden würde.

Ein Schritt nach dem anderen.

Sie musste nur fest daran glauben, dass sie es wert war.

~ ~ ~

Ethan machte sich auf den Weg zu Allys Wohnung und ging schneller, als er normalerweise gehen würde, um eine Frau abzuholen. Sie war einfach so verdammt reizvoll. Er mochte ihre Heiterkeit, ihr strahlendes Lächeln und ihre natürliche Begeisterung fürs Leben. Manchmal kam es ihm so vor, als wäre er hart und abgebrüht zur Welt gekommen. In ihrer Nähe zu sein war wie leichtere Luft zu atmen. Er schüttelte den Kopf über seine ungewöhnlich dummen Gedanken und ging schnellen Schrittes hinauf zu ihrer

Wohnung im dritten Stock. Alle Flure und Treppenhäuser waren nach außen offen. Er mochte das, mehr frische Luft.

Er klingelte, und als eine Minute später die Tür aufging, starrte er sie nur sprachlos an.

„Hi!", sagte Ally gut gelaunt. „Ich habe Empfehlungen fürs Wandern gegoogelt und das Outfit hier zusammengestellt. Findest du es okay?"

Das musste eine Fangfrage sein. Sie sah absolut lächerlich aus mit einem riesigen Strohhut auf dem Kopf, einem weißen langärmeligen T-Shirt, das sie in eine Khakihose gesteckt hatte, und weißen Socken *über* der Hose, die sie bis zu den Knien hochgezogen hatte. Die Turnschuhe waren allerdings okay.

Er neigte den Kopf. „Warum hast du deine Socken *über* deine Hose gezogen?"

„Zum Schutz gegen Zecken natürlich. Und ich trage helle Farben, damit ich sie besser sehen kann. Borreliose ist kein Scherz." Sie betrachtete den Saum seiner Jeans. „Komm, lass mich deine Hose auch in deine Socken stecken."

„Nicht nötig. Nach der Wanderung dusche ich und suche mich nach Zecken ab."

Sie kam aus der Wohnung und schloss die Tür hinter sich ab. Er betrachtete den liebenswürdigen kleinen Nerd, und es gefiel ihm, dass ihr wichtiger war, sich zu schützen, als was andere über ihr Aussehen denken könnten. Es bewies gesundes Selbstvertrauen und eine Sollen-die-anderen-doch-denken-was-sie-wollen-Einstellung, die er selbst schon lange praktizierte.

Sie ging ihm voraus die Treppe hinunter, ein kleiner rosa Rucksack auf ihrem Rücken. „Ja, auf der Webseite haben sie auch empfohlen zu duschen. Das werde ich auch machen."

Er folgte ihr und zwang sich, dem verlockenden Gedanken einer gemeinsamen Dusche nicht weiter nachzuhängen. „Was hast du in dem Rucksack?"

„Wasser und einen Müsliriegel. Wo ist dein Rucksack?"

„In meinem Jeep."

„Lass mich raten. Gatorade und Extra-Gewichte im Rucksack, um den Workout-Effekt zu maximieren."

Er lachte, denn sie hatte recht. „Jupp."

„Wie viel Gewicht?"

„Zwanzig Pfund."

Sie schüttelte den Kopf und ihr großer Strohhut wippte. „Ich werde darauf hinarbeiten. Wie lang ist die Wanderung?"

„Normalerweise etwas zwischen einer und vier Stunden."

Sie blieb stehen und packte ihn am Bizeps, bevor sie ihn schnell wieder losließ. „Du meine Güte! Sind das fortgeschrittene Wanderer?"

Er zuckte mit den Schultern. „Von Anfängern bis zu erfahrenen Wanderern ist alles dabei. Wir machen Trinkpausen. Und wenn es dir zu viel wird, kannst du jederzeit den Weg zurück zu meinem Jeep gehen."

„Machen das die Leute in deiner Gruppe?"

Er zögerte, dann gab er zu: „Nein."

Sie ging weiter die Treppe hinunter. „Dann werde ich auch nicht das Weichei sein. Charlotte sagt, dass meine Quads schon ziemlich straff sind. Ich muss nur an meiner Rumpfmuskulatur und an meinen Armen arbeiten."

Er verkniff es sich, einen Kommentar zu ihrem Körper abzugeben, denn er wollte sie viel mehr, als es sich für diese Stufe ihrer Beziehung gehörte. Ihre Kurven waren einfach zu reizvoll. Selbst, dass sie einen Bleifuß hatte, machte ihm nichts aus. Sie war einfach ein Energiebündel.

„Langsam und stetig aufbauen ist sowieso besser", sagte er knapp, da er nicht wollte, dass sie seine lüsternen Gedanken bemerkte.

„Wie lange hast du gebraucht, um Stärke aufzubauen? Ich meine, du schleppst zwanzig Pfund Extra-Gewicht auf einer vierstündigen Wanderung mit dir rum!"

Die Tatsache, dass sie bemerkt hatte, dass er stark war, war ein gutes Zeichen. Sie hatte ihn vorhin gemustert, als er sie angehalten hatte. Manche Frauen hatten eine gewisse Vorliebe für Uniformen. „Ich wandere, seit ich an der Highschool Football gespielt habe. Und für meinen Job habe ich dann noch eine Schippe draufgelegt."

„Musst du oft Verbrechern hinterherlaufen?'

„Man muss für jede Situation vorbereitet sein, und ja, ich habe schon einige Gesetzesbrecher festgenommen."

„Bist du je angeschossen worden?"

„Auf mich ist geschossen worden, aber eine Kugel habe ich mir zum Glück nie eingefangen. Eastman ist nicht gerade eine Verbrechenshochburg, aber genug, um eine angemessene Polizeipräsenz zu rechtfertigen. Wir haben es hauptsächlich mit Drogenproblemen zu tun."

„Na, dann klopf auf Holz", – sie tippte an ihren Kopf – „damit du dir auch weiterhin keine Kugel einfängst."

„Danke."

Den Rest des Weges die Treppen hinunter schwieg sie. Er war sich nicht sicher, ob sie sich Gedanken wegen seiner Arbeit machte, oder ob sie an etwas anderes dachte. Aber es gab nichts, was er sagen konnte, um sie wegen seines Jobs zu beruhigen. Es war nun einmal, wie es war – lange Zeit passierte gar nichts, und dann landete man plötzlich in einer gefährlichen Situation. Er konnte damit umgehen. Und er mochte es, einschreiten zu können, um ein Unrecht zu verhindern. Am meisten mochte er es, gebraucht zu werden. Für jemanden, der sich als Kind viel zu lange ungewollt gefühlt hatte, bedeutete das eine Menge.

Er deutete in Richtung seines Wagens.

„Den habe ich ein paarmal am Garner's gesehen. Ist das deiner? Cool!" Sie ging zur Beifahrerseite seines knallroten Jeep Wrangler Unlimited. Er liebte seinen Jeep, denn der Allradantrieb leistete auf jedem Terrain gute Dienste.

Er öffnete die Tür für sie und sie stieg ein.

„Treffen wir uns dort mit Cali?", fragte er.

„Nein." Er hatte sie nicht angerufen. Er war zu dem Schluss gekommen, dass, wenn Ally es nicht schaffte, ihn auf der kurzen Fahrt zum Treffpunkt allein zu ertragen, sie nichts für ihn war. Und das war etwas, das er lieber gleich am Anfang herausfinden wollte. Manche Frauen hielten ihn für zu schroff. Vielleicht standen sie ja auf Gefühlsduselei, aber so war er nicht.

„Oh", sagte sie, den Blick auf seinen Bizeps gerichtet. Sie zwang sich, ihm in die Augen zu sehen, und lächelte unsicher. „Können wir das Dach aufmachen?"

„Jupp." Er schlug die Tür zu. Es dauerte ein bisschen, das Softtop abzunehmen, zumindest wenn er es richtig machte – dann bedeutete es, dass er die Seiten- und das Rückfenster herausnehmen, alles aushaken und das Dach zurückziehen musste, bevor er alles im Heck des Jeeps verstauen konnte – doch für sie würde er es tun. Ein paar Minuten später war alles sicher verstaut und er stieg ein.

„Ich wusste nicht, dass das so viel Arbeit ist", sagte sie. „Danke."

„Kein Problem." Er ließ den Jeep an und parkte aus. „Halt deinen Hut fest."

Sie nahm ihn ab und legte ihn auf ihren Schoß, bevor sie ihre Haare ausschüttelte. Er fragte sich, ob sie so weich waren, wie sie aussahen. Dann hob sie die Hände über den Kopf und johlte. „Huiiiiiiii!"

Er schmunzelte und bog auf die Hauptstraße ein.

„Hast du außer Fitness noch andere Hobbys?", fragte sie.

Sie war definitiv an ihm interessiert, doch er spielte den Coolen. „Ich verbringe einen Großteil meiner Zeit bei der Arbeit oder draußen beim Wandern, Campen oder Fischen. Und mit den Jungs hänge ich auch rum."

„Vermisst du Zach?" Zach war sein Bruder ehrenhalber, mit dem er seit seinem neunten Lebensjahr in derselben Pflegefamilie aufgewachsen war. Damals waren sie die Jüngsten gewesen, beide Waisen und hatten zusammengehalten. Andere Kinder, oft Geschwister, waren über die Jahre gekommen und gegangen, doch nur er und Zach waren geblieben. Ethan war sich nicht sicher, ob er ohne Zach die Highschool überstanden hätte. Schule war nie sein Ding gewesen, doch Zach hatte später seinen Doktor gemacht. Ethan hingegen hatte auf den dürren kleinen Zach aufgepasst und dafür gesorgt, dass niemand ihm in den Hintern trat. Damals hatte Ethan sich mit jedem geprügelt, der ihn auch nur falsch von der Seite angesehen hatte. Er war so lange so wütend gewesen, weil niemand ihn hatte adoptieren wollen. Er schauderte beim Gedanken, was aus ihm geworden wäre, wenn Joe Campbell nicht ein so beeindruckendes Vorbild gewesen wäre und ihn und Zach nicht in seine Familie aufgenommen hätte. Joe hatte ihnen das Gefühl gegeben, dazuzugehören. Das würde er ihm nie vergessen. Er war überaus loyal und fest in Eastman verwurzelt, nicht nur, um für die Familie, die ihn aufgenommen hatte, da zu sein, sondern auch für die Gemeinde. Er arbeitete bei der Polizei von Eastman und sprang freiwillig als Footballcoach in der Police Athletic League ein, die als Kind seine Zuflucht gewesen war.

Er warf Ally einen Blick zu. „Warum sollte ich Zach vermissen? Er lebt ja jetzt hier."

Sie wedelte mit der Hand. „Weil… na ja, weil er jetzt nur noch im Paket mit Carrie zu haben ist. Die beiden sind wie Kletten miteinander."

„Siehst du Carrie nicht mehr?"

Sie seufzte. „Schon, aber es ist nicht mehr wie früher. Ihre Gedanken sind bei ihrem Studium – sie hat gerade einen Masterstudiengang angefangen, und den Rest der Zeit verbringt sie mit ihm. Ich meine, sicher, ich sehe sie noch immer bei unseren Buchclubtreffen oder zu besonderen Anlässen, Geburtstagen und so, aber es ist nicht dasselbe."

Seine Beziehung zu Zach war unverändert. Sie tranken Bier, spielten Basketball und zogen einander auf wie immer.

Beziehungen zwischen Frauen hatten komplexe Strömungen, die er immer noch nicht verstand.

„Ich meine, ich freue mich für sie", sagte sie mit aufgesetzter Heiterkeit. „Ein Hoch auf Beziehungen! Aber was wird dann aus der Singlefreundin, wenn du verstehst, was ich meine?"

Er wollte schon fragen, ob sie auch gerne Teil eines Paars wäre, denn es klang verdammt danach, als sie fortfuhr.

„Aber egal", trällerte sie. „Ich bin nicht bitter. Ich bin glücklich, glücklich, glücklich."

„Wegen deines Single-Ally ist gleich glückliche Ally-Plans?"

„Ja", sagte sie entschlossen.

Er überlegte, wie er ihr schmackhaft machen könnte, glücklich und in einer Beziehung zu sein, als sie mit warmer Stimme sagte: „Danke, dass du mir kein Knöllchen gegeben hast."

Das war schon etwas. Ein Anfang. „Sicher. Lass es nur nicht wieder passieren."

„Auf dem Weg nach Hause bin ich ein bisschen zu schnell gefahren."

„Das habe ich nicht gehört."

„Und ich gehe bei Rot über die Straße, wenn gerade kein Auto kommt."

Er stöhnte. „Ally, ich glaube, ich muss dir beibringen, wie sich ein braver Bürger verhält."

„Wie ein Hund?" Sie hob ihre Hände in Pfötchenhaltung und hechelte mit heraushängender Zunge. „Bring mir bei, wie sich ein braver Bürger verhält. Wuff! Aber vergiss die Kekse nicht."

Er schmunzelte.

„Du denkst gerade an Doggy-Style, oder?", bemerkte sie.

Und schon wusste sie, wo seine schmutzigen Gedanken hin wanderten. „Ich gestehe nichts. Und bitte geh nur bei

Grün über die Straße. Es gibt keinen Grund, kopflos durch den Verkehr zu rennen."

„Du bist viel zu brav für einen toughen Cop."

Er warf ihr einen finsteren Blick zu.

Sie lachte.

„Nimm das zurück", befahl er.

„Okay, okay, du hast einfach nur einen übertriebenen Respekt für Gesetz und Ordnung."

Er hielt an einer roten Ampel an und starrte sie mit seinem furchteinflößendsten Cop-Blick an. „Ich bin ein verdammter Cop."

Sie hob die Hände. „Bitte verhaften Sie mich nicht, Officer! Es ist kein Verbrechen, andere Leute zu durchschauen, oder? Ich meine, du bist nicht im Dienst."

Er biss die Zähne aufeinander. Er war der King of Cool und ganz sicher *nicht* brav.

Sie tätschelte seinen Arm. „Hey, entspann dich, war nur ein Witz."

„Verbring mehr Zeit mit mir und du wirst sehen, dass ich alles andere als brav bin", brummte er. Er warf einen Blick zur Ampel empor. Immer noch rot. Als er sich wieder ihr zuwandte, grinste sie.

„Herausforderung angenommen. Das wird lustig."

Er brummte. Offensichtlich hielt sie ihn nicht für zu schroff. Er mochte, dass er nicht auf Zehenspitzen um ihre zarten Gefühle würde herumschleichen müssen.

Kurz darauf bog er auf den gekiesten Parkplatz der Fieldridge Reservation ein. Ein paar Leute aus seinem Wanderclub waren bereits da – ein bunter Mix von Leuten zwischen zwanzig und vierzig, darunter nur ein Paar, alle anderen waren Singles. Doch er nahm an, dass man, sobald man verheiratet war und Kinder hatte, keine Zeit mehr für Sonntagnachmittagswanderungen hatte. Doch wenn er ein Kind hätte, würde er es sich einfach auf den Rücken schnallen und es mitnehmen.

Ally sprang aus dem Jeep, bevor er ihr die Tür

aufhalten konnte, und setzte ihren Hut auf.

„Magst du mich den anderen vorstellen?"

Er ging mit ihr zu den anderen hinüber und stellte ihr das eine verheiratete Paar – George und Diana – vor, dann ein paar der Jungs, Rob, Mike und die zwei Matts. Die anderen Frauen starrten ihr zeckensicheres Outfit an. Alle trugen Jeans und langärmelige Shirts. Niemand trug einen Hut. Alle Socken waren unter den Hosensäumen, wo sie auch hingehörten.

Er nickte in Richtung der Frauen. „Das sind Trina, Hillary, Becky, Sarah und–" Er hielt inne, als versuchte er sich an den Namen der letzten Frau zu erinnern.

„Maria", sagte sie.

„Ja, Maria. Tut mir leid. Mein Namensgedächtnis ist furchtbar. Das ist Ally und das ist ihre erste Wanderung."

„Ich bin schon früher gewandert", lächelte Ally. „Die Einkaufsgalerie ist mein bevorzugter Ort dafür, aber ich habe über Wandern in der Natur gelesen und bin bereit."

Die Frauen musterten sie von Kopf bis Fuß. „Das ist gut", murmelte jemand.

„Um die Zecken fernzuhalten", erklärte Ally und deutete auf ihre Socken. „Und auf den hellen Farben sieht man sie leichter."

Daraufhin fingen alle an, ihre eigenen Borreliose-Geschichten zu erzählen. Viele waren exponiert gewesen, doch solange man die Zecke innerhalb der ersten vierundzwanzig Stunden herauszog, passierte meistens nichts. Und wenn man eine Infektion früh erkannte, reichte eine Runde Antibiotika aus, um sie zu beseitigen. Nur wenn man sie erst spät entdeckte, konnte der Weg zur vollständigen Genesung ein langer sein.

„Siehst du, Ethan?", sagte Ally und versetzte ihm einen Knuff gegen die Schulter. „Ich hab dir ja gesagt, dass es wichtig ist."

„Das hast du."

Mehr Leute kamen zum Treffpunkt. Acht Männer,

sechs Frauen. Ihr furchtloser Anführer, Rob, ein knackiger Typ mit langen dunkelbraunen Dreadlocks, die er zu einem losen Knoten geschlungen hatte, verkündete, dass sie lange genug gewartet hatten, und dass der Rest der Gruppe sie auf dem Weg einholen sollte. „Die pennen wahrscheinlich noch ihren Rausch aus."

Zuerst ging Ethan neben Ally her, doch ihre Schritte waren so viel kürzer und sie war so langsam, dass es ihm schwerfiel, ihre Geschwindigkeit zu halten. Da sie keine halbe Stunde, seit sie aufgebrochen waren, bereits nach Luft rang, schlug sie vor, dass er vorgehen sollte.

„Geh nur schon vor", keuchte sie an einer Steigung. „Ich hol dich schon wieder ein."

„Sicher?"

„Ja, ja. Alles gut."

Eine halbe Stunde später, als Ally immer weiter zurückgefallen war, hielten sie für eine Trinkpause an. Es war ein schöner Ort für eine Rast auf einer kleinen Lichtung mit ein paar flachen Felsen, auf denen man sich gut ausruhen konnte.

„Bist du okay?", fragte er.

Sie nickte und trank einen langen Schluck aus ihrer Wasserflasche.

Er setzte seinen Rucksack ab und streckte sich. Er mochte hartes Training, und in der Highschool hatte er gelernt, wie gut es ihm tat. Es fokussierte seine Energie und reduzierte die Auseinandersetzungen, in die er geriet, beträchtlich. Er trank sein Gatorade und beobachtete Ally.

Sie nahm ihren Hut ab und fächelte sich frische Luft zu. Sie sah vollkommen erschöpft aus. Sie schwitzte, ihr hübsches Elfengesicht war hochrot und ihre Haare klebten feucht an ihrem Kopf. Sie war Wandern nicht gewohnt.

„Der Jeep ist offen", sagte er. „Warum gehst du nicht zurück und ruhst dich aus? Ich treffe dich später wieder da."

Sie warf ihm einen Blick zu. „Ich bin *kein* Weichei."

Er grinste. „Am Ende des Weges hat man eine schöne

Aussicht – ein riesiger See umgeben von Bäumen."

„Beschreib es mir. Ich brauche einen Anreiz."

„Sicher." Er blickte in die Ferne, als versuchte er sich zu erinnern. „Also, das Wasser ist tiefblau mit sanften Wellen. Jede Menge Fische – Forellen und Flussbarsche. Manchmal sieht man eine Schildkröte, die sich auf einem Baumstamm sonnt. Um diese Jahreszeit färben sich die Bäume am Rand des Sees langsam. Leuchtendes Rot, Orange und Gelb. Darüber der blaue Himmel. So viel Himmel. Es ist, als wäre der Himmel da endlos." Er fuhr fort und beschrieb viele kleine Details. Er hatte viel Zeit an diesem See verbracht beim Fischen und Camping. „Es wird dir gefallen", sagte er schließlich und wandte sich ihr wieder zu.

Sie schlief.

Er bewunderte sie einen Moment lang – einschließlich ihrer weißen Socken. Was für eine Kämpfernatur, bis zur absoluten Erschöpfung durchzuhalten. Jetzt stand er vor der Wahl, sie entweder Huckepack zum Ende des Wanderweges zu tragen oder ihr zurück zum Jeep zu helfen. Die Aussicht war spektakulär. Im Jeep würde sie sich wahrscheinlich wie ein Weichei vorkommen.

Sanft stieß er ihren Arm an. „Wach auf, auf dich wartet eine tolle Aussicht."

Sie schlief weiter.

Er ging neben ihr in die Hocke, nahm ihr die Wasserflasche aus der schlaffen Hand und den Hut vom Schoß, um ihr damit zuzufächeln. „Ally", bellte er. „Aufwachen, Soldat!"

„O mein Gott!", rief eine der Frauen. „Sie ist eingeschlafen?"

Ethan stand auf. „Sie ist die Anstrengung nicht gewohnt." Er stieß Allys Bein mit dem Fuß an. „Komm schon, aufwachen."

Die anderen Wanderer kamen hinzu und sahen sie neugierig an. „Geht's ihr nicht gut?", fragte jemand.

„Nein, sie ist okay." Er öffnete die Wasserflasche und

goss ein bisschen Wasser über ihren Kopf.

Sie schreckte auf und riss ihm mit einem bösen Funkeln in den Augen die Wasserflasche aus der Hand.

Kapitel Vier

Platsch! Mitten in sein Gesicht.

„Hey!", rief er lachend. „Kann mir jemand sein Wasser geben? Ich brauche Munition." Alles, was er hatte, war Gatorade.

Jemand spritzte Wasser auf seinen Rücken. Er drehte sich um, und plötzlich brach eine Wasserschlacht aus, alle lachten und kreischten, wenn sie das kalte Wasser traf. Es war verrückt, und so viel Spaß hatten sie im Wanderclub noch nie gehabt.

Schließlich ging allen die Munition aus. Er wandte sich wieder Ally zu und sah, wie sie ihr jetzt durchsichtiges, klatschnasses Shirt vom Leib zupfte. Sie hätte genauso gut nur im BH vor ihm stehen können. Ihre Nippel waren aufgerichtet, und ihre köstlich vollen Brüste zeichneten sich klar ab. Er schluckte.

„Wet T-Shirt Contest", bemerkte sie.

Und während er die Aussicht zu schätzen wusste, sah er, dass es ihr peinlich war. Sie hatten immer noch gut zwei Stunden Wanderung vor sich.

Er zog sein T-Shirt aus und bot es ihr an. „Hier. Meins ist nur am Rücken nass. Lass dein Shirt in der Sonne auf einem der Felsen liegen, und wenn wir auf dem Rückweg wieder hier vorbeikommen, sollte es trocken sein."

Sie starrte seine Brust an, dann wanderte ihr Blick zu seinen Bauchmuskeln. Er wartete, bis sie ihm wieder in die Augen sah. Ihre Pupillen waren geweitet. *Schön.*

Er drückte ihr sein Shirt in die Hand. „Geh dich hinter dem Baum da umziehen. Ich warte auf dich."

„Was für ein Waschbrettbauch."

Er betrachtete seinen Bauch. „Danke."

Sie wedelte mit den Händen. „Perfekter geht's nicht. Wow."

Er lächelte. Wow gefiel ihm.

„Weiter geht's!", rief Rob. Alle nahmen ihre Rucksäcke und packten ihre leeren Wasserflaschen weg.

„Komm, beeil dich", sagte er zu Ally.

Sie starrte ihn an und sagte mit sanfter Stimme: „Du hast mir das Shirt gegeben, das du angehabt hast."

„Ich habe leider kein anderes."

Sie umarmte ihn. Es war so schnell vorbei, dass er keine Gelegenheit hatte, ihre Umarmung zu erwidern, bevor sie ihn losließ und hinter einem Ahornbaum verschwand. „Danke!"

Er stand da in einem warmen, benebelten Zustand.

Als sie zurückkehrte, trug sie sein Shirt, das wie ein kurzes Kleid an ihr hing. Etwas Primitives, Besitzergreifendes, das er noch nie zuvor gespürt hatte, erwachte in seinem Hirn. Als hätte er seine Besitzansprüche an ihr angemeldet.

„Wo soll ich das hintun?", fragte sie und wrang ihr weißes Longsleeve-Shirt aus.

Er zwang sich, sich zu konzentrieren. „Ich mach das." Er breitete es auf einem Felsen aus, von dem er wusste, dass er noch eine ganze Weile in der Sonne sein würde.

„Wer als letztes ankommt, muss in den See springen!", sagte sie, nahm ihren Rucksack und eilte voraus.

Er schüttelte den Kopf. Das wäre ein Sprung von fast fünfzig Metern, aber er bewunderte ihre Entschlossenheit. Er nahm seinen Rucksack und den riesigen Hut, den sie vergessen hatte, und holte sie mit Leichtigkeit ein. Er konnte die anderen hören, die sich nach der erfrischenden

Wasserschlacht gut gelaunt unterhielten, doch sehen konnte er sie nicht. Sie sollten wirklich aufholen.

„Soll ich dich Huckepack nehmen?", fragte er und setzte ihr den Hut auf. „Ist kein Problem, und außerdem würdest du mir die Sonne vom Rücken fernhalten."

Sie runzelte die Stirn. „Vielleicht hättest du dir mein nasses Shirt über den Rücken hängen sollen."

„Ach was. Ich bin noch vom Sommer braun. Ich bin die Sonne gewöhnt. Davon abgesehen sind wir eh bald wieder im Schatten unter den Bäumen."

Ihr Blick fiel auf seine Brust und wanderte tiefer, bevor sie sich wieder zwang, ihm in die Augen zu sehen. Ihre Wangen waren pink. „Du bist so …" Sie räusperte sich. „Ich meine, Mann, es ist mir so peinlich, wie viel fitter du bist als ich."

Sie will mich.

„Jeder fängt irgendwann an." Er schnallte seinen Rucksack vor seine Brust, drehte sich um und ging in die Knie. „Auf geht's."

„Du bist dir schon bewusst, dass ich mehr als fünfzig Kilo wiege?"

Er warf ihr einen Blick über die Schulter zu. Sie starrte seinen Rücken an, und er war sich nicht sicher, ob sie zögerte, auf seinen Rücken zu klettern oder ihn einfach nur betrachtete. „Das trifft auf die meisten Erwachsenen zu."

„Willst du damit sagen, dass du mit fünfzig plus Kilo auf dem Rücken wandern kannst?"

„Ich kann noch mehr tragen. Komm, wir müssen weiter."

Sie ging um ihn herum und blieb vor ihm stehen. „Ich will wie du sein, wenn ich als tougher Kerl wiedergeboren werde."

Er lachte und richtete sich auf.

„Auf geht's", sagte sie. „Ich will das auf meine Weise machen. Langsam, aber ich komme schon ans Ziel."

Er rückte ihren Hut zurecht. „Langsam und beständig

hat jede Menge Integrität."

„Ja, ja."

„Ich warte oben auf dich, wenn du nicht spätestens eine halbe Stunde nach mir oben bist, komme ich zurück."

„Du meine Güte! Eine Such- und Rettungsaktion wird nicht nötig sein." Sie schob das Kinn vor. „Ich. Schaffe. Das."

Er hob die Hände und machte sich mit seiner normalen Geschwindigkeit auf den Weg. Wer war er schon, sich einer entschlossenen Frau in den Weg zu stellen? Er bewunderte ihre Hartnäckigkeit.

Er holte die Gruppe ein, lauschte aber hinter sich, für den Fall, dass eine gewisse entschlossene Frau auf dem Weg zusammenbrechen sollte. Kurze Zeit später waren sie am Ziel. Der Blick raubte ihm wie immer den Atem – blauer Himmel, so weit das Auge reichte, der weite See, der den Himmel reflektierte, und die Bäume drum herum, die in der Nachmittagssonne in bunten Farben schillerten – grün, gelb, rot und orange. Er holte tief Luft. In Augenblicken wie diesen glaubte er entgegen seiner persönlichen Erfahrungen daran, dass die Welt ein guter Ort war.

Er drehte sich wieder in Richtung des Weges um und hielt nach Ally Ausschau. Mehrere Minuten vergingen in aller Stille – abgesehen vom Geplapper der anderen, die hinter ihnen aßen und scherzten. Bevor sie sich auf den Rückweg machten, aßen sie meistens einen gesunden Snack. Er wollte auf Ally warten, bevor er seinen aß. Er hatte zwei Äpfel mitgebracht, einen für sich und einen für sie.

Er hörte sie, bevor er sie sah. Sie schlurfte die letzte Steigung hinauf. Er musste sich zurückhalten, um sie nicht hochzuheben und den letzten Rest des Weges zu tragen.

Endlich kam sie in Sichtweite. Als sie ihn sah, strahlte sie über das ganze Gesicht und warf ihre Arme in die Höhe. „Ich hab's geschafft!"

„Und ob." Mehr brachte er um den Kloß in seinem

Hals herum nicht heraus. Ihr kleiner Sieg berührte ihn viel mehr, als er verstehen konnte. Es war nicht so, als hätte *er* etwas erreicht. Er freute sich einfach unglaublich für sie.

Langsam ging sie auf ihn zu. „Ich schätze, ich bin diejenige, die in den See springen darf."

„Nah, da geht's viel zu weit runter. Komm." Er bedeutete ihr mit einem Nicken, ihm zu folgen. Als sie den besten Aussichtspunkt nicht weit von der Klippe erreicht hatten, flüsterte er: „Sieh dir das an. Deine Belohnung dafür, dass du es bis hier hoch geschafft hast."

Sie holte tief Luft. „Oh! Genau, wie du es beschrieben hast. Das ist wunderschön."

Er genoss die Aussicht. „Das ist es."

Ein paar Minuten später drehte sie sich zu ihm um. „Bitte sag mir, dass wir noch eine Weile Pause machen, bevor wir wieder runter gehen."

„Ja, und runter ist es viel leichter. Hast du Hunger?"
Sie nickte.

Er ging ihr voraus zu einem flachen Felsen und bot ihr einen Apfel an.

„Danke", sagte sie und biss hinein. „Das ist viel besser als ein Müsliriegel."

„Stimmt." Er aß seinen Apfel und beobachtete sie genau. Sie war überraschend munter. Ihre Augen waren klar, und sie sah sich um, während sie mit Begeisterung ihren Apfel aß. Sie war ein echter Kämpfer. Etwas in der Gegend um sein Herz regte sich. Er mochte sie *wirklich*.

Einige der anderen Wanderer kamen, um ihr zu gratulieren.

„Ich muss es immer noch wieder runter schaffen", bemerkte Ally.

„Das schaffst du schon", sagte einer der beiden Matts. „Für jemanden, der das erste Mal wandert, ist der Weg hier ziemlich tough. Dein Freund hätte dir das sagen sollen."

Ally lächelte und runzelte die Stirn. „Oh, wir sind nur Bekannte."

Matt warf ihm einen Blick zu, und Ethan kniff die Augen zusammen. Als Matt schmunzelte, richteten sich Ethans Nackenhaare auf, und er erhob sich, um Matt in die Augen zu blicken. *Willst du dich allen Ernstes vor meiner Nase an die Frau ranmachen, die mein T-Shirt trägt?*

Matt drehte sich um und ging. *Na bitte.*

Ethan setzte sich neben Ally und aß seinen Apfel mit drei entschlossenen Bissen auf.

„Was war das denn?", fragte Ally.

„Sein Grinsen hat mir nicht gepasst."

„Du grinst doch auch die ganze Zeit."

„Nicht so."

„Oh-kay." Sie aß den letzten Bissen ihres Apfels. „Wo kann ich das wegwerfen?"

„Wir bringen alles wieder mit runter. Hier." Er streckte ihr seine Hand entgegen.

„Du kannst doch nicht wirklich meinen abgenagten Apfelbutzen haben wollen? Mein Sabber ist da überall dran."

Er lachte. „Ich werd's überleben."

Zögernd gab sie ihm das Kerngehäuse.

„Ihhh!", rief er. „Mädchensabber!"

Sie lachte. „Ach was? Der toughe Typ hat doch tatsächlich einen Sinn für Humor!"

Er steckte die Kerngehäuse in eine Papiertüte in seinem Rucksack. „Nicht so gut wie Klopf-Klopf-Witze, aber …"

„Hey! Manche Klopf-Klopf-Witze sind wirklich lustig!"

„Für Erstklässler vielleicht."

Sie knuffte ihn. „Für alle, tougher Mann."

Er sah ihr in die Augen. „Toughes Mädchen. Ich bin beeindruckt, wie hart du gekämpft hast, hierher zu kommen. So manch anderer hätte es sich leicht gemacht und wäre in die Zivilisation zurückgekehrt."

„Alles Weicheier", erklärte sie.

Wieder lächelte er. Er konnte sich nicht daran erinnern, je so viel gelächelt zu haben. „Recht hast du. Ich habe wirklich nicht gedacht, dass das eine anstrengende Wanderung ist. Tut mir leid, dass ich es unterschätzt habe."

„Schon gut."

„Morgen hast du wahrscheinlich Muskelkater. Du solltest einen Tag mit dem Training aussetzen."

„Das werde ich. Danke." Sie stieß ihn mit der Schulter an.

Er stieß zurück und musste sie festhalten, damit sie nicht vom Felsen rutschte. „Du bist ein Leichtgewicht."

Sie lächelte strahlend. „Das ist das Netteste, was ein Mann je zu mir gesagt hat. Es ist schön, einen Kumpel zu haben." Sie stand auf und streckte sich, und ihre Brüste zeichneten sich voll und verführerisch unter seinem blauen T-Shirt ab.

Kumpel. Nicht lange. Er schmunzelte, als er sie sich nach einer Nacht in seinem Bett vorstellte, wie sie in seinem T-Shirt durch sein Haus ging, ohne etwas darunter zu tragen.

Sie bemerkte sein Grinsen nicht, stattdessen ging sie an den Rand der Klippe, um noch einmal die Aussicht zu genießen, während er ihre Rückansicht genoss.

Auf dem Weg zurück zum Parkplatz fiel Ally wieder zurück, doch er wusste, dass sie es schaffen würde. Sie würde in ihrem eigenen Tempo unten ankommen. Er pfiff gut gelaunt vor sich hin und freute sich, eine seiner Lieblingsfreizeitaktivitäten mit Ally teilen zu können. Je öfter sie es tat, desto stärker würde sie werden. Vielleicht könnten sie ja auch bald allein wandern gehen.

Am Felsen, auf dem sie ihr Shirt zum Trocknen ausgelegt hatten, blieb er stehen. Es war immer noch feucht, darum hängte er es über seinen Rucksack, damit es weiter trocknen konnte. Bald erreichte er den Parkplatz und wartete. Und wartete. Schließlich kam sie aus dem Wald. Lächelnd unterhielt sie sich mit ihrem Gruppenleiter, Dreadlock Rob. Er musste zurückgegangen sein, denn sonst war er immer ganz vorn.

Er trat gerade rechtzeitig zu ihnen, um zu hören, wie Rob Ally nach ihrer Nummer fragte.

Sie lächelte und schüttelte den Kopf. „Tut mir leid, ich date jemanden, aber danke.“

Rob begegnete seinem Blick. „Sorry, Mann. Matt sagte, ihr seid nur Freunde. Aber ist cool.“

„Keine Sorge“, versicherte Ally Rob. „Ethan und ich sind nur Freunde. Es ist jemand anderes.“

Rob warf ihm einen verwirrten Blick zu, bevor er sich wieder Ally zuwandte. „Ich hoffe, du kommst bald wieder mal mit. War schön, dich kennenzulernen.“

„Dich auch“, sagte sie gut gelaunt.

Ethan biss die Zähne zusammen. Was zum …? Sie datete jemanden? Und das nach all ihrem Single-Gelaber? Er drehte sich um und ging zurück zu seinem Jeep. Ally folgte ihm und betastete ihr Shirt auf seinem Rucksack.

„Mein Shirt ist immer noch ziemlich nass“, sagte sie. „Kann ich dein Shirt behalten, bis ich dich das nächste Mal sehe?“

„Kein Problem“, murmelte er.

„Hast du noch ein T-Shirt im Auto?“

„Nur einen Hoodie. Aber so ist's auch okay.“ Wenn es nach Ally ging, konnte er oben ohne herumrennen, so lange er wollte, solange sie ihn dabei begaffen konnte. Er beruhigte sich ein wenig. Vielleicht hatte sie Rob das mit dem Freund nur erzählt, weil sie kein Interesse an ihm hatte. Ihm hatte sie die ganze Fahrt hierher von ihrem Glückliche-Single-Ally-Plan erzählt.

Als sie zu seinem Jeep kamen, hielt er ihr die Beifahrertür auf. Sie stieg ein und wandte sich ihm zu. „Willst du das Dach zumachen? Ich will nicht, dass dir kalt wird.“

Echten Männern wurde nicht kalt.

„Nicht nötig.“ Er stieg ein, ließ den Wagen an und sah sie an. Ein leises Lächeln umspielte ihre Lippen. „Hat es dir Spaß gemacht?“

Sie strahlte. „Oh ja. In der Natur zu sein gibt mir so ein angenehm friedliches Gefühl. Als wäre alles gut.“

„Ja.“ Er entspannte sich, denn sie schien wirklich zu schätzen, was er ihr heute hier gezeigt hatte. Er ließ den Motor an und fuhr vom Parkplatz. Es war nicht so, dass er Besitzansprüche an ihr hatte. Natürlich mussten andere Männer sie angraben. Sie war hübsch, sexy und süß und strahlte vor überschäumender Lebensenergie. Oh Mann, es hatte ihn böse erwischt. Er musste bald etwas unternehmen, bevor ihm ein anderer zuvor kam. Oder gab es da schon einen anderen?

Als er ihr einen Blick zuwarf, ertappte er sie dabei, wie sie seine Brust anstarrte. Sie begegnete seinem Blick, und ihre Miene lag irgendwo zwischen Lust und Schuldgefühlen. Fühlte sie sich schuldig, weil sie insgeheim jemanden datete? Wenn dem so war, was sollte dann all das Single-Geschwafel?

„Bist du jetzt eigentlich mit jemandem zusammen?“, fragte er beiläufig. „Ich habe gehört, was du zu Rob gesagt hast, und das hat mich verwirrt. War da nicht was mit glücklicher Single und so?“

Sie lachte. „Ich bin nur mit mir selbst zusammen. Ich will mich auf mein Leben konzentrieren. Ich habe zu viel Energie in Beziehungen verschwendet, weißt du? Jetzt ist meine einzige Beziehung die, die ich mit mir selbst habe.“

Er schmunzelte. „Ich wette, du hast ein tolles Sexleben.“

„Wie bitte?“

Sein Versuch, witzig zu sein, endete in einer Bauchlandung. „Ich meine, du bist in einer Beziehung mit dir selbst, darum weißt du genau, was dir gefällt.“

„Oh, ich schätze schon.“

Sie lachten.

„Entschuldige, wenn das unangemessen war“, sagte er.

„Unsinn! Ich liebe Unangemessen. Ich sage immer, dass ein Vibrator besser ist als ein Mann, und das ist die

Wahrheit!"

„Stimmt nicht", widersprach er.

„Du kannst wirklich richtig lustig sein." Ihr Blick wanderte von seiner nackten Schulter zu seinem Bizeps. „Ich kann mich nicht erinnern, dich vor heute lustig gesehen zu haben." Ihre Stimme klang belegt, und sie räusperte sich.

Er antwortete mit heiserer Stimme. „Ich bin davon überzeugt, dass der *richtige* Mann definitiv besser als ein Vibrator wäre."

Ein Moment angespannter Stille folgte.

Als er sie ansah, starrte sie ihn mit großen Augen und offenem Mund an. Er zwinkerte ihr zu.

Sie holte scharf Luft. „Also das ist nicht – ich meine, ich …"

Er lachte leise und schmutzig.

„Natürlich würde ein Mann so was sagen!", protestierte sie. „Ist jetzt nicht böse gemeint, aber Männer neigen dazu, ihre Fähigkeiten gnadenlos zu überschätzen."

„Wann immer jemand *ist jetzt nicht böse gemeint* sagt, ist es böse gemeint."

„Nein wirklich, nichts für ungut." Sie blickte geradeaus und fuhr sich mit der Hand durchs Haar. „Wie kommt es, dass du heute so witzig bist, und nicht, wenn ich dich sonst gesehen habe, ich meine im Garner's, wenn du mit den Jungs einen trinken warst oder bei Partys und so."

„Meistens siehst du mich nach einer langen Schicht. Da bin ich dann ziemlich erledigt. Heute war ein entspannter Morgen." Er hielt inne, dann entschied er sich, es zu versuchen. „Der Wanderclub trifft sich jeden zweiten Sonntag. Hast du Lust, wieder mitzukommen? Oder wir könnten früher wieder gehen, nur wir zwei."

Sie antwortete schnell. „Ich sag dir Bescheid. Ich will so viele Sachen ausprobieren, da will ich mich nicht festnageln. Wie geht's Cali?"

Das war ernüchternd. „Ihr geht's gut." Sich nicht

festnageln wollen klang wie ein Nein für ihn, doch so schnell wollte er nicht aufgeben. „Du hast gesagt, dass es dir heute Spaß gemacht hat, und je mehr du wanderst, desto leichter fällt es dir. Ich gebe dir meine Nummer, dann kannst du mir schreiben oder anrufen, wenn du deine Meinung änderst." Er wartete, während sie ihr Handy aus der Tasche zog, dann diktierte er ihr langsam seine Nummer. Dann bat er sie, ihm eine Nachricht zu schicken, um sich zu versichern, dass sie die Nummer richtig gespeichert hatte, doch hauptsächlich ging es ihm darum, ihre Nummer zu bekommen. Er würde nachsehen, sobald er den Wagen geparkt hatte.

„Aww! Du bist ja ganz kalt!" Sie rieb seinen Arm und sofort wurde die Stelle warm. „Schau! Du hast ja eine Gänsehaut."

„Vielleicht ein bisschen", gab er zu, in der Hoffnung, dass sie ihn weiter berühren würde. Ohne Shirt zeigte er viel Haut. Ihre Finger wanderten über seinen Arm von der Schulter zum Ellbogen. Ihre Berührung war sanft, bist ihr plötzlich bewusst wurde, was sie tat, und sie abrupt die Hand wegzog.

Er lächelte. Das fühlte sich wie ein Ja an.

Kapitel Fünf

Ethan wusste, dass es nicht gerade der subtilste Zug war, beim Treffen des Happy End Buchclubs aufzutauchen, um Ally zu sehen, doch er ging davon aus, dass seine Chancen, ihr Interesse zu wecken, größer waren, je öfter er sie sah. Die Wanderung war jetzt schon vier Tage her, und er hatte immer noch nichts von ihr gehört. Vielleicht bedeutete das ja nur, dass sie nicht noch einmal wandern gehen wollte. Nichts gegen ihn. Er ging an den Tresen des *Something's Brewing Café* und bestellte einen Kaffee zum Mitnehmen. Er konnte nicht lange bleiben. Er war in Uniform und auf dem Weg zur Nachtschicht. Einer der Jungs hatte spontan freinehmen müssen, da seine Frau in den Wehen lag. Ethan war einer der wenigen Singles der Einheit, und es machte ihm nichts aus, Überstunden zu machen. Selbst wenn er nicht auf dem Weg zur Arbeit gewesen wäre, wäre er nicht lange genug geblieben, um an diesem Buchclubtreffen für unverbesserliche Romantikerinnen teilzunehmen. Sein Ziel war einfach: Ally sehen und kurz hallo sagen.

Der rothaarige Besitzer der Bar, Shane O'Hare reichte ihm seinen Kaffee. „Danke, Shane. Dein Kaffee ist der beste."

Shane lächelte. „Das hier ist unsere neue Hausmischung – fair gehandelter Kaffee aus biologischem Anbau."

„Sicher ganz fantastisch." Er drehte sich um, als Gelächter von der Tür die Frauen ankündigte, die gerade hereinkamen. Er sah Ally sofort neben der blonden Carrie.

Sie hätten leicht als Schwestern durchgehen können, und es wirkte, als stünden sie einander sehr nah. Ally trug einen hellblauen Pullover, der ihre Brüste betonte, dazu schwarze Jeans und Canvas High-Top Sneakers – einen roten und einen grünen. Irgendwie schräg, doch es gefiel ihm.

Ally sah ihn und kam herüber geeilt. „Sieht aus, als hätte ich einen Stalker." Sie lächelte kokett.

Er erwiderte ihr Lächeln. Man musste schon tot sein, um Allys Lächeln nicht zu erwidern. „Ich war zuerst hier. Vielleicht stalkst du ja mich."

Sie warf ihre Haare über die Schultern. „Das ist unser Buchclubabend."

Er strich ihr eine Strähne aus dem Gesicht. „Diskriminiert dein Buchclub etwa Männer?"

Sie unterdrückte ein Lachen. „Das hängt ganz davon ab, ob Männer gerne heiße Romanzen lesen. Hm?" Ihre blauen Augen tanzten amüsiert.

Er schmunzelte, da seine Gedanken bereits beim *Praktizieren* heißer Romanzen waren, als Hailey, die Leiterin des Buchclubs und notorisch kuppelnde Hochzeitsplanerin plötzlich neben ihm auftauchte. Unauffällig wich er ein Stück zurück. Hailey hatte letzten Monat beim Flirten mit ihm alle Register gezogen – in einem wenig subtilen Versuch zu beweisen, dass er nicht sexsüchtig, sondern gutes Partnermaterial war. Es war klar, dass sie kein Interesse an ihm hatte, daher schien ihr Geflirte eher für alle anderen um sie herum gewesen zu sein. Er hatte sich überrollt gefühlt.

Hailey strahlte ihn an. „Wir würden uns freuen, dich dabeizuhaben. Wir versuchen schon eine ganze Weile, mehr Männer zur Teilnahme zu bewegen. Die männliche Perspektive könnte überaus nützlich sein."

Er wich einen weiteren Schritt zurück. „Ich glaube nicht, dass ich der Typ bin, nach dem du suchst."

Er und Ally lächelten einander an. Er hob seinen Kaffeebecher. „An die Arbeit. Viel Spaß mit deinem

Buchclub."

„Bye!" Ally winkte ihm hinterher.

Er winkte zurück und ließ schnell die Hand sinken, denn die wenig männliche Geste war ihm peinlich. Er drehte sich um und ging mit seinem typischen Tougher-Cop-Gang hinaus.

Es war eine seltsame Situation. Er konnte sich vorstellen, mit einem anderen Mann um die Aufmerksamkeit einer Frau zu streiten, doch mit der Aufmerksamkeit einer Frau für sich selbst zu wetteifern, das war eine viel schwierigere Situation.

Aber er liebte Herausforderungen. *Auf geht's, Ally. Lass uns beide deinem sexy kleinen Körper Aufmerksamkeit schenken. Vielleicht glaubst du mir ja dann, dass ein Mann besser ist als ein Vibrator.*

Er schmunzelte und stieg in seinen Streifenwagen.

~ ~ ~

Amy ließ sich auf ihren Platz im Kreis der Frauen des Happy End Buchclubs im Somethings's Brewing Café nieder. Es war ein gemütlicher Laden mit dunklen Holztischen, tiefroten Wänden und goldenen Wandlampen. Die neun Frauen saßen in der Mitte des Raumes, die Tische an die Wände geschoben.

Sie konnte es kaum erwarten, die anderen einzuweihen. Sie schlug ihre Beine übereinander und wartete auf ihre Gelegenheit. Endlich kam der Moment, und sie verkündete stolz ihre neue Philosophie. „Diese Geschichten sind realitätsferne Fantasien. Ich liebe sie, aber ich erwarte das nicht mehr länger für mich selbst."

Sie wartete atemlos auf den Sturm der Proteste. Sie hatte gerade an den Fundamenten dessen, wofür der Buchclub stand, gerüttelt. Diese Frauen waren ihre engsten Freundinnen, und ihr Band gründete auf ihrer gemeinsamen Liebe für Romanzen. Alle liebten die Happy

Ends. Und alle wollten eines für sich.

Stille. Alle starrten sie an.

Okay, vielleicht brauchten sie eine weitere Erläuterung. „Ich warte nicht mehr darauf, dass ein Mann mir ein Happy End beschert. Ich nehme die Verantwortung für mein Glück selbst in die Hand."

„Da hast du vollkommen recht, Mädel", sagte Missy, eine toughe, praktisch veranlagte Frau. Sie hatte erst kürzlich ihre schönen roten Haare dunkelbraun gefärbt und sah dadurch nur noch tougher und ernster aus. „Ich lese diese Bücher eh nur wegen des heißen Sex'."

„Ich auch", stimmte Lexi ein. Sie war eine lebhafte, was Männer anging furchtbar desillusionierte Eventplanerin. „Als ob Happy Ends real wären!", schnaubte sie.

„Das habe ich auch immer gedacht", sagte Mad wenig überraschend. Mad war das einzige Mädchen und der jüngste Spross der Campbell-Familie – ein echter Tomboy. Als sie sich mit ihrem V-Ausschnitt-T-Shirt vorlehnte, gewährte sie allen einen Blick auf ihr Falken-Tattoo über ihrem Herzen. „Aber, Ladys, Liebe mit Happy End *ist* real. Ich habe sie mit Parker. Ich bin in meinem ganzen Leben nie so glücklich gewesen wie mit ihm."

Wieder schwiegen alle. Die Gruppe bestand zwischenzeitlich zu gleichen Teilen aus Singles und Frauen in Beziehungen, und Ally spürte diese Kluft deutlicher denn je.

Hailey, ihre furchtlose Anführerin, sah wie immer atemberaubend aus in einem beigefarbenen A-Linienkleid von weiß Gott welchem Designer und passenden Pumps. „Kommen wir zu dem Schluss, dass wir bezüglich des Wahrheitsgehaltes der Geschichten, die wir alle lieben, uneins sind. Aber vergesst nicht", sagte Hailey, die Königin der Kunstpausen. „Manchmal blüht die Liebe da, wo wir sie am wenigsten erwarten."

Ally beugte sich vor und strich sich ihren blonden Pony aus den Augen. „Was ist eigentlich mit *Make Love Bloom* passiert?" Das war Haileys Versuch einer Partnervermittlung gewesen, den sie mit einem anderen Buchclubmitglied gestartet hatte, das jetzt trotz Haileys Bemühungen glücklich verlobt war.

Hailey schnaubte und strich ein paar nicht existente Falten in ihrem Kleid glatt. „Ich habe mich entschlossen, die Dinge auf natürlichere Art und Weise geschehen zu lassen. Wenn nötig mit einem kleinen bisschen Hilfe." Sie lächelte verhalten.

Alle starrten Hailey geschockt an. Das ging gegen alles, wofür sie in den zwei Jahren, seit es ihren Buchclub nun schon gab, gestanden hatte. Hailey war ein bekennender Liebes-Junkie und Happy-End-Förderer. Warum ließ sie von ihrer erklärten Mission, jeder von ihnen ein Happy End zu bescheren, ab?

„Ist irgendwas passiert, Hailey?", fragte Ally vorsichtig. „Bist du mit jemandem zusammen oder hast du gerade Schluss gemacht? Woher kommt diese neue Einstellung?"

Hailey warf ihre langen rotblonden Haare über ihre Schulter. „Nichts ist passiert. Mir ist nur bewusst geworden, dass ein etwas subtilerer Ansatz für alle angenehmer ist." Sie senkte den Blick und starrte einen Moment lang mit ungewöhnlich verhaltener Miene zu Boden. Dann blickte sie plötzlich auf und setzte ihr Schönheitsköniginnen-Lächeln auf. Sie war eine ehemalige Schönheitskönigin, und dieses unechte Lächeln kam immer in stressigen Situationen zum Vorschein.

„Sind wir bereit, mit Kapitel eins anzufangen, Ladys?"

„Sicher", sagte Ally. Hailey mochte es, das erste Kapitel jeder neuen Story laut mit der Gruppe zu lesen, damit sie es gemeinsam erleben konnten. Sie war eine ziemlich gute Schauspielerin und imitierte die verschiedenen Stimmen der Akteure.

Hailey stand auf und begann, von ihrem E-Reader das erste Kapitel von *Eine zweite Chance für die Liebe* vorzulesen. Ally war diejenige gewesen, die die Geschichte vorgeschlagen hatte, damals voller Vorfreude auf eine zweite Chance auf eine Liebe mit Dean. Jetzt war sie nicht mehr so begeistert. Ihre Gedanken drifteten zu der Begegnung mit Ethan gerade eben. Sie hatte ihn seit der Wanderung vor vier Tagen nicht gesehen. Nicht, dass sie die Tage zählen würde, bis sie ihn wiedersah. Es war … schön gewesen, ihn zu sehen. Er hatte so gut gerochen – holzig und sauber – und er sah so unglaublich sexy aus in seiner Uniform. Diese breiten Schultern und muskulösen Arme und diese Brust erst! Sein umwerfendes Lächeln brachte sein Gesicht zum Strahlen. Sie spürte, wie sie rot wurde.

O Gott, was bin ich doch für ein schlechter Mensch. Auf der einen Seite hatte sie sich für einen glücklichen Single-Lifestyle entschlossen, auf der anderen Seite sabberte sie dem Freund einer anderen hinterher. Gott. Was stimmte nicht mit ihr? Warum konnte sie nicht einfach ihr Singledasein genießen? Die leidenschaftliche Ansprache ihrer Mutter über die Gefahr, sich zu freigiebig einem Mann hinzugeben und dann auch noch womöglich dem Falschen, fiel ihr wieder ein und kühlte ihre Lust erheblich ab. Lüsterne Impulsivität hatte schmerzhafte Konsequenzen. Ihr Magen drehte sich beim Gedanken an die Erinnerung, die sie nie mit jemandem geteilt hatte.

Sie zwang sich, sich auf ihre Freundinnen zu konzentrieren, von denen sie wusste, dass sie ihr helfen würden, das Beste aus dem Singledasein zu machen, und nippte an ihrem Mokka, ihrem üblichen Getränk bei ihren Buchclubtreffen. Letzten Monat hatte sie ihr Lieblingsgetränk vermisst. Seit Claire Jordan, gelegentliches Mitglied des Buchclubs und ihres Zeichens Filmstar, in den Ort zurückgekehrt war, um den letzten Teil der Fierce Trilogie zu drehen, hatten sie sich samstagabends in einer privaten Lounge in Claires Hotel in Manhattan getroffen. Das war nötig, um Claires Sicherheit und Privatsphäre zu gewährleisten. Sie war bei Männern und Frauen gleichermaßen beliebt, und die Paparazzi lauerten überall.

Claire hatte diese Woche keine Zeit für den Buchclub, darum waren sie an ihren alten Treffpunkt im Café zurückgekehrt. Nach dem Treffen würden sie über die Straße auf ein paar Drinks ins Garner's gehen. Es sollte interessant werden zu sehen, wie Josh, der Barkeeper und Manager des Garner's, darauf reagieren würde, Hailey – mit der ihn eine Hassliebe verband – wiederzusehen. Würden die beiden dort weitermachen, wo sie aufgehört hatten, oder hatte der Monat Abstand die Anspannung zwischen ihnen abgebaut? So oder so würde es unterhaltsam werden, denn beide waren Experten, wenn es darum ging, einander gegenseitig eins reinzuwürgen. Allys persönliche Lieblingsaktion? Haileys Gerücht, dass Josh impotent sei, was sie auf sein Beharren hin zurücknahm, indem sie erklärte, dass es in Wirklichkeit an seiner winzigen Banane lag. Daraufhin hatte Josh die Geschichte verbreitet, dass sie einmal zusammen gewesen waren und sie nicht verkraftet hatte, dass er ihr durch die Lappen gegangen war. So gab eins das andere. Manchmal war es, als wären die beiden einer dieser absurden Schwarzweiß-Liebeskomödien entsprungen. Ally hatte sich ein paar davon auf Haileys Empfehlung hin angesehen.

Hailey beendete ihren dramatischen Vortrag, setzte sich und fragte: „Was denkt ihr?"

Sabrina seufzte verträumt. „Ich liebe eine gute Zweite-Chance-Romanze. Es ist, als ob das Schicksal sie zusammenbringt. Es ist ihnen einfach vorherbestimmt." Sie war Beziehungstherapeutin, darum war es nur natürlich, dass sie eine Fürsprecherin wiedervereinter Liebender war. Sie war ein überaus mitfühlender Mensch. Ihre braunen Augen waren seelenvoll, und ihre runden Apfelbäckchen und ihr mittelblondes Haar gab ihr ein Mädchen-von-nebenan-Appeal. Verdammt. Sie hätte mit Sabrina über Dean reden sollen, bevor sie mit derart hohen Erwartungen zu ihrem Jahrgangstreffen gegangen war. Was für eine Zeitverschwendung das doch gewesen war!

„Schicksal!", keifte Missy. „Bitte. So was gibt es nicht. Glaubst du wirklich, dass es eine magische Macht gibt, die Leute zusammenbringt?"

„Manchmal scheint es so", sagte Sabrina diplomatisch. „Für manche Leute."

Die Frauen stürzten sich in eine erhitzte Debatte über Schicksal und die Existenz von Seelenverwandten. Überraschenderweise glaubten viele der Frauen an Schicksal. Nur Missy und Lexi waren entschiedene Zweifler. Ally hatte einmal zu jenen gehört, die an die schöne Fantasie von Schicksal glaubten. Jetzt lehnte sie diese romantische Vorstellung ab. Sie entschied ihr eigenes Schicksal, ihr eigenes Los.

Die Diskussion machte dem üblichen Klatsch Platz, und alle brachten einander auf den neusten Stand. Ally schwieg und weigerte sich entschlossen, an die Hochzeiten, Verlobungen und Schwangerschaften zu denken – all das war nicht Teil ihres Lebens, darum konzentrierte sie sich darauf, wie gut sie sich mit ihrem neuen Fitnessplan fühlte. Und wie gut sie darin wurde, sich um sich selbst zu kümmern und mit erfüllenden Erlebnissen ihr eigenes Glück zu suchen.

Sie zuckte zusammen, als Carrie, ihre ehemalige Mitbewohnerin mit knapp kinnlangen, hellblonden Haaren, ihr von der anderen Seite des Kreises lächelnd zurief: „Wir haben noch gar nichts von dir gehört. Wie war es mit Dean bei eurem Jahrgangstreffen?" Das Jahrgangstreffen war kaum eine Woche her, und sie hatte sich bemüht, das Desaster zu verdrängen und stattdessen an das Gute zu denken, das daraus hervorgegangen war. Carrie wusste, wie besessen Ally davon gewesen war, wieder an ihrer alten Liebe anzuknüpfen.

„Nicht gut", antwortete Ally knapp.

„Tut mir leid", sagte Carrie leise. „Ich wollte kein schmerzhaftes Thema anschneiden."

Ally hob das Kinn. „Es hat einfach nicht mit Dean

geklappt. Unsere Zeit ist vorbei. Aber weißt du was? Es macht mir nichts aus. Ich habe entdeckt–" Sie schüttelte den Kopf. „Ich weiß, dass die Einsicht ein bisschen spät kommt, aber ich habe endlich begriffen, dass ich genug bin. Ich kann mich selbst glücklich machen und brauche dazu keinen Mann. Ich habe mir eingeredet, dass ein Prinz auftauchen und meinem Leben ein Happy End geben würde, doch diese Fantasie habe ich mir abgeschminkt. Ich bin entschlossen, mein Leben allein so glücklich zu leben, wie es nur geht."

Sie erschrak, als die Frauen zu klatschen begannen, selbst die Frauen, die in einer Beziehung waren. Dann strahlte sie, denn ihre Schwestern waren offensichtlich auf ihrer Seite.

„Hört, hört", sagte Hailey. „Lasst uns rüber ins Garner's gehen und darauf anstoßen."

Die Frauen sammelten ihre Handtaschen ein und gingen zur Tür. Einige von ihnen drückten sie und sagten ihr, dass sie die richtige Entscheidung getroffen hatte. Selbst die bis über beide Ohren verliebte Carrie sagte: „Ich freue mich so für dich, dass du dich auf dich konzentrierst. Ich habe mir Sorgen gemacht, wie du dich so auf Dean versteift hattest. Das hier ist der richtige Weg für dich. Die Begeisterung in deiner Stimme sagt mir das. Große Dinge erwarten dich!"

„Danke", sagte Ally und drückte Carries Arm. Sie hatte nicht gewusst, dass Carrie sich über ihre Besessenheit mit Dean Sorgen gemacht hatte.

Die zwei Frauen betraten gemeinsam die Bar, in der es von Paaren nur so wimmelte. Ein paar Männer tranken Bier und sahen sich irgendein Spiel im Fernseher über der Kirschholzbar an. Sie blinzelte. Baseball? Wen kratzte das schon? Sie musste nicht länger so tun, als interessierte sie das, als interessierte sie sich für Sport, denn das war eine der Arten gewesen, wie sie sich verbogen hatte, nur um mit einem Typen abzuhängen. Jetzt konzentrierte sie sich auf ihre Interessen.

Ein hochgewachsener Mann in einem blauen Henley-Shirt und Jeans wandte sich von der Bar ab und ging zu ihnen. „Ladys!", sagte er. „Lange nicht gesehen." Er sah aus wie Josh Campbell, doch normalerweise war der hinter der Bar. Seine dunkelbraunen Haare waren kürzer geschnitten, seine tiefbraunen Augen waren warm und sein Lächeln charmant wie immer.

Doch dann strahlte Hailey, was sie nie für Josh tun würde. „Jake! Schön, dich zu sehen." Sie umarmte ihn kurz.

Das erklärte es. Jake und Josh waren eineiige Zwillinge, und Ally konnte sie nicht auseinanderhalten. Er hätte genauso gut Josh mit einem neuen Haarschnitt sein können. Sie blickte an ein paar Leuten vorbei und sah schließlich Josh hinter der Bar, wo er eine Zitronenscheibe in ein Glas Mineralwasser warf und es vor die schwangere Charlotte stellte. Er kümmerte sich besonders gut um sie, denn seit sie seinen jüngeren Bruder Ty geheiratet hatte, gehörte sie zur Familie.

Jake begrüßte alle herzlich. „Claire tut es leid, dass sie es diese Woche nicht geschafft hat. Im Augenblick drehen sie nachts, darum muss sie am Tag so viel wie möglich schlafen. Die Kamera vergibt nichts." Jake war Claires Mann.

Dia Frauen zeigten sich verständnisvoll und baten Jake, Claire Grüße von ihnen auszurichten.

Jake kehrte an seinen Platz an der Bar zurück, und Josh trat vor ihn und brummte etwas. Dann blickte Josh auf und begegnete Haileys Blick.

Hailey öffnete den Mund, den Blick starr auf Josh gerichtet.

Interessant. Vielleicht hatten sie einander vermisst?

Hailey ging zur Bar, und Ally folgte ihr in der Hoffnung, die Begegnung aus der ersten Reihe zu erleben.

„Hi, Josh", sagte Hailey.

„Hey", rief Ally gut gelaunt.

Josh nickte Ally zu und sah Hailey wieder an. „Ah, Prinzessin. Beehrst du uns endlich wieder einmal mit deiner königlichen Gegenwart?"

Hailey wurde rot. Normalerweise regte sie sich auf, wenn er sie Prinzessin nannte. „Wir haben uns mit Claire in der Stadt getroffen."

„Ja, Jake hat es mir erzählt. Was von Top-Secret Location mit Sicherheitsdienst. Das heißt aber nicht, dass du nicht vorbeischauen konntest. Du arbeitest nur die Straße runter."

„Ich war–"

„Beschäftigt", beendete Josh den Satz für sie.

Hailey strich sich mit der Hand durchs Haar. „Ja."

„Ich habe vollstes Verständnis dafür", sagte Josh, nahm einen Lappen und wischte den Tresen ab. „Ich bin auch sehr beschäftigt gewesen."

Hailey lachte gezwungen. „Dann waren wir wohl beide beschäftigt."

Dann folgte eine unbehagliche Stille.

Hailey zog sich zurück. „Ich muss mit Lauren über ihre Hochzeit reden."

„Tu, was du tun musst", sagte Josh, ohne sie anzusehen.

„Ja, also …" Hailey hob die Hand und winkte kurz zum Abschied.

Josh blickte auf und zog die Augenbrauen in die Höhe. Er war niemand, der zum Abschied winkte. Hailey kehrte zurück zu Lauren und den anderen.

Das war seltsam.

Josh starrte auf den Tresen.

Ally setzte sich neben Jake. „Und, wie glamourös ist das Leben in Hollywood?" Jake arbeitete jetzt für Claires Produktionsgesellschaft, darum war er noch viel mehr involviert als zuvor.

Jake lachte. „Nicht so glamourös wie du denkst." Er blickte über ihre Schulter. „Ethan! Beweg deinen Arsch hier rüber!“

Als Ally sich umdrehte, sah sie Ethan in Zivil in einem weißen T-Shirt und Jeans anstatt seiner Uniform. Mein Gott, füllte er das T-Shirt nett aus. Sie wurde rot, peinlich berührt angesichts ihrer unkontrollierbaren Bewunderung für seine unglaublich muskulöse Statur, doch abwenden konnte sie ihren Blick nicht.

Ethan kam auf sie zu, zwinkerte Ally zu und umarmte Jake kurz. „Ah, mischst du dich endlich wieder mal unters gemeine Volk?“

Jake versetzte Ethan einen Knuff in die Magengrube, den er sofort grinsend zurückgab. „Ist viel zu lange her, Mann“, sagte Jake. „Was gibt’s Neues bei der Polizei?“

„Er ist zum Sergeant befördert worden“, mischte Ally sich ein.

Ethan schenkte ihr ein Lächeln, bei dem Wärme aus seinen blauen Augen strahlte, und ein zärtlicher Ausdruck huschte über sein schönes Gesicht. Ihr Magen flatterte in einem verrückten Tanz der Lust, ihre Haut glühte, und jeder Teil von ihr war sich seiner Gegenwart hyperbewusst. „Oh ja“, sagte er herzlich.

„Das ist großartig“, sagte Jake. „Herzlichen Glückwunsch. Lass mich dir dafür einen ausgeben.“

„Sicher, danke.“ Ethan lehnte sich neben ihr an die Bar. „Stalkst du mich etwa wieder?“

Sie lachte. „Diesmal war ich zuerst hier. Bist du schon mit der Arbeit fertig?“

„Ja, der Kollege, für den ich einspringen sollte, ist dann doch gekommen. Das mit den Wehen war falscher Alarm. Ist doch noch nicht soweit.“ Er starrte ihre Haare an, dann ihre Wangen, ihren Hals und ihre Lippen. Wärme breitete sich überall dort aus, wo sein Blick sie berührte, und weckte eine leise Sehnsucht in ihrem Bauch. „Darf ich dich auf einen Drink einladen?“

Sie benetzte ihre Lippen und beugte sich vor. Alle Nervenenden prickelten. Dann erinnerte sie sich daran, dass er eine Freundin hatte, und wich ein Stück zurück. „Wie geht's Cali?"

Er schmunzelte. „Bestens. Lässt es gerade in Rio de Janeiro krachen."

Das Schmunzeln bedeutete, dass er irgendetwas Schmutziges dachte, doch seine Freundin wurde schmutzig ohne ihn. Seltsam. „Sie wollte nicht, dass du mit ihr in den Urlaub fliegst?"

Sie starrten einander an.

Irgendetwas passte nicht.

„Warte mal", sagte Ethan und lächelte, als er langsam begriff. „Ally, sie ist meine *Partnerin.*"

Ally schnaubte und hob die Hände. „Ich weiß, dass sie deine Partnerin ist. Ich hab's begriffen, okay?"

Er lächelte noch mehr. „Ich meine, meine Partnerin bei der Arbeit."

„Bei der Arbeit", echote sie, und sofort begann ein Gedanke in ihrem Kopf zu kreisen: Sie war doch kein schlechter Mensch. Erleichterung wurde schnell zu Ärger. Er hätte seine Beziehung zu Cali ruhig ein bisschen deutlicher klarmachen können. Sie hatte sich so geschämt, weil sie ihm hinterhergesabbert hatte. Wenn sie auch nur ein bisschen Vernunft besäße, hätte sie sich aus diesem Strudel der Anziehung zurückgezogen und ganz schnell Abstand zwischen Ethan und sich selbst geschaffen.

Doch Vernunft war noch nie ihre Stärke gewesen.

Sie beugte sich erneut vor. Er duftete wunderbar nach Natur. Holzig, mit erdigem Sexappeal. „Aber sie war nicht da, als du mich angehalten hast."

Seine dunkelblauen Augen lagen heiß auf ihren, seine Stimme war heiser. „An dem Tag bin ich für jemand anderen eingesprungen."

„Und heute Abend auch", hauchte sie.

Er legte seinen Arm auf den Tresen hinter ihr, und es war beinahe so, als legte er den Arm um sie, heiß und nah. Von der Welle der Lust wurde ihr geradezu schwindelig.

Elektrizität rauschte durch sie hindurch. Ihr Herz pochte. Ihre Haut glühte. Es war viel zu lange her.

Seine Stimme war belegt, und er war nah genug, um ihr einen Schauer über den Rücken zu jagen. „Sie ist für zwei Wochen in Brasilien, darum wirst du uns nicht so schnell zusammen arbeiten sehen. Darf ich dir jetzt einen Drink bestellen?"

Die Versuchung war groß, so groß. Sie sollte die anderen heute Abend fahren, doch es war noch früh genug, um mit jemandem zu tauschen. Es wäre so einfach. Ein paar Drinks, danach ins Bett, doch was dann? Es war zu früh, sich auf einen Sexcocktail einladen zu lassen. Nicht, dass er ihr einen angeboten hätte, doch ihr Körper verstand die Nachricht klar und deutlich. Tief im Inneren wusste sie, warum sie lange nicht mit einem Mann zusammen gewesen war, und es war Grund genug für ihren Verstand, ihren körperlichen Bedürfnissen Einhalt zu gebieten.

Und sie musste aufhören, auf einen Fantasiemann zu hoffen, der eitel Sonnenschein in ihr Leben brachte. Selbst wenn Ethan ihrem Fantasiemann überaus nahe kam – umwerfend, mit Sinn für Humor und großzügig war er auch noch.

Sie winkte ihren Freundinnen zu. „Ich muss die Mädels aus meiner Wohnanlage heute nach Hause fahren. Missy, Lexi und Sabrina wohnen in derselben Anlage wie ich. Darum gibt's heute nur Wasser für mich, und das ist kostenlos. Aber trotzdem danke."

Josh brachte Ethan sein Bier und hüstelte. „Abfuhr."

Ally erstarrte.

Ethan lächelte Josh an. „Wie? Hast du gesagt, du wolltest Hailey sehen? Wo ist sie denn nur, deine verführerische Prinzessin?"

Joshs Blick schoss direkt zu Hailey, als behielte er sie im Auge. Ethan und Jake lachten. Ally verkniff sich ein Kichern.

„Ist dir auch aufgefallen, dass er sofort wusste, wo sie

war?“, fragte Ethan Jake.

„Krank“, bemerkte Jake.

„Klappe halten oder ihr bekommt beide nichts mehr“, knurrte Josh.

Ally ließ die drei zurück und ging zu Carrie. Sie vermisste sie, seit sie nicht mehr zusammen wohnten. Ihre *Schwestern* hatten Vorrang vor jedem Mann, das hatte sie sich zumindest vorgenommen.

Als ihre Freundinnen soweit waren, sich von ihr nach Hause fahren zu lassen, verabschiedete sie sich von den anderen Frauen und winkte in Richtung der Männer. Ethan gab ihr einen kleinen, etwas ironischen Salut. Sie erwiderte ihn und ging nach draußen.

Ally fuhr einen uralten weißen Ford Escort, der vor ihr ihrer Schwester gehört hatte. Missy saß auf dem Beifahrersitz, Lexi und Sabrina saßen hinten. Sie war gerade erst auf die Hauptstraße gefahren, als Missy sie mit einem süßen Kompliment überraschte. „Ich bewundere wirklich, was du heute Abend bei unserem Treffen gesagt hast.“

Ally sah sie an. „Danke. Ich habe es auch so gemeint. Dieses Bekenntnis zu mir selbst ist so was von erhellend. Mir ist bewusst geworden, dass ich lernen muss, mir zu vertrauen, mir *selbst* ein großartiges Leben zu geben, meine Fehler zu akzeptieren und daran zu arbeiten, meine Stärken auszubauen.“ Sie hatte viel darüber nachgedacht, und jetzt, wo sie der Versuchung widerstanden hatte, war sie entschlossener denn je.

„Schön“, murmelte Missy.

„Das ist ein Ding“, meldete sich Sabrina vom Rücksitz zu Wort. „Ich meine, sich zu sich selbst zu bekennen. Es heißt Sologamie. Du kannst dich selbst heiraten.“

Ally standen die Nackenhaare zu Berge. „Mich selbst heiraten?“

„Ja! Das symbolisiert das Bekenntnis zu dir selbst“, sagte Sabrina.

„Leute!“, rief Ally. „Ich hab eine Gänsehaut! Ich mach

das! Ich heirate mich selbst. Ich kaufe mir ein schönes Kleid, einen Ring – nein. Scheiß auf patriarchische Symbole! Ich kaufe mir eine schöne Halskette. Ein silbernes Herz. Ich will, dass ihr alle dabei seid. Wir essen schön zu Abend, ich spreche mein Gelöbnis, ihr bezeugt es und dann feiern wir."

„Ich will das auch machen", sagte Missy.

„Wirklich?", fragte Ally, begeistert, dass sie nicht allein sologam leben würde.

„Ich auch", erklärte Lexi. „Ich bin es so leid, dass mich dauernd Leute fragen, ob ich noch Single bin."

„Oder dir erzählen, dass du so ein toller Fang bist und sie nicht verstehen können, warum dich noch keiner weggeschnappt hat", fügte Sabrina hinzu.

Ally strahlte. „Dann tun wir's alle?"

„Ja!", sangen ihre Freundinnen im Chor.

„Ihr wisst, dass Hailey das als Bedrohung betrachten wird", sagte Missy. „Ihr ganzes Geschäft dreht sich darum, Paare zusammenzubringen."

Ally klatschte mit der Hand aufs Lenkrad. „Ich lade sie ein. Ich lade alle – Single oder nicht – ein, mit uns zu feiern. O mein Gott, ich bin so begeistert!"

„Das gefällt mir", sagte Sabrina in ihrem natürlich mitfühlenden Therapeuten-Ton. „Lieb dich zuallererst selbst. Große Liebe wird ganz sicher diesem Pfad folgen."

„Sabrina!", rief Ally. „Das ist nicht das Ziel. Es geht nicht um liebe mich, damit ich dich liebe. Es ist ein einfaches Gelöbnis der Selbstliebe. Dass *du* dir selbst genügst. Uns wird von frühster Kindheit an beigebracht, dass wir dieses Ehebrimborium brauchen, um vollständig zu sein und ein gutes Leben zu führen. Es wird uns regelrecht eingetrichtert. Doch jetzt wählen wir unser eigenes Ritual. Hier geht es um Steigerung unseres Selbstwerts!"

„Wir können aber immer noch die Möglichkeit einer großen Liebe zugestehen, oder?", fragte Sabrina. „Wir können immer noch jemand anderen lieben, Beziehungen gegenüber aufgeschlossen sein?“

„Natürlich“, nickte Ally. „Aber das Gelöbnis nimmt den Druck weg. Es ist keine Kriegserklärung an das männliche Geschlecht. Es ist ein Versprechen an uns selbst.“

„Und damit liegt die Messlatte höher“, fügte Missy hinzu. „Das sollte Teil des Gelöbnisses sein. Finde dich nie mit einer Beziehung ab. Er muss mich würdigen, mein Leben würdigen.“

Ally trat vor Aufregung das Gaspedal durch. „Missy, das ist so stark. Würdest du die Gelöbnisse für uns schreiben?“

„Ich?“, fragte Missy leise.

„Ja“, antwortete Ally. „Du kannst dich so gut ausdrücken. So klar. Natürlich können wir alle was hinzufügen und sie individualisieren, aber es wäre schön, einen Ausgangspunkt zu haben.“

„Sicher, wenn ihr wollt“, sagte Missy unsicher.

„Das wollen wir!“, riefen die anderen.

„Hey, das könnte der Schlusspunkt unserer Gelöbnisse sein“, schlug Ally vor. „Das wollen wir.“

„Nein, es muss heißen *ich* will“, sagte Sabrina. „Es ist schließlich Sologamie und nicht Polygamie.“

Die Frauen lachten.

„Ich will“, sagte Ally probeweise. Dann trat sie an einer roten Ampel auf die Bremse. „Tut mir leid.“

„Nächstes Mal fahre ich“, erklärte Missy.

KAPITEL SECHS

Am Sonntagmorgen nach dem Frühstück im Garner's fuhr Ethan nach Hause, als er den blonden Kopf der Frau, die immer in seinem Hinterkopf war, auf der anderen Straßenseite sah. Sie trug ein pinkfarbenes Tanktop und schwarze Leggings und trat gegen den Reifen eines alten weißen Ford Escort.

Er fuhr um den Block und hielt hinter ihr an. Sie waren in Clover Park, nicht weit von Peak Fitness entfernt, wo Charlotte arbeitete. Ally kam wahrscheinlich vom Training.

Er stellte den Wagen gerade in dem Moment ab, in dem sie die Hände in die Luft warf und mit energisch wippendem Pferdeschwanz die Straße entlang von ihm weg marschierte. „Ally!"

Sie blieb stehen und drehte sich um. „Das verdammte Ding hat gerade den Geist aufgegeben!"

„Komm her, lass mich mal sehen."

Als sie zu ihm zurückging, wippten ihre Brüste bei jedem ihrer trotzigen Schritte. Er bemühte sich, es zu ignorieren, als sie nah genug war, um sehen zu können, dass er sie anstarrte. Stattdessen konzentrierte er sich auf ihre rosigen Wangen und ihren köstlichen Mund. Ihr Mund mit seinen vollen Lippen hatte es ihm angetan.

„Es ist kaputt." Sie deutete vorwurfsvoll mit dem Finger auf den Wagen. „Ich habe den Automobilclub angerufen, doch offensichtlich bin ich nicht mehr Mitglied, und ich habe meinen Geldbeutel vergessen, weil mir der Kaffee ausgegangen ist, darum habe ich auch keine Kreditkarte dabei, um meine Mitgliedschaft zu erneuern.“

Der Automobilclub war nicht der einzige Weg, wie man sich abschleppen lassen konnte, doch das ignorierte er für den Moment. „Du fährst, ohne deinen Führerschein dabei zu haben?“

Sie knurrte. „Ich habe nur gesagt, dass ich vergessen habe, meinen Geldbeutel in meine Sporttasche umzupacken!“ Sie stemmte die Hände in die Hüften. „Hast du nicht gehört, dass ich gesagt habe, dass mir der Kaffee ausgegangen ist?“

Er neigte den Kopf. „Dann hast du offensichtlich an dein Handy und deine Schlüssel gedacht, aber nicht an deinen Geldbeutel.“

Sie stöhnte, trat in die Luft und starrte ihn gereizt an, und plötzlich waren seine Jeans um einiges enger. Etwas an einer willensstarken Frau machte ihn an. Stark mit einer sensiblen Seite zog ihn an. Diese Beschreibung passte nicht auf viele Frauen. Auf Ally schon.

„Warst du beim Kickboxen?“

„Ja“, zischte sie durch die Zähne. „Und ich bin gerade in Stimmung, jemandem in den Arsch zu treten. Also mach nur, versüß’ mir den beschissenen Morgen.“

Er unterdrückte ein Lächeln, da er wusste, dass sie es nicht zu schätzen wissen würde. Stattdessen öffnete er die Motorhaube ihres Wagens und spähte hinein. Er war kein Mechaniker, doch das machte man nun einmal, wenn ein Auto irgendwo liegenblieb.

Ally stand neben ihm. „Ist es der Motor? Bitte sag, dass es nicht der Motor ist. Ich kann mir kein neues Auto leisten.“

„Was ist passiert?“

„Ist einfach ausgegangen. Und jetzt macht er keinen Piep mehr. Blöde Kiste. Ruiniert mein Fitness-High. Uff! Als ich letzte Woche trainiert habe, hast du mir ein

Knöllchen verpassen wollen, und diese Woche reißt mein Auto die Hufe hoch! Ist das ein Zeichen vom Universum, dass ich nicht fit werden soll?"

Er betrachtete ihren flachen Bauch und ihre schlanken Beine. „Sieht aus, als wärst Du auf einem guten Weg. Gib nicht auf."

Sie fuhr sich mit der Hand durchs Haar, plötzlich deutlich ruhiger. „Oh, wirklich?"

„Wirklich."

„Danke. Das bedeutet mir eine Menge von einem Fitnessfreak wie dir."

„Ich bevorzuge Fitnessgott."

Sie schnaubte.

Er grinste. „Ich glaube, es ist die Batterie. Lass mich versuchen, sie zu überbrücken, damit du wieder nach Hause kommst." Er stieg in seinen Jeep, wendete erneut und parkte ihn Nase an Nase mit ihrem Wagen. Dann schickte er sie in ihr Auto und schloss die Überbrückungskabel an. Ein paar Minuten später gab er ihr das Zeichen, den Motor anzulassen, und er erwachte fauchend zum Leben.

„Juhu!", jubelte sie. „Martin ist wieder unter den Lebenden!"

Er lächelte und baute die Kabel wieder ab, bevor er die Motorhaube schloss. *Martin.* Alle wussten, dass Autos weiblich waren.

Er ging zu ihrem Fenster. „Lass den Motor ein bisschen laufen. Gib der Batterie Zeit, ein wenig zu laden, und lass dir möglichst bald eine neue einbauen. Da gibt es eine Werkstatt bei der Eastman Mall–"

„Da fahre ich gleich hin." Sie strahlte und sein Herz stolperte. „Vielen Dank. Ich muss Autoreparatur meiner Lern-Liste hinzufügen."

Er beugte sich zu ihr hinunter. „Ich kann dir gern was beibringen. Vielleicht heute Nachmittag?"

„Danke, aber ich bin ziemlich beschäftigt. Sobald Martin repariert ist, habe ich noch einen Haufen für meine

Hochzeit am Freitag zu planen.“

„Was? Wen heiratest du?“, fragte er unangenehm überrascht.

Sie lächelte sanft. „Mich selbst. Es nennt sich Sologamie und ist ein neues Ding.“

Er richtete sich sprachlos auf. Eine Hochzeit mit sich selbst? War das überhaupt legal?

Sie spitzte die Lippen. „Lass mich raten, du hältst das für dumm.“

„Nein, nur *anders.*“ *Und geradezu typisch für sie.*

„Das ist wirklich ein neues Ding“, beharrte sie.

„Okay“, sagte er langsam.

„Ich muss los. Danke fürs Überbrücken, Sergeant Case.“

„Eth. Meine Freunde nennen mich Eth.“

Sie schenkte ihm ein süßes Lächeln. „Dann weitermachen, Eth.“

Damit fuhr sie davon, ein glücklicher Single.

Er fuhr in gemächlichem Tempo nach Hause, ganz und gar kein glücklicher Single.

~ ~ ~

Ethan redete sich ein, dass es für einen Polizisten nicht seltsam war, im Klassenzimmer einer Freundin den Schülern zu erklären, wie man sich Fremden gegenüber verhalten sollte. Normalerweise ließ er einen Neuling in die Schule gehen, doch das war Allys Klasse, und sie waren befreundet. Vor zwei Tagen erst war er ihr zur Rettung geeilt und hatte ihr Starthilfe gegeben. Er war auch neugierig, was ihre Solohochzeit anging, und … ja, er war verknallt. Er konnte nicht aufhören, an sie zu denken, ganz gleich, wie sehr er sich bemühte. Er spähte durch die Glasscheibe der geschlossenen Tür ihres Klassenzimmers, in dem Ally mit großem Enthusiasmus einfache Additionen an der Tafel vorführte. Sie trug typische Lehrerkleidung – eine weiße Bluse mit hochgekrempelten Ärmeln, einen dunkelblauen, knielangen Rock und dunkelblaue Ballerinas. Nicht sexy. Das war aber auch nicht der Sinn der Sache. Ihre Anziehung hielt sie gefangen, und sogar ihr nerdiges Outfit bei der Wanderung mit den weißen Socken über der Hose hatte ihn angemacht. Er atmete tief durch und konzentrierte sich auf die Kinder. Da waren etwa zwanzig von ihnen, einige aufmerksam, andere abgelenkt. Ein paar von ihnen schienen zuzuhören, andere waren kurz vor dem Einschlafen, und wieder andere rutschten unruhig auf ihren Stühlen herum oder tuschelten miteinander. Er wäre der Junge in der letzten Reihe gewesen, der mit einem Blasrohr durchgekaute Papiertaschentücher-Munition auf die anderen Kinder schoss.

Er klopfte an die Tür.

Als sie zur Tür kam, um sie zu öffnen, riss sie ihre blauen Augen auf. „Eth, was machst du hier?"

Ihm gefiel, wenn sie ihn Eth nannte. „Ich bin hier, um deinen Kids Tipps im Umgang mit Fremden zu geben. Springe für Wayne ein."

Sie wurde rot. „Na, das ist eine Überraschung."

Er tippte sich an den Hut. „Ich werde meine Arbeit gut machen, Ma'am."

Sie schüttelte den Kopf. „Natürlich wirst du das. Komm rein."

Er legte eine Plastiktüte mit Malbüchern zur Untermalung der heutigen Unterrichtsstunde auf ihren Tisch und setzte seine Mütze ab, bevor er zu ihr vor die Klasse trat. Die Kinder starrten ihn ehrfürchtig an. In ihrem Alter hätte er auch gestaunt, wenn ein uniformierter Cop mit Handschellen, Schlagstock und Pistole in die Schule gekommen wäre. Die Kids mussten gerade mal sechs Jahre alt sein.

Ally stellte ihn vor. „Kinder, bitte sagt hallo zu Sergeant Case."

„Hallo, Sergeant Case", begrüßten ihn die Kinder.

„Hallo“, sagte er.

„Er ist hier, um euch etwas darüber zu erzählen, wie man sich Fremden gegenüber verhalten sollte.“ Sie wandte sich ihm zu. „Willst du dich mit ihnen auf den Teppich setzen, oder willst du vor der Klasse stehen?“

„Ich stehe.“

„Okay, dann bist du jetzt dran.“ Sie zog sich hinter ihren Schreibtisch zurück und lächelte ermutigend.

Er räusperte sich. „Kann mir jemand von euch sagen, wer die sicheren Erwachsenen in eurem Leben sind?“ Er wusste, was er zu sagen hatte, er hatte es als Anfänger mehrmals gemacht und sich seine Notizen angesehen, bevor er hergekommen war.

Alle Kinder riefen durcheinander. „Mami!“, „Oma!“, „Daddy!“

„Hebt die Hand, wenn ihr etwas sagen wollt“, erinnerte Ally sie sanft, und sie kamen schnell zur Ruhe.

Er war beeindruckt. Eine sanfte Erinnerung hätte ihn in dem Alter nicht ruhig gestellt. Er fing an, die zehn Punkte zu erklären, die er über sichere Erwachsene, Fremde und mögliche Verlockungen herüberbringen wollte. Dann ging er über zur besten Reaktion auf gefährliche Situationen – gab ihnen jedoch keine Zeit für Fragen oder Kommentare. Wenn er seinen Vortrag nicht von Anfang bis Ende durchzog, würde er etwas vergessen, doch er wollte den Vortrag nicht direkt aus dem Malbuch ablesen. Das war lahm. Mehrere Kinder hoben die Hände, doch er ignorierte sie.

Schließlich fasste er alle zehn Punkte noch einmal zusammen und erklärte, was nach dem Ampelschema eine „grünes Licht“- Situation und was eine gefährliche „rotes Licht“- Situation war.

„Okay, irgendwelche Fragen?“

Die Hände schossen in die Höhe. Alle schienen Fragen zu haben. Er deutete auf ein Mädchen mit zwei langen Zöpfen, das fast auf den Tisch kletterte, um sich bemerkbar zu machen. „Was möchtest du wissen?“

„Sind Sie Ms. Blooms Freund?“

Er erstarrte.

„Gabby!“, rief Ally. „Warum sagst du so was?“

Gabby blinzelte. „Er macht Schlafzimmeraugen, wenn er Sie ansieht, Ms. Bloom.“ Die Kinder kicherten, und Gabby nickte weise. „Ich habe meine Eltern darüber reden hören.“

Hitze kroch seinen Hals empor. War es so offensichtlich, dass eine Sechsjährige es bemerkte? Und, Gott, hatten sie auch nur ein Wort gehört, das er gerade gesagt hatte? Was zum Henker wollte er hier, wenn sie nichts lernten?

Eines der Kinder fing an zu singen. „Küsschen, Küsschen!“

„Schluss damit!“, sagte Ally in scharfem Ton. „Sergeant Case ist *ein* Freund von mir. Und jetzt will ich gute Fragen über das hören, was er euch beigebracht hat. Vergesst nicht, dass nicht alle Fremden böse sind. Sichere Fremde wie ein Polizist oder ein Lehrer können euch helfen. Erinnert ihr euch alle daran, was man in einer gefährlichen Situation tut?“

Die Kinder schwiegen. Er hatte die vier Punkte mehrmals gesagt. *Nein, geh, schrei, erzähl's jemandem.*

Er wandte sich ihr zu. „Vielleicht können wir ein paar Situationen vorspielen.“

„Sicher.“ Sie stand auf und ging zu ihm.

„Kannst du mir helfen, meine Hundebabys zu füttern?“, fragte er. „Sie sind in meinem Transporter.“

Sie blickte zu ihm auf und lächelte süß. Sein Herz stolperte. „Nein!“

„Lauter“, sagte er.

„NEIN!“

„Und jetzt lauf weg.“

Sie joggte zurück zu ihrem Schreibtisch und brachte die Kinder damit zum Lachen, doch er drehte sich um und warf ihnen einen furchteinflößend strengen Blick zu. Sofort beruhigten sie sich.

„Dann ist es okay, Hilfe zu schreien, selbst wenn ihr drinnen oder an einem stillen Ort seid", sagte Ally. „Wenn ihr in Sicherheit seid, erzählt einem Erwachsenen, dem ihr vertraut, was passiert ist."

„Ja", nickte er. „Vergesst nicht, ein Fremder sollte ein Kind nicht um Hilfe bitten."

Sie spielten ein paar weitere Szenarien durch – diesmal ohne das Weglaufen, damit sie nicht wieder kostbare Minuten mit Gelächter vergeudeten, denn dies war eine wichtige Unterrichtsstunde. Ally war großartig und wirkte, als dachte sie über die verschiedenen Szenarien nach, wie zum Beispiel, als er sagte, dass „ihre" Mom ihn gebeten hatte, sie abzuholen. Auf eine seltsame Art hatte er das Gefühl, dass durch die gemeinsame Aufgabe, das Rollenspiel, eine Bindung zwischen ihnen wuchs. Er saugte ihre strahlenden blauen Augen in sich auf, ihr schönes Lächeln, die überbordende Energie, die von ihr ausging.

Er musste sich dazu zwingen, sich zu konzentrieren. Die Kinder wurden jetzt lauter und riefen „Nein!" mit Ally.

„Ich denke, jetzt haben sie's", sagte Ally zu ihm.

„Ja", sagte er, überrascht, dass er nicht wollte, dass es endete. Normalerweise fand er Einsätze wie diesen langweilig. „Ich habe noch ein Abschiedsgeschenk für alle." Die Kinder fingen an, durcheinander zu reden, und überlegten laut, was es war. Ein Junge meldete sich. „Ich hoffe, es ist ein Videospiel."

Oh Mist, der kleine würde enttäuscht sein. Ethan öffnete die Tüte und holte einen Stapel Malbücher hervor. Sie waren ziemlich gut – Superhelden, die die heutige Stunde mehr oder weniger wiederholten, mit coolen Blitzen und Sprechblasen.

„Kein Videospiel, Kumpel. Malbücher."

„Ich liebe Malbücher!", jubelte Gabby.

„Das ist doof", protestierte ein Junge mit wilden

braunen Haaren in der letzten Reihe.

Ethan bemerkte die trotzige Miene des Jungen, sein verwaschenes schwarzes T-Shirt mit einem Loch darin, seine ungekämmten Haare, und eine brennende Erkenntnis stieg in ihm auf. Seine Brust schmerzte, und der Kloß in seinem Hals schnürte ihm den Atem ab. Ethan *war* dieses Kind gewesen – aufgetragene Kleidungsstücke, keine Mom, die dafür sorgte, dass er ordentlich gekämmt aus dem Haus ging, dauernd gereizt.

„Nate!", rief Ally. „So reagieren wir nicht auf ein Geschenk. Bedank dich bei Sergeant Case."

Der Junge verzog das Gesicht. „Sie sind nicht mein Boss. Sie haben mir gar nichts zu sagen."

„Sie ist deine Lehrerin, und du wirst sie gefälligst mit Respekt behandeln", bellte Ethan. Heilige Scheiße. Das war nicht gerade aus seinem Mund gekommen. Er war *nicht* das Arschloch von einer Autoritätsfigur, die er als Kind so verabscheut hatte. Oder doch? Er wollte einer der Guten sein.

Ally schüttelte den Kopf in Nathans Richtung und ging nach hinten, um leise mit Nate zu reden.

Ethan biss die Zähne zusammen, da er wusste, dass er seinen Zuständigkeitsbereich überschritten hatte. Sie war der Boss hier, und wenn er Befehle bellte, half das ihrer Autorität den Kids gegenüber nicht gerade. Er konzentrierte sich darauf, die richtige Anzahl von Malbüchern abzuzählen. Ein Mädchen in der ersten Reihe reichte sie automatisch durch, bevor er die Wachsmalkreiden austeilte. Dann konnte er nicht anders und ging dorthin, wo Ally immer noch mit Nate beschäftigt war, und wartete darauf, dass sie fertig wurde, damit er sich dafür entschuldigen konnte, dass er ihr auf die Zehen getreten war.

„Ich weiß, ich bin nicht dein Boss", sagte Ally zu Nate in einem geduldigen Ton, der dennoch verriet, dass sie schon ein paarmal mit ihm darüber gesprochen hatte. „Ich bin deine Lehrerin. Und jetzt möchte ich, dass du deinen

Boss hier für mich malst." Sie deutete auf die weiße erste Seite des Malbuchs.

Nate machte sich ans Werk.

Ally drehte sich um und begegnete Ethans Blick.

„Tut mir leid", sagte er leise.

„Schon okay", flüsterte sie.

Beide beobachteten, wie Nathan mit energischen Strichen malte. Es war ein Drache und ziemlich gut für einen Erstklässler.

„Wunderbar", sagte Ally. „Du kannst richtig gut malen. Und vergiss nicht, alles schön auszumalen. Ich kann es kaum erwarten, deine tolle fertige Arbeit zu sehen."

Nate wurde ein bisschen rot und fügte ein paar zackige Flammen hinzu.

Ally drehte sich um und sprach mit den anderen Kindern. Ethan stand einfach nur mit pochendem Herzen da. Sein Blut rauschte durch seine Adern, und alles in ihm war auf diese unglaubliche Frau gerichtet, die sich des Problemkindes der Klasse annahm und scheinbar mühelos die Trotzsituation entschärft hatte. Kein Geschrei, kein Geschimpfe, kein „ab, stell dich in die Ecke!". Nur sanfter Zuspruch. Wie anders wäre sein Leben wohl gewesen, wenn er Lehrer wie sie gehabt hätte?

Er schluckte einen Kloß herunter und beobachtete diese Frau, die wie keine andere war. Und alles, was er wollte, war, ihr nahe zu sein. Er brauchte sie in seinem Leben wie die Luft zum Atmen.

Als sie um ihn herum ging, musste er sich zusammenreißen, sie nicht in die Arme zu ziehen.

„Danke, dass du gekommen bist", sagte sie.

„Kein Problem." Wieder versuchte er, den Kloß in seinem Hals herunterzuschlucken, doch er saß hartnäckig fest.

Sie drehte sich um. „Kinder, Sergeant Case muss zurück an die Arbeit. Könnt ihr euch von ihm verabschieden?"

„Auf Wiedersehen, Sergeant Case“, sagten die Kinder pflichtbewusst.

„Auf Wiedersehen.“ Doch er wollte nicht gehen.

Ally lächelte zu ihm auf. So schön. „Ich bin wirklich dankbar, dass du dir die Zeit genommen hast, vorbeizukommen. Hab noch einen schönen Tag.“

„Du auch“, antwortete er knapp.

Als sie weiter ging, um nach den Kindern zu sehen, nahm er das als Wink und ging.

Vor der Tür blieb er stehen, um noch einen letzten Blick auf Ally zu werfen, dann schüttelte er den Kopf darüber, dass es ihn derart erwischt hatte, und verließ das Gebäude.

Kapitel Sieben

Am Freitagabend vibrierte Ally geradezu vor Aufregung, als sie mit ihren Freundinnen das schicke Hotel in New York betrat, um ihre Freundin Claire Jordan, den Filmstar, zu besuchen. Claire hatte ihnen eine Limousine geschickt – wie immer, wenn sie sich trafen –, doch anstelle des Buchclubtreffens würde heute Abend ihre Sologamie-Zeremonie stattfinden. Sie war still, als sie die private Lounge betrat, vollkommen darauf konzentriert, was vor ihr lag. Als Ally mit ihren Freundinnen über die Sologamie-Zeremonie gesprochen und sie alle dazu eingeladen hatte, zu bezeugen, wie sie sich selbst heiratete, hatte sie zunächst ein schönes Abendessen in ihrer Wohnung geplant. Doch sobald Claire die stärkende Nachricht dahinter begriffen hatte, erklärte sie, dass sie sich auch selbst heiraten würde. Wie sie es ausdrückte, konnte ein Bekenntnis zu sich selbst nur den Bund ihrer Ehe stärken. Danach waren alle an Bord. Es war unglaublich. Claire hatte ihnen gesagt, sie sollten für eine Pyjamaparty packen, damit sie die Feier in ihrer riesigen Penthouse-Suite fortsetzen konnten.

Sie blieben an der Tür der Lounge stehen, wo Claires Bodyguard Frank, ein riesiger Hawaiianer mit kahlrasiertem Schädel und einer Leg-dich-nicht-mit-mir-an-Miene Wache stand.

„Hi, Frank!", sagte Ally fröhlich. Der Mann lächelte nie, doch Ally wusste, dass er gut zu Claire war. Er sorgte für ihre Sicherheit und respektierte ihre Privatsphäre.

„Ally", nickte Frank und öffnete die Tür. „Meine Damen."

Ally trat ein und keuchte. „Oh, Claire!"

Die normalerweise eher langweilige Lounge mit grauen Wänden und weißen Sofas und Sesseln war in ein Hochzeitswunderland verwandelt worden. Sie trat durch ein Hochzeitsspalier aus weißen und rosa Rosen. Weiße Votivkerzen strahlten auf jeder Oberfläche – den kleinen schwarzen Beistelltischchen genauso wie dem langen schwarzen Lack-Konferenztisch in der Mitte des Raumes und dem Bartresen. Weiße und blassrosa Blumenarrangements standen auf jedem Tisch, und leise klassische Musik drang aus den Lautsprechern in der Decke.

Claire strahlte. „Gefällt es dir?" Ihre normalerweise blonden, schulterlangen Haare waren braun gefärbt für ihre Rolle der Mia im letzten Film der Fierce-Trilogie und ließen ihre Haselnuss-Augen mit den grünen Sprenkeln eher braun als grün wirken. Ihre Kleidung war elegant und schick – ein schwarz-weiß gestreiftes Top mit U-Boot-Ausschnitt, schwarze Marlenehose und schwarze Peep-Toe-Pumps, die nach Designerschuhen aussahen.

Ihr ganzer Kleiderschrank glich einer Designerboutique.

„Ob es mir gefällt? Ich liebe es!", rief Ally, stellte ihre Reisetasche und ihren Schlafsack ab und fiel Claire um den Hals.

Claire drückte sie, dann sah sie sie an. „Ich hab dich vermisst! Es tut mir so leid, dass ich das Treffen letzte Woche verpasst habe. O mein Gott! Ich liebe dein Kleid!"

Es war Allys Version eines modernen Hochzeitskleids. Ein schulterfreies weißes, wadenlanges Lochmusterkleid, zu dem sie weiße Ballerinas mit Satinbändern um die Knöchel trug. Auf einen Schleier hatte sie bewusst verzichtet.

„Danke! Dein Outfit gefällt mir auch."

Claire lächelte. „Ich habe bewusst etwas Zurückhaltenderes gewählt, um die Betonung auf mein persönliches Gelöbnis zu legen.“

Ihre Freundinnen gesellten sich zu ihnen, und Claire bewunderte ihre Kleider. Alle trugen weiß – Sommerkleider oder Maxikleider – abgesehen von Mad, die sich für einen cremefarbenen Anzug entschieden hatte.

„Stellt eure Reisetaschen an die Hintertür“, sagte Claire. Der Hinterausgang der Lounge führte direkt zu einem privaten Aufzug.

Nachdem alle ihre Taschen abgestellt hatten, holte Ally einen gelben Umschlag mit Kopien der Gelöbnisse, die sie mit Missys Hilfe vorbereitet hatte, hervor und gesellte sich zu ihren Freundinnen an den großen Tisch in der Mitte.

Hailey stieß einen leisen Pfiff aus. „Hast du das alles selbst gemacht, Claire? Ich bin so was von beeindruckt.“

Claire winkte ab. „Ich habe meiner Assistentin gesagt, dass eine Freundin in einer privaten Zeremonie hier heiraten wird. Das hat alles Arianna gemacht. Ich werde sie vermissen, wenn sie in Mutterschutz geht. Sollen wir anfangen?“

Die Frauen nickten und nahmen um den Tisch herum Platz.

„Ally, setz du dich ans Kopfende des Tischs, es war schließlich deine Idee“, sagte Claire. „Darum solltest du die Führung übernehmen.“

„Gerne.“

„Ich hole den Champagner“, sagte Claire. „Hab ihn vorhin kalt gestellt. Und in etwa einer Stunde sollte das Essen geliefert werden. Es kommt von einem fantastischen Restaurant. Jake und ich hatten unser erstes Date da als Jake und Claire.“ Alle lachten. Es war eine verrückte Geschichte, wie die beiden einander das erste Mal begegnet waren – beide hatten sich als jemand anderes ausgegeben. Aber alles war gut geworden. Jake und Claire waren jetzt glücklich verheiratet.

„Ich helfe dir“, sagte Hailey und eilte Claire hinterher.

Ein paar Sekunden später tauchte Claire hinter der Bar

wieder auf, zwei Champagnerflaschen in der Hand. „Ich habe Tapas da, um die Zeit zu überbrücken, bis das Essen kommt.“

Ally strahlte. „Du hast wirklich an alles gedacht. Danke, dass du das zu einem so besonderen Abend machst.“

Claire schwebte elegant auf ihren hohen Absätzen herüber und stellte die Flaschen auf den Tisch neben die Gestecke. Hailey folgte ihr mit einem Tablett voller Champagnergläser.

„Ich sage dir, das war alles Arianna“, beharrte Claire. „Sie kann zaubern, was die Details angeht. Ach ja, wenn eine von euch Lust hat, meine Assistentin zu werden, sagt bitte Bescheid. Es gibt einen Haufen organisatorischen Kram zu erledigen, aber ich verspreche, ich bin ein guter Boss. Und natürlich gibt es Bonbons wie Preisverleihungen oder Bälle.“

„Ich hätte vielleicht Interesse“, posaunte Ally heraus. Es klang unglaublich glamourös, und sie liebte Claire. Es wäre vielleicht genau der richtige Job für ein Abenteuer. Im Klassenzimmer hatte sie sich in letzter Zeit nicht mehr ausgefüllt gefühlt, auch wenn sie natürlich die Kinder liebte.

„Großartig“, sagte Claire. „Lass uns später darüber reden.“

Ally nickte, und eine Ruhe breitete sich in ihr aus – alles würde gut werden. Sie reichte die Gelöbnisse herum. „Ich dachte, wir könnten es eine nach der anderen machen. Eine fängt an und spricht ihr Gelöbnis, dann könnten alle gratulieren, dann kommt die nächste. Am Ende stoßen wir alle miteinander an. Falls jemand ein eigenes Gelöbnis geschrieben hat, dann braucht diejenige natürlich nicht das Vorbereitete zu nehmen.“

Die Frauen sahen einander an.

„Keine hat ein eigenes geschrieben?“, fragte Ally.

„Deines ist so schön“, sagte Carrie.

„Ja, mir hat es auch gefallen", sagte jemand anderes, und alle murmelten zustimmend.

Ally setzte sich. „Okay, dann lasst uns jetzt einen Moment schweigen, um uns zu konzentrieren. Macht die Augen zu und atmet tief durch." Ally hatte kaum ausgeatmet, da erschreckte sie Hailey schon mit einem scharfen „Ladys!"

Hailey stand auf, schön wie immer in einem weißen Spitzenkleid mit Cutouts in der Taille. „Ich muss etwas gestehen."

Alle schwiegen.

Hailey fuhr sich mit der Hand durch die rotblonden Haare. Ihre blassblauen Augen blickten schuldbewusst drein. „Ich habe nicht wirklich praktiziert, was ich gepredigt habe. Ich habe so hart daran gearbeitet, das Happy End für andere zu planen, dass ich die Möglichkeit, das auch für mich selbst zu haben, ausgeschlossen habe." Sie biss sich auf die Lippe und schien auf Kommentare zu warten.

„Das wissen wir alle", bemerkte Mad. „Sonst würdest du dich jetzt glücklich mit Josh in den Federn wälzen." Nur Mad hatte den Nerv, das auszusprechen, was alle dachten. Mad war Haileys engste Freundin, auch wenn sie – zumindest oberflächlich betrachtet – grundverschieden waren. Hailey, eine selbstsichere Schönheitskönigin, feminin bis zum Gehtnichtmehr, und Mad, eine toughe Schwarzgurtträgerin mit eher ungeschliffenen Manieren.

Die anderen stimmten leise ihrer Einschätzung zu.

„Würdest du mich bitte zu Ende beichten lassen?", fragte Hailey. „Das hat nichts mit deinem Halunken von einem Bruder zu tun."

Mad kicherte.

Hailey fuhr fort. „Wie auch immer, mich auf diese Weise zu mir selbst zu bekennen, hat mir bewusst gemacht, dass es Zeit ist, mir selbst gerecht zu werden und mein Lebenswerk und mein Leben miteinander in Einklang zu bringen." Sie machte eine dramatische Pause und holte tief Luft. „Ich hatte jahrelang eine Freunde-mit-gewissen-Vorzügen-Situation, die ich gerade beendet habe, bevor ich hierher gekommen bin." Ihre Augen waren weit und bittend. „Ich weiß, ihr müsst mich für eine Heuchlerin halten, nachdem ich so auf Happy Ends ver–"

„Wer ist der Typ?", unterbrach Ally, die jetzt alles wissen wollte. Alle hatten sich über Haileys Liebesleben gewundert. Es war seltsam, dass sie sich als Beziehungsexpertin aufspielte, ohne je einen Mann in ihrem Leben zu erwähnen.

„Wie kommt es, dass wir ihn nie gesehen haben?", fragte Mad. „Ist das einer dieser falschen Freunde, die gar nicht existieren?" Sie riss die Augen auf. „Sicher, dein Freund aus Kanada, den wir nie sehen, alles klar."

Hailey schnaubte. „Er ist nicht aus Kanada. Er ist mein Freund von der Uni. Wir haben uns immer getroffen, wenn wir … na ja, ihr wisst schon, ohne Verpflichtungen und so. Er lebt in DC, und wenn er geschäftlich in New York ist, wenn er gerade mit niemandem zusammen ist und ich mit niemandem zusammen bin–"

„Was du eh nie bist", warf Mad ein.

Hailey ignorierte sie. „Dann treffe ich mich mit ihm in seinem Hotel in der Stadt. Liam ist ein netter Typ, gute Manieren, kultiviert."

Missy verstand. „Der Sex muss fantastisch gewesen sein, wenn das Jahre ging. Hast du ein Foto?"

Hailey holte ihr Handy hervor und zeigte Missy sein Foto.

„Mein Gott", hauchte Missy. „Der sieht aus wie ein Model!"

„Gib her", sagte Mad, und das Handy wurde weitergereicht.

Schließlich warf auch Ally einen Blick darauf. Sie blickte zwischen dem attraktiven rotblonden Liam und der schönen rotblonden Hailey hin und her. „Er sieht aus wie du.“

Hailey ging zu ihr und nahm ihr das Handy ab. „Unsere Haarfarbe ist schon ähnlich.“

„Er sieht aus wie eine männliche Version von dir“, bemerkte Ally. „Bis zu den hohen Wangenknochen.“

Sabrina nahm das Handy und betrachtete das Bild.

„Vielleicht sind wir deswegen kompatibel“, sagte Hailey.

Sabrina blickte auf. „Glaubst du, er ist dein heimlicher Bruder?“

Hailey nahm ihr das Handy ab. „Du meine Güte, nein! Ich bin Einzelkind. Mein Dad ist gestorben, als ich drei war.“

„Was, wenn er Kinder hatte, von denen du nichts weißt?“, fragte Sabrina leise.

„Er ist nicht mein Bruder!“, rief Hailey aus. „Wir sind gleich alt.“

„Habt ihr am selben Tag Geburtstag?“, fragte Mad, und als Hailey ihr einen finsteren Blick zuwarf, fügte sie hinzu: „Was? Zwillinge, die bei der Geburt getrennt wurden, das ist durchaus schon vorgekommen.“

„Nein“, schnaubte Hailey. „Wir haben nicht am selben Tag Geburtstag. Ich habe seine Eltern kennengelernt. Er sieht aus wie sie. Es ist ein Zufall.“ Sie ging zurück an ihren Platz und setzte sich. „Aber wir schweifen vom Thema ab. Ich wollte nur sagen, dass ich mich voll zu unserer Sologamie-Zeremonie bekenne.“

Doch Mad reichte das nicht. „Wenn er nett und der Sex gut ist, warum bist du dann nie mit ihm zusammen gekommen?“

Hailey runzelte die Stirn. „Ich weiß nicht, warum wir uns nie ineinander verliebt haben. Er wollte mich. Doch anders als die meisten Typen hat er von vornherein gesagt, dass er nichts Ernstes wollte und warum.“

„Und warum?“, fragte Ally. „Ich meine, warum wollte er dich?“

„Blöde Frage, natürlich wollte er Sex.“

„Ihm gefiel, wie ich aussehe“, sagte Hailey kleinlaut und dann lauter. „Zumindest war er ehrlich. Ich hatte die Nase voll von Typen, die mich angemacht haben, sich aber nur für die Oberfläche interessiert und mir vorgemacht haben, dass da vielleicht mehr war.“

„Oh, Hailey“, sagte Claire mitfühlend. „Ich verstehe vollkommen. Vor Jake haben Männer mich dafür benutzt, in der Branche weiterzukommen, doch du bist so viel mehr. Ich bin so froh, dass du dich nicht mehr mit so was zufrieden gibst. Du hast mehr verdient.“

Alle nickten zustimmend.

Hailey wischte eine Träne weg. „Danke, Ladys. Ich habe mir eingeredet, dass das Arrangement mit Liam ideal war, doch jetzt sehe ich, dass ich mir damit nur selbst im Weg gestanden habe. Ich wusste immer, dass er da sein würde. Er war jahrelang immer da.“

„Vielleicht liebt er dich ja“, sagte Ally. Sie konnte sich nicht vorstellen, warum ein Mann sonst jahrelang *immer da* war. Es sei denn natürlich, der Sex war überirdisch. Hm …

„Das ist er nicht“, sagte Hailey angespannt. „Als ich es beendet habe, hat er gesagt, dass es okay ist, weil er neulich jemanden kennengelernt hat und glaubt, dass das vielleicht eine Zukunft hat.“ Sie pflasterte ihr Schönheitsköniginnenlächeln ins Gesicht, und Ally wusste sofort, dass ihre Freundin litt. Alle wussten es und sahen sie mitfühlend an.

„Darum ist alles gut“, presste Hailey hervor, dann brach sie schluchzend zusammen.

Die Frauen sammelten sich schnell um sie herum, streichelten ihren Rücken und murmelten aufmunternde Worte.

„Hast du ihn geliebt?“, fragte Ally sanft, als Hailey sich wieder beruhigt hatte und alle schweigend an ihre Plätze zurückgekehrt waren. Ally war nur allzu vertraut mit der großen Erwartung, die dann der Enttäuschung einer unerwiderten Liebe wich.

„Nein!" Hailey holte ein Taschentuch aus ihrer Tasche und wischte sich die Tränen ab. Ihr Mascara war offensichtlich wasserfest. „Ich schätze, ich habe mir eingebildet, dass aus der Sache mit Liam vielleicht irgendwann mehr wird, ich meine, wenn die Zeit reif ist. Ich weiß, das klingt blöd. Es hätte ja schon lange passieren müssen, nicht wahr?" Sie straffte die Schultern und holte tief Luft. „Mich hat unsere zwanglose Beziehung nicht gestört, weil mir das ermöglicht hat, mich auf den Aufbau meines Geschäfts zu konzentrieren. Ich habe dringend ein solides Fundament gebraucht. Ganz allein für mich. Ihr habt keine Ahnung, wie instabil alles in meiner Kindheit war, aber jetzt bringen sie mich in *Bride Special*. Wenn nächsten August die Ausgabe mit Carries Hochzeit darin rauskommt, kann ich mich wahrscheinlich vor Anfragen nicht mehr retten. Es gibt nichts Besseres, um landesweit Publicity zu bekommen." Hailey hatte das Glück gehabt, als Hochzeitsplanerin für ein Feature in *Bride Special* ausgewählt zu werden. Und wie das Schicksal es wollte, hatten die Leute des Magazins mitbekommen, wie Zach um Carries Hand angehalten hatte, und spontan vorgeschlagen, die Hochzeit für das Magazin zu begleiten.

Hailey betrachtete ihre Freundinnen. „Heute gehe ich ehrlich und aufrichtig diese Verpflichtung mir gegenüber ein. Mich auf mich und die Mission meiner Firma zu konzentrieren und künftigen Beziehungen gegenüber aufgeschlossen zu sein."

Sprachlose Stille.

„Wow", murmelte Missy. „Das war ein gutes Gelöbnis."

Hailey lachte, doch es klang eher wie ein Schniefen. „Ich bin mir sicher, dass die, die du und Ally vorbereitet haben, besser sind. Ally, würdest du jetzt bitte die Führung übernehmen?"

„Natürlich", sagte Ally und stand auf. Sie sah die Frauen am Tisch an. Sie waren wie Schwestern, treue

Gefährtinnen auf dieser großartigen Reise. „An diesem besonderen Abend, umgeben von Freundinnen, die mich lieben, gelobe ich, mich selbst zu lieben. Ich will auf mich achten, eine erfüllende Arbeit finden und mir Ziele setzen. Ich gelobe, meine Träume zu leben, meine Schwächen bedingungslos zu akzeptieren, mir zu vergeben, zu wissen, dass ich es wert bin, geliebt zu werden, und mich und andere mit Liebe und Respekt zu behandeln.“

Sie nahm sich einen Moment Zeit, um die Bedeutung der Worte auf sich wirken zu lassen. Tränen brannten ihr in den Augen angesichts der Verpflichtung, die sie sich selbst gegenüber schon vor langer Zeit hätte eingehen sollen. Sie nahm eine kleine Schmuckschachtel aus ihrer Handtasche, holte das silberne Herz hervor und hielt es lächelnd hoch. „Mit diesem schönen Herz, das mich jeden Tag daran erinnern wird, mich selbst zu lieben, sage ich, ich will.“ Dann legte sie sich die Kette um und legte die Hand auf das silberne Herz.

Die Frauen applaudierten. „Herzlichen Glückwunsch, Ally“, sagten alle.

Sie schniefte, tiefer bewegt, als sie es für möglich gehalten hatte. „Danke“, schluchzte sie über den Kloß in ihrem Hals hinweg, bevor sie sich auf ihren Stuhl fallen ließ.

„Jetzt möchte ich“, sagte Sabrina. „Ich habe den Smaragdring meiner Großmutter als mein Symbol mitgebracht.“ Sie legte ihn vor sich hin, stand auf und hielt lachend eine Hand vor sich. „Ich zittere.“

Die Frauen lächelten aufmunternd. Sabrina sprach nicht oft vor allen. Sie war eher scheu und fühlte sich im Dialog wohler. Schließlich sprach sie ihr Gelöbnis mit zitternder, doch entschlossener Stimme.

Ally stiegen erneut die Tränen in die Augen – genau wie den anderen auch.

Mit jedem Gelöbnis wuchs die Liebe im Raum. Eine fast greifbare Kraft. Die Stärke der Frauen, ihre

Entschlossenheit, sich selbst und einander zu unterstützen. Es war perfekt.

Am Ende stießen sie mit Champagner an. „Auf uns!", rief Ally und sie tranken.

„Lasst uns essen", sagte Mad und alle lachten.

„Bevor wir anfangen, uns mit Tapas vollzustopfen", sagte Claire, „morgen ist Honeymoon angesagt. Ich habe für alle Behandlungen im Spa des Hotels gebucht. Massagen, Gesichtsbehandlungen, Maniküren, ein Verwöhntag mit allem Drum und Dran."

„Danke, Claire!" Ally stürmte zu ihr hinüber und umarmte sie.

Bald fand sie sich in einer Gruppenumarmung wieder. Alle lachten glücklich, verbunden fürs Leben im wichtigsten Bekenntnis von allen – dem Bekenntnis zu sich selbst.

Wenig später – nach Champagner und Tapas – saßen sie bei einem köstlichen Abendessen beisammen. Es gab Filet Mignon, gegrillten Lachs, Gemüselasagne und jede Menge Beilagen, angefangen bei gratiniertem Blumenkohl und Süßkartoffelpüree bis hin zu grünen Bohnen mit Mandelsplittern. Und dann kam der beste Teil: eine riesige Hochzeitstorte, dekoriert mit rosa Rosen, obenauf, wo normalerweise eine Braut und Bräutigam Figur gewesen wäre, war ein großes rosa Herz. Rosa für weibliche Solidarität.

Ally schwebte auf einer glücklichen Wolke, umgeben von ihren Schwestern.

Im Anschluss an das Essen gingen sie hinauf in Claires Penthouse-Suite – eine riesige Suite mit mehreren Räumen, die das gesamte oberste Stockwerk des Hotels einnahm, dekoriert in Weiß und Silber mit königsblauen Akzenten. Es gab zwei Schlafzimmer, ein Wohnzimmer mit einem großen Flachbildfernseher, ein Esszimmer mit einem Tisch für acht und eine kleine Küche. Sie ließen ihre Taschen im Wohnzimmer stehen und gingen in Claires Schlafzimmer mit dem riesigen begehbaren Kleiderschrank, um ihr

Lieblingsspiel zu spielen – Claires Designerklamotten anzuprobieren und eine Fashion Show zu veranstalten. Claire war großzügig und schickte sie oft mit ihrem jeweiligen Lieblingsstück nach Hause.

Als sie genug probiert hatten, ließen sie sich im Wohnzimmer auf dem langen Sofa oder dem Boden nieder und unterhielten sich.

Die schwangere Charlotte gähnte, und die anderen Frauen nahmen es zum Anlass, sich bettfertig zu machen. Nachdem sie Charlotte geholfen hatten, es sich auf dem Sofa bequem zu machen, ließen sich die anderen in ihren Schlafsäcken nieder und schalteten das Licht aus. Doch die Unterhaltung ging weiter und in der Dunkelheit kamen zahlreiche Geheimnisse ans Licht.

Ihr Arzt hatte Charlotte gewarnt, dass sie womöglich bald Bettruhe verordnet bekommen würde. Da sie unter Endometriose litt, war es eine Risikoschwangerschaft. Das hatte allen einen Schrecken eingejagt, doch Charlotte bestand darauf, dass sie positiv dachten.

Sabrina hatte Zeit mit Logan Campbell verbracht – auf rein freundschaftlicher Basis natürlich –, nachdem er ein Büro im selben Gebäude gemietet hatte, in dem sie ihre Praxis hatte. Die anderen nahmen ihr das jedoch nicht ab. Wenn sie nur Freunde waren, warum hatte sie es dann vor ihnen geheim gehalten? Ihre Erklärung war, dass sie nicht wollte, dass jemand es zu etwas aufblies, was es nicht war, beruhigte alle, da niemand dessen bezichtigt werden wolle.

Hailey machte sich Sorgen, dass es auf der Arbeit zu gut lief und dass jeden Moment etwas schiefgehen könnte und sie wieder von vorn anfangen müsste. Doch die anderen versicherten ihr, dass sie einfach erfolgreich war und es genießen sollte.

Ally erklärte, dass die Sologamie-Zeremonie die Krönung für ihren neuen Lebensplan als glücklicher Single war.

Missy gestand, dass sie nicht an dauerhafte Liebe

glaubte, weswegen sie so glücklich war, dass alle an der Zeremonie teilgenommen hatten. Von sich selbst würde sie sich niemals scheiden lassen.

Jedes Geheimnis führte zu Spekulationen und Ratschlägen, denn genau dazu waren Freundinnen da, doch nach einer Weile verebbten die Gespräche zu leisem Getuschel und eine nach der anderen schlief ein.

Ally rollte sich auf der Seite zusammen. Sie lag Carrie gegenüber und Sabrina lag neben ihr.

Ethans sexy Lächeln tauchte vor ihrem inneren Auge auf. Jetzt, da sie wusste, dass er Single war, konnte sie frei von Schuldgefühlen nach ihm gieren. Je öfter sie ihn sah, desto stärker war die Anziehung. Doch wo stand er? Spielte er nur mit ihr?

Wollte er vielleicht etwas mit ihr anfangen?

Ihr wurde allein schon vom Gedanken heiß. Nein, nein, nein. Sie würde nicht die Nacht nach ihrem Gelöbnis zur Sologamie damit verbringen, über Ethans wohlgeformten Körper oder sein schönes Gesicht und seinen schmutzigen Sinn für Humor nachzudenken. Sie seufzte. Es war geradezu peinlich lange her, seit sie das letzte Mal mit einem Mann geschlafen hatte. Dean, dann Mark. Sie rechnete kurz nach, dann wurde ihr bewusst, dass – oh Mann, es war über ein Jahr her. Unerträglich lange.

Darum dachte sie über Haileys Freunde-mit-gewissen-Vorzügen-Situation nach und die Tatsache, dass Hailey so lange Single gewesen war, weil ihre sexuellen Bedürfnisse erfüllt worden waren – was ihr wiederum viel Zeit gab, sich um ihre Firma zu kümmern.

Könnte Ethan ihr Freund mit gewissen Vorzügen sein?

Carrie stieß sie an. „Bist du wach?", flüsterte sie.

Gott sei Dank. Eine Ablenkung. Das war ein gefährlicher Gedankengang. „Ja", flüsterte Ally.

„Möchtest du meine Trauzeugin sein?", fragte Carrie.

Ally stiegen erneut Tränen in die Augen. „Natürlich. Ich fühle mich geehrt." Sie wollte Carries Hand im selben

Moment drücken, in dem auch sie ihre Hand nach ihr ausstreckte. „Ich habe unsere Gespräche vermisst."

„Ich auch", flüsterte Carrie. „Wir sollten öfter zusammen ausgehen, besonders nachdem viele von uns jetzt so mit ihren Partnern beschäftigt sind."

„Das wäre schön. Was hat Zach dazu gesagt, dass du dich selbst heiratest?" Zach war ihr Verlobter, seines Zeichens Anthropologieprofessor und ein ausgezeichneter Koch.

„Er fand es faszinierend. Er hat ein bisschen recherchiert und gesagt, dass es hier wie international ein Trend ist."

„Ganz der Akademiker."

„Das ist er", sagte Carrie verträumt.

„Kaum zu glauben, dass du ihn mal für einen Bad Boy gehalten hast."

„Im Schlafzimmer ist er das immer noch."

Davon wollte Ally jedoch nichts hören. Ihr eigenes Sexualleben war mehr als bescheiden. „Glaubst du, dass dieses Freunde-mit-gewissen-Vorzügen-Ding je funktioniert? Ich meine, dass man befreundet bleibt, wenn man den Vorzüge-Teil beendet?"

„Oh Junge, ich glaube, das kann ganz schnell verdammt kompliziert werden. Es ist nicht leicht, Sex von Gefühlen zu trennen, besonders für uns. Du bist wie ich — am glücklichsten in einer langen, monogamen Beziehung."

Ally seufzte. „Du hast recht."

„Wer ist der Typ?"

„Ich will es nicht sagen, denn dann schaust du ihn nur schief an."

„Ethan?"

„Woher wusstest du es?"

Carrie kicherte. „Ich habe euch nach dem Buchclub im Garner's gesehen. Ihr habt euch kurz unterhalten, dann ist er dir mit dem Blick überall hin gefolgt. Er ist ein großartiger Typ. Zach betrachtet ihn als Bruder, da sie in derselben Pflegefamilie aufgewachsen sind. Wenn du ihn heiraten würdest, wären wir noch mehr wie Schwestern."

Ally biss die Zähne aufeinander. Es war, als hätte Carrie den Sinn der heutigen Zeremonie überhaupt nicht verstanden. „Ich bin auf einem neuen Weg", sagte sie geduldig. „Ich versuche, mein eigenes Glück zu finden."

„Hey, du rennst hier offene Türen ein. Hast du meinen glorreichen Plan, einen Bad Boy zu finden, um mich sexuell zu befreien, schon vergessen? Neue Klamotten, neue Kontakte, neue Einstellung, sogar einen neuen Karriereweg. Aber weißt du was? Mit dem richtigen Mann kannst du immer noch eine starke Frau sein. Ich fühle mich stärker, jetzt wo ich mit Zach zusammen bin. Er unterstützt mich sehr. Ein echter Partner."

„Nicht jeder Mann ist wie Zach", sagte sie und bemühte sich, den Neid in ihrer Stimme zu unterdrücken.

Carrie gähnte. „Ja, aber manchmal ist es das Risiko wert, es herauszufinden."

Ally tat so, als müsste sie ebenfalls gähnen. „Mmm … gute Nacht."

„Gute Nacht, meine Süße."

Ein Kloß wuchs in Allys Hals. Sie hatten zusammen gewohnt und hatten einander sehr nahe gestanden. Ally musste sich immer noch daran gewöhnen, allein zu leben, seit Carrie zu Zach gezogen war. „Gute Nacht, Süße."

Kapitel Acht

Am Sonntagmorgen erwachte Ally früh in ihrem eigenen Bett, erfrischt und entspannt nach einem Abend mit ihren Freundinnen und einem wunderschönen Tag im Spa. Natürlich liebten sie Carrie um ihrer selbst willen und nicht ihres Geldes wegen, doch manchmal war es schön, ihren Reichtum mit ihr zu genießen. Keine von ihnen hätte sich allein einen solchen Spatag leisten können.

Bevor sie am Samstagabend nach Hause gegangen war, hatte Claire Ally versichert, dass sie den Job als ihre Assistentin haben konnte, wenn sie ihn wollte, doch sie wollte, dass Ally sich zuerst mit Arianna unterhielt, um sich ein Bild davon zu machen, wie es wirklich war, für Claire zu arbeiten, denn „Es ist nicht immer glamourös. Manchmal ist es, als würdest du mit einem Oktopus ringen, um alles unter Kontrolle zu halten."

Ally versprach Claire, mit Arianna zu reden und über alles nachzudenken. Claire war nicht in Eile, da Arianna erst in zwei Monaten nach Drehschluss kurz vor Thanksgiving in Mutterschutz gehen würde. Claire hatte sich vorgenommen, über die Feiertage nicht zu arbeiten. Darum würde es reichen, wenn Ally nach Neujahr anfing – das würde Allys Boss auch genug Zeit geben, einen Ersatz für sie zu finden.

Ally war begeistert von der Idee, in Hollywood zu arbeiten. Es würde sicher nicht langweilig werden. Und wahrscheinlich würde sie auch eine Menge herumreisen.

Claire zog immer dorthin, wo gerade ihr neuster Film gedreht wurde.

Sie lächelte vor sich hin und liebte diese neue Zufriedenheit, sich selbst zu genügen. Sie musste nicht hoffen und beten, dass ein Prinz auftauchen und ihr ein Bilderbuch Happy End bescheren würde. Sie hatte bereits ihr Happy End – zumindest zum größten Teil. Großartige Dinge geschahen. Sie setzte sich auf und nahm ihr Handy vom Nachttisch, um ihren Freundinnen zu ihrer neuen Sologamie zu gratulieren.

Sobald sie das Handy einschaltete, fand sie eine Nachricht von Ethan. *Wanderung heute um eins. Hast du Lust? Gehen zu einer Höhle. Ist was für fortgeschrittene Anfänger.*

Eine Höhle? Wer konnte schon einer Höhle widerstehen? Auch wenn die letzte Wanderung ziemlich hart gewesen war, war sie am Ende stolz darauf gewesen, es geschafft zu haben. Und nachdem sie zwei Wochen lang täglich Charlottes Trainingsplan durchgezogen hatte, fühlte sie sich stärker und fitter. Es war das erste Oktoberwochenende – ihre liebste Zeit des Jahres, die Luft frisch und kühl und die Wälder kunterbunt. Eine Wanderung als Gruppe fühlte sich sicher an. Keine Gelegenheit, seinen umwerfenden Body zu bespringen, wenn sie von anderen Wanderern umgeben waren. Schnell schrieb sie zurück: *Bin dabei.*

Er antwortete sofort. *Willst du vorher was essen gehen?*

Ein entspanntes Mittagessen unter Freunden? Kein Problem. *Sicher.*

Dann hol ich dich um 11:45 ab.

Sie schickte einen Smiley zurück, dann schickte sie ihren Freundinnen eine Gruppennachricht mit Glückwünschen. Konfetti, Champagner und tanzende Emoticons kamen zurück. Sie lachte glücklich.

Unter der Dusche ertappte sie sich dabei, dass sie sich Ethan oben ohne wie auf der letzten Wanderung vorstellte.

Oh nein, du steigerst dich jetzt nicht in einen Typen rein. Sie schamponierte ihre Haare und zwang sich, sich auf den gestrigen Tag mit ihren Freundinnen zu konzentrieren.

Er hatte ihr sein Shirt gegeben.

Das bedeutete ihr etwas. Es verriet seine Natur – ein Beschützer, ritterlich und großzügig. Sie hätte aus Stein sein müssen, um nicht seinen maskulinen Körper, seine gebräunte Haut und seine wohl-definierten Muskeln zu bemerken. Keine Narben oder Tätowierungen, nur glatte Haut, die sie zu gerne berührt, geküsst und gekostet hätte. Sie seufzte verträumt, dann stöhnte sie. Sie würde sich *nicht* wieder Hals über Hinterteil in Lust stürzen. Sie verbrachte viel zu viel Zeit damit, über Männer nachzudenken. Denken, nicht tun.

Schnell spülte sie das Shampoo aus. Nein, sie würde sich nicht für ihn hübsch machen. Wieder zog sie ein Zeckenabwehr-Outfit an – einen alten weißen Pullover und dazu eine Khakihose mit Sportsocken darüber. Sie starrte die Socken an und ließ sie schnell unter der Hose verschwinden. Sie legte kein Make-up auf, und die Haare band sie zu einem simplen Pferdeschwanz. So betrachtete sie sich im Spiegel. Ihre Haut strahlte nach der Gesichtsbehandlung im Spa, doch dagegen konnte sie nichts tun. Sie zog ihr Haarband heraus und schüttelte die Haare aus.

Nervös betrachtete sie ihr Outfit. Es war zu früh. Sie würde trainieren, sich bei einem Buch entspannen und sich dann in der letzten Minute anziehen, da es nur ein entspanntes Mittagessen unter Freunden war. Es war kein Date. Einen Moment lang war sie aus der Spur geraten, doch jetzt war sie wieder zurück.

Gegen halb zwölf hatte sie eine Menge erledigt – sie hatte trainiert und fünf Seiten des Buchs aus ihrem Buchclub gelesen, bevor ihre nervöse Energie sie dazu brachte, ihren E-Reader auszuschalten und ihre Wohnung zu putzen. Sie wischte sich den Schweiß von der Stirn.

Duschen? Nope. Auf der Wanderung würde sie sowieso ins Schwitzen kommen. Sie zog ihre zeckenabweisenden Klamotten an, nahm ihren Sonnenhut und ihre Tasche und ging zur Tür. An ihrem Auto angekommen, blieb sie unsicher stehen. Sie würde nicht fahren – Ethan hatte gesagt, dass er sie abholen würde. Ihr Magen führte einen zittrigen Tanz auf.

Okay, beruhige dich verdammt noch mal. Sie ließ die Schultern hängen, enttäuscht, dass sie so aufgeregt war, ihn zu sehen, wo sie sich doch so große Mühe gegeben hatte, sich nicht aufzuregen. Sie musste diese Nervosität loswerden und sich am Riemen reißen. Die Sologamie-Zeremonie hatte etwas bedeutet. Oh! Sie hatte ihr silbernes Kettchen mit dem Herzanhänger vergessen. Das wäre eine gute Erinnerung.

Sie drehte sich um und wollte die Treppe hinaufgehen, stieß jedoch mit Ethan zusammen. „Hey! Du bist früh dran!"

Er schenkte ihr ein sexy Lächeln, das ihren Puls zum Rasen brachte. Seine dunkelblauen Augen musterten sie, blieben an ihren Hüften hängen, wanderten zu ihrem Hals und dann langsam wieder ihren Körper hinab. Ihr stockte der Atem. Schließlich sah er ihr in die Augen. Hungrig und heiß.

Sie schluckte.

„Ich bin besser durchgekommen, als ich dachte", sagte er. „Bist du bereit?"

„Muss nur noch schnell was holen." Als sie in Richtung Treppe ging, folgte er ihr. Sie warf einen Blick auf sein umwerfendes Profil, die scharfgeschnittenen Wangen-knochen und den Stoppelbart auf seinen Wangen. Köstlich wild. Schnell wandte sie den Blick wieder geradeaus. „Oh, du kommst mit? Warum auch nicht. Ich würde einen Freund nicht in der Kälte stehen lassen." Nicht, dass es kalt war. Es war verdammt heiß, wann immer er in ihrer Nähe war.

Er blieb stehen. „Ich kann hier warten, wenn du dich dabei nicht wohl fühlst."

„Unsinn. Kein Problem." Angetrieben von einer nervösen Energie ging sie schneller. „Was ist das für eine Höhle? Ist die so richtig alt?"

„Die ist schon ewig da, keine Ahnung, wie lange. Es heißt, dass der Fellmann den ganzen Winter über da gelebt hat."

„Der Fellmann? Du meinst so was wie ein Trapper?"

„Ja, er war so eine Art Nomade. Er reiste durch den ganzen Nordosten und handelte mit Fellen und hat in dieser Höhle überwintert. Fellmann wurde er nicht nur wegen der Felle genannt, mit denen er handelte, sondern wegen des riesigen Fellmantels, den er aus allen möglichen Fellen genäht hatte. Das war damals während des Sezessionskrieges. Es heißt, er hat nie gesprochen."

„Das ist cool!"

Als er sie anlächelte, schoss ihr Puls in die Höhe. „Kann sein, dass das nur eine Legende ist. Damals haben sie nicht viel schriftlich dokumentiert, doch es gibt ein altes Foto von ihm im Trailside Museum."

„Oh!" Sie ergriff spontan seinen Arm, und als sie seine harten, warmen Muskeln spürte, ließ sie schnell wieder los. „Das muss ich sehen."

„Klar, nach der Wanderung", schmunzelte er. „Muss dir ja einen Anreiz geben."

„Ha! Ich werde diese Wanderung dominieren!"

„Dominieren, ja? Nett."

Oben angekommen schloss sie die Tür auf. Er folgte ihr hinein und sah sich aufmerksam um. „Ich hatte noch nicht viel Zeit zum Dekorieren", sagte sie.

„Es ist hübsch."

„Ich mag mehr Farbe. Die Wände werde ich wahrscheinlich in einem warmen Goldton streichen. Bin gleich zurück!" Sie ging zu ihrer Kommode, in deren oberster Schublade sie das Herz gelassen hatte, und legte es an. Sie schloss die Augen und atmete tief Luft, während sie den Anhänger in der Hand hielt und mit dem Finger über die sanft geschwungene Oberfläche strich, eine Geste, die das zufriedene Gefühl während der Zeremonie zurückbrachte. Sie öffnete die Augen und kehrte zurück ins Wohnzimmer.

Ethan stand mit verschränkten Armen in der Mitte des Raumes. Er trug ein schlichtes graues T-Shirt und ausgewaschene Jeans, strahlte aber dennoch eine gewisse Autorität aus. Wenn er nicht lächelte, strahlte er kaum kontrollierbare männliche Kraft aus. Nicht nur Kraft, sondern angespannte Energie. Wie ein Gesetzloser im Wilden Westen. Sie war froh, dass er auf ihrer Seite war.

„Auf geht's", zwitscherte sie.

Sofort ging er zur Tür und hielt sie für sie auf. „Ich habe dir ein Zeckenabwehrspray besorgt."

Sie blieb vor ihm stehen. „Du hast mir ein Zeckenabwehrspray gekauft?"

„Es hat gute Bewertungen. Wirkt zwölf Stunden lang."

Ihr Herz machte einen Sprung angesichts seiner Aufmerksamkeit, und ein warmes Gefühl breitete sich in ihr aus. Er sagte nicht viel, doch dann tat er so etwas, weil er wusste, dass sie sich wegen Zecken Sorgen machte. „Danke Eth. Ich weiß es wirklich zu schätzen."

Überrascht öffnete er den Mund. „Kein Problem." Sein Ton war brüsk, als wäre ihm ihre Dankbarkeit peinlich.

Sie schloss die Tür und sie gingen die Treppe hinunter.

„Was hast du holen müssen?", fragte er.

Sie holte die Kette unter ihrem Pullover hervor. „Meine Kette. Ich habe mich am Freitag in Gegenwart meiner Freundinnen geheiratet. Alle haben sich selbst geheiratet."

„Hm."

Normalerweise hätte sie sich an einer Wischi-Waschi-Bemerkung wie dieser gestört, doch sie war jetzt eine neue Frau und akzeptierte ihre Fehler und die der anderen. Männer konnten nun einmal nicht genug Worte aneinander reihen, um wichtige Neuigkeiten angemessen zu würdigen.

Sie steckte die Kette wieder in den Ausschnitt zurück und tätschelte sie. Unten angekommen, deutete er in Richtung seines Jeeps und hielt ihr die Beifahrertür auf. Sie stieg ein, bereits daran gewohnt, dass er den Gentleman spielte. Das lag sicher an Mr. Campbells Einfluss. Alle Campbell-Männer hatten ausgezeichnete Manieren, und Ethan war quasi einer von ihnen.

Sie wartete darauf, dass er die Tür schloss, doch stattdessen starrte er sie nur mit gerunzelter Stirn an, als dachte er angestrengt über etwas nach.

„Dann haben Claire und Charlotte auch mitgemacht?", fragte er. Die beiden waren bereits verheiratet.

Sie lachte. „Ja. Es ist ja keine rechtsverbindliche Zeremonie. Es ist ein Bekenntnis zu sich selbst, sich zu lieben, zu ehren und zu schätzen. Meine Fehler zu akzeptieren und gut zu mir zu sein. Wir sind sogar auf Honeymoon gegangen."

Er schmunzelte.

Sie wedelte mit dem Finger. „Ich weiß, was du denkst, wenn du so grinst, aber es war wirklich schön. Wir haben alle in Claires Penthouse-Suite übernachtet und uns den ganzen Samstag im Hotelspa verwöhnen lassen. Ich fühle mich wie eine neue Frau."

Sein Blick fiel auf ihren Mund, dann sah er ihr mit unergründlicher Miene in die Augen. „Herzlichen Glückwunsch dir und dir. Dach offen oder zu?"

„Danke! Zu ist okay."

Er schloss die Tür und stieg auf der Fahrerseite ein. Plötzlich war sie sich seiner Nähe im engen Jeep hyperbewusst. Sein holzig-männlicher Duft, seine große Hand auf der Gangschaltung, sein starkes Profil, seine Haltung. Da war eine Stille an seiner Oberfläche, die sie neugierig darauf machte, was darunter vor sich ging. Ließ er sich jemals gehen? War er jemals aufgeregt über irgendetwas?

Und warum interessierte es sie?

Sie schüttelte innerlich den Kopf.

Er fuhr vom Parkplatz. „Pizza okay?"

„Klar." Sie starrte aus dem Fenster, schenkte der Landschaft kaum Beachtung, während ihre Gedanken vollkommen durcheinander schwirrten. Sexy Ethan. Ihre Beziehungsdesaster. Das Leid danach. Die Sologamie-Zeremonie. Wie viel Zeit musste sie in sich investieren, bevor sie wieder einen Mann in ihr Leben ließ? Sechs Monate? Ein Jahr?

Konnte sie Herrin ihrer Lust werden, indem sie sich auf eine Freunde-mit-gewissen-Vorzügen-Situation einließ? Es musste ja keine große Sache sein, oder? Sie würde sich ja nicht Hals über Kopf in eine Beziehung stürzen, sondern nur auf Zehenspitzen einen Teil einer Beziehung erkunden.

„Freut mich, dass du heute Zeit hast", sagte er knapp.

Sie wandte sich ihm zu und gab sich Mühe, normal zu klingen und nicht wie eine von sexy Gedanken benebelte Kuh. „Ich auch. Dieser Fitnesskram funktioniert wirklich für mich. Ich freue mich aufs Training und fühle mich besser danach."

„Genau das ist ja auch der Sinn der Sache."

„Okay, Muskelmann."

Er schenkte ihr ein seltenes Lächeln. Ihr Atem stockte und ihr Herz pochte. Oh, das war nicht gut. Gar nicht gut. Er hatte eine viel zu starke Wirkung auf sie.

„Ich dachte, es war Mr. Tough Guy", sagte er.

Sie riss den Blick von ihm los. „Du bist beides."

Seine Stimme war sanft. „Ist das gut?"

„Nur du kannst das beantworten." Denn sie schmolz schnell zu einer Pfütze der Lust.

Er schwieg.

„Hast du wieder Gewichte im Rucksack?", fragte sie.

„Ja."

„Ja, auf jeden Fall beides."

Er lachte, wenn auch nur kurz, und als sie ihr silbernes

Herz berührte, war ihre Haut unter dem kühlen Metall heiß.

~ ~ ~

Ethan versuchte, nicht zu sehr an Allys Hochzeit mit sich selbst zu denken und was das zu bedeuteten hatte, doch während des Mittagessens wanderten seine Gedanken immer wieder dorthin zurück. „Wie konnte Claire sich selbst heiraten, wenn sie schon mit Jake verheiratet ist?" *Feigling.* Das war nicht die Frage, die er wirklich stellen wollte.

„Ich habe dir doch schon gesagt, dass es kein rechtsverbindlicher Akt war." Sie kaute gedankenverloren ein Crouton. „Es geht eher darum, sich selbst zu achten. Sich dafür zu entscheiden, sich nicht mit weniger, als man verdient hat, zufriedenzugeben, besonders, was Beziehungen angeht. Die Latte höher legen, verstehst du? Ich lerne, als Single zufrieden zu sein. Ich schätze, dass du bereits weißt, wie das geht, aber für mich ist das neu."

Er war nicht zufrieden. Die Sehnsucht war geradezu schmerzhaft. Und es war nicht nur Lust. Er wollte ein Zuhause. Ein *echtes* Zuhause mit einer eigenen Familie. Sein Blut. Als er vor ein paar Wochen seine Pflegemutter verloren hatte, hatte sich seine Perspektive verschoben. „Wenn du meinst", murmelte er.

Ally legte ihre Gabel ab. „Eth, zum ersten Mal in meinem Leben bin ich zufrieden damit, mein Leben ganz allein fantastisch zu machen."

Schließlich konnte er sich nicht mehr zurückhalten. „Und was hast du jetzt vor nach diesem Gelöbnis? Willst du lange Single sein?"

Sie starrte den Tisch an. „Ich bin mir nicht sicher. Ich versuche gerade, mir über einiges klarzuwerden." Sie begegnete seinem Blick und schien seine Miene zu untersuchen. „Wenn der richtige Mensch zur richtigen Zeit käme …“

Er hielt den Atem an. War er dieser richtige Mensch? Sah sie das in ihm?

Sie schluckte und wandte den Blick ab. „Der Punkt ist, dass ich nicht all meine Energie darauf verschwende, zu suchen und zu hoffen und zu wünschen.“

„Hm.“ *Wie lange muss ich also warten, bevor ich den ersten Schritt mache?*

Sie wischte sich den Mund mit der Serviette ab. „Wenn du mit *hm* großartig meinst, dann stimme ich dir zu.“

„Hast du viel Energie mit Wünschen verschwendet?“ Er wünschte sich nichts. Er sorgte dafür, dass etwas passierte oder nicht.

Sie sah ihn mit einem beinahe traurigen Lächeln an. „Vielleicht ist es bei Männern anders. Als Kind wollte ich Aschenputtel sein und habe auf meinen Prinzen gewartet.“

„Ja, es macht keinen Spaß, auf jemanden zu warten. Es ist besser, dein Leben jetzt zu leben, und wenn du jemanden triffst, dann nichts wie ran.“ *Sobald du ein Signal bekommst*, fügte er stumm hinzu. Er brauchte ein Signal.

Sie neigte den Kopf und lächelte. „Wo bist du nur vor zehn Jahren gewesen?“

Das Blut rauschte durch seine Adern. „Genau hier. Ich habe gearbeitet.“

Sie wedelte mit der Hand, dann fing sie an, den Müll von ihrer Mahlzeit einzusammeln. „Nicht wortwörtlich. Damals war ich sechzehn. Zu der Zeit haben meine romantischen Fantasien angefangen.“

Er half ihr, den Müll zusammenzusammeln. „Erzähl mir von deinen Fantasien.“ Er erwartete keine Antwort, denn eigentlich hatte er sie nur necken wollen.

„Genau das ist der Punkt! Es waren nicht meine Fantasien. Es war Propaganda.“ Sie klang empört. „Ein funkelndes, glitzerndes Märchen, in dem ich passiv auf den einen perfekten Prinzen warte, der mich mir selbst wegnimmt und mir ewiges Glück schenkt.“ Sie stand auf und blickte finster auf ihn hinab. „Kannst du verstehen, dass das jemanden verwirren kann?"

Er stand auf. „Ja."

„Also, jetzt nicht mehr. Ich habe den Unsinn aufgegeben." Sie marschierte zum Mülleimer und warf den Müll hinein.

Er folgte ihr. Dann setzte sie energisch ihren Hut auf und knurrte. „Auf geht's."

„Langsam, langsam. Ich bin nicht der Feind."

„Tschuldigung. Ich kann mich tierisch darüber aufregen. Es ist nicht richtig, dass Frauen diesen Mist von Kindesbeinen an eingetrichtert bekommen."

„Und wo sollte man überhaupt einen Prinzen finden? Das ist so was von unrealistisch!"

Sie lachte. „Es geht nicht darum, dass der Mann adelig sein muss. Er muss gutaussehend und stark sein, ein Poet, der dir das Gefühl gibt, dass du der Mittelpunkt seiner Welt bist."

Er sollte all das tun, wenn das bedeutete, dass er Ally in seinem Leben haben kann. Er ging zum Ausgang und hielt ihr die Tür auf. „Ein Poet? Klingt wie ein Weichei."

Sie lachte. „Muskelmann."

Immer langsam.

Sobald sie auf dem Weg zum Reservat waren, fragte er in neckendem Ton: „Glaubst du, du kannst bei dieser Wanderung mit mir mithalten?"

„Ich werde es auf jeden Fall versuchen. Solange es nicht wieder die ganze Zeit bergauf geht."

„Oh, hatte ich nicht erwähnt, dass die Höhle auf einem Berg ist?"

„Ein Berg!"

„Also eher ein großer Hügel. Aber mach dir keine Sorgen, wenn nötig, kann ich dich tragen."

„Das kannst du schön mal vergessen."

Wieder ertappte er sich beim Lächeln. Er konnte einfach nicht anders. Ihr Kämpfergeist gefiel ihm. Er würde sie trotzdem tragen, falls sie eine Pause brauchte.

Doch Ally brauchte keine Hilfe. Diesmal war sie nicht die letzte in der Gruppe. Es waren wieder dieselben Leute dabei wie beim letzten Mal, abgesehen von einem der zwei Matts. Sie war definitiv stärker als noch vor zwei Wochen. Sie arbeitete mit einem Personal Trainer, doch die meisten Leute schafften es doch nicht, das Pensum durchzuziehen. Sie gingen halbherzig an das Programm heran. Ally gab alles. Er hatte das Gefühl, dass sie das immer tat. Kein Wunder, dass sie zögerte, eine Beziehung einzugehen. Sie würde wahrscheinlich auch da alles geben, und wenn es nicht mit einem Typen war, der sie zu schätzen wusste, dann musste das gezwungenermaßen zu einem gebrochenen Herzen führen. Er wollte der Mann sein, der sie schätzte. Der *richtige* Mann.

Er ließ sich zurückfallen und ging neben ihr her. Sie summte eine fröhliche Melodie vor sich hin. Das letzte Mal war sie so atemlos gewesen, dass sie kaum ein Wort herausgebracht hatte. „Wir sind schon fast bei der Höhle", sagte er. „Da machen wir dann Pause, und Rob erzählt von der Legende – hauptsächlich für dich, da die meisten von uns sie schon letztes Jahr gehört haben."

„Cool." Sie wischte ihren verschwitzten Pony aus dem Gesicht. „Du musst nicht langsam gehen, um mir Gesellschaft zu leisten."

„Ich war schon an der Höhle und bin zurückgekommen."

Sie blies einen Atemzug aus. „Dazu sage ich jetzt nichts."

Er grinste. „Ach nein? Willst du mich nicht wieder Muskelmann nennen?"

„Nein, *Weichei*."

Er lachte.

Sie grinste. „Was hast du diesmal als Snack mitgebracht?"

„Nichts, die Pizza sollte reichen."

„Oh. Ich habe hausgemachtes Studentenfutter mitgebracht.“

„Hast du Hunger?“

„Nicht wirklich. Ich könnte es dir aber an den Kopf werfen, weil du so was von eingebildet bist. *Ich war schon an der Höhle.*“

Er lachte laut auf.

Eine Weile gingen sie schweigend weiter und fielen zurück, als Ally auf dem steileren Wegstück immer langsamer wurde.

„Also“, sagte er gedehnt und wappnete sich für eine großartige Antwort oder eine gigantische Abfuhr. „Jetzt, da du solo verheiratet bist … Wenn ein Typ dich auf ein Date einladen würde, wärst du dem gegenüber aufgeschlossen?“

Sie nahm ihren Hut ab und wedelte sich frische Luft zu. Sie ließ sich Zeit, bevor sie antwortete, und er wartete mit einem unguten Gefühl im Bauch, das ihm sagte, dass er einen Korb bekommen würde. Zumindest war es ihm gelungen, ein inoffizielles Date mit Mittagessen und Wanderung zu ergattern. Wenn sie nicht zu mehr bereit war, musste er heute und die vorherige Wanderung als Aktivität unter Freunden abschreiben.

Schließlich setzte sie den Hut wieder auf und sagte: „Wahrscheinlich nicht. Ich bin auf einem wirklich guten Weg hier. Ich will Momentum aufbauen, bis es sich in mein Gehirn eingeschliffen hat. Es dauert drei Wochen, bis sich eine Gewohnheit, wie mich gut um mich selbst zu kümmern, etabliert hat.“

„Und wie lange machst du es jetzt schon?“

„Zwei Wochen, und ich fühle mich fantastisch!“

„Ich …“ Er unterbrach sich selbst. Er konnte eine Woche warten. Er war schließlich nicht verzweifelt. Davon abgesehen verbrachte sie Zeit mit ihm.

„Ja?“, fragte sie.

„Nichts.“

Endlich erreichten sie die Höhle und ließen sich bei der

Gruppe nieder. Rob erzählte ihnen die Fellmann-Legende. Im Grunde war es genau das, was er Ally bereits erzählt hatte, mit ein paar Beschönigungen à la „manchmal, bei Vollmond, kann man seine Schritte in der Höhle hallen hören". Gruselige Lagerfeuergeschichten. Danach gingen sie nacheinander in Zweiergruppen in die Höhle. Er ging natürlich mit Ally.

„Ziemlich kleine Höhle", sagte sie, als sie in die Dunkelheit spähte.

„Er hat hier lange Winter überlebt. Harte Bedingungen. Gut, dass er ein Fellmann war."

Sie schmunzelte. „Fellige Liebe."

Er lächelte zurück. Sie funkten auf derselben schmutzigen Wellenlänge. Ausgezeichnet.

Sie verließen die Höhle wieder, damit auch die anderen sie besichtigen konnten. Sie wedelte mit dem Finger. „Du färbst auf mich ab."

Er lächelte, unglaublich zufrieden damit. Es gab keinen Grund, keine Pläne für nächste Woche mit ihr zu schmieden. Da würden die drei Wochen um sein, nach denen sie bereit war, auf ein Date zu gehen. „Bist du je angeln gewesen?", fragte er beiläufig.

„Nein."

„Wir sollten angeln gehen. Wie wäre es mit nächstem Sonntag? Hier am See. Ich habe ein Kanu und eine extra Angelrute. Es ist schön friedlich."

Ihr Gesicht strahlte, und seine Hoffnung wuchs. „Dann können wir zum Abendessen kochen, was wir gefangen haben. Das habe ich noch nie gemacht."

„Hier muss man wieder freilassen, was man gefangen hat. Aber ich kann Hotdogs mitbringen."

„Und wir könnten Smores machen!" Ihr blonder Pony wippte vor Begeisterung. „O mein Gott, das klingt toll! Lass uns eine große Party daraus machen. Du lädst die Jungs ein. Ich lade meine Freundinnen ein. Eine Natur-Party."

Er seufzte. „Das Kanu ist nur für zwei."

Sie klatschte ihm mit der Hand auf den Arm. „Wir wechseln uns ab. Oder wir laden sie nur zum Lagerfeuer ein. Tolle Idee, Eth! Ich habe schon seit Jahren keine Smores mehr gehabt!"

Er presste die Lippen aufeinander. „Großartig."

Kapitel Neun

Eine Woche später entschied Ethan, dass er nichts hatte, worüber er sich beschweren musste. Okay, ja, er würde Ally heute Abend beim Grillen am Lagerfeuer mit einem Haufen andere Leute teilen müssen, doch für den Moment hatte er sie ganz allein für sich. Abgesehen von ein paar kleinen Booten auf der anderen Seite des Sees waren sie die einzigen. Bisher hatte sie nichts gefangen und war ungewöhnlich still. Er füllte die Stille seinerseits jedoch nicht mit unnötigem Gelaber. Das war das Wunderbare am Fischen – einfach still eins mit der Natur zu werden.

Nach einer Weile sah sie sich um und holte tief Luft. „Das ist schön. Ich verstehe, warum es dir gefällt. Es ist fast wie Meditation."

Er nickte.

Sie redete weiter und vertraute sich ihm an, wie es nur wenige taten. „Ich bin Lehrerin geworden, weil ich Kinder liebe, aber in letzter Zeit fühle ich mich so eingeengt in meinem Job. Ich habe vor zwei Jahren, als sich mir die Gelegenheit geboten hat, von der fünften Klasse zur ersten Klasse gewechselt, doch jetzt habe ich das Gefühl, eine größere Veränderung zu brauchen." Sie machte eine ausladende Geste, bei der ihre Rettungsweste hochrutschte. „Ich will *raus* aus dem Klassenzimmer und *rein* in die Welt. Ich überlege mir, ob ich Claires Assistentin werden soll. Ich habe mit ihrer derzeitigen Assistentin gesprochen und es ist viel Arbeit, aber der Job hat auch tolle Vorteile. Reisen,

Preisverleihungen, Zugang zu VIP-Räumen, die so exklusiv sind, dass die meisten Leute gar nicht wissen, dass es sie gibt. Wie auch immer ... ich denke ernsthaft darüber nach."

Er runzelte die Stirn. „Warum willst du als Assistentin arbeiten, wenn du einen Uniabschluss hast?"

„Weil es Spaß macht."

„Wenn du an dein Handy gekettet zu sein und ihr Leben zu organisieren für Spaß hältst ..." Claire verbrachte einen Großteil ihrer freien Zeit in Kalifornien, und in der übrigen Zeit reiste sie von einem Drehort zum anderen. Ethan war fest in Eastman Connecticut verwurzelt. Er war geblieben, um sich bei der Gemeinde, die ihn großgezogen hatte, zu bedanken. Was noch wichtiger war – nachdem er sehr jung bei der Polizei in Eastman angefangen hatte, war er nur noch ein paar Jahre davon entfernt, mit voller Pension in „Rente" zu gehen. All das war für ihn Grund genug zu bleiben. Er versuchte, objektiv über Allys möglichen neuen Job nachzudenken. Er konnte den Reiz verstehen, der vom Herumreisen auf Kosten anderer ausging, die Verlockung der Glitzerwelt von Hollywood. Und er wollte nicht, dass Ally unglücklich war und in einem Job festsaß, der sie erstickte, doch er wusste, dass die zarten Knospen ihrer Beziehung große Entfernungen nicht überleben würden.

Sie lächelte. „In Paris an mein Handy gekettet zu sein? Finde ich jetzt gar nicht *so* schlimm."

„Willst du wirklich für eine Freundin arbeiten? Was, wenn irgendwas schiefgeht?"

Sie starrte ihn an. „Du meine Güte, Eth, ich versuche, meine Quarterlife-Krise auszuleben, und du ruinierst es mit deinem gesunden Menschenverstand. Ich gebe ja zu, dass es mir ein bisschen Sorgen macht, eine Freundin als Boss zu haben. Vielleicht habe ich deswegen noch nicht zugesagt. Oder vielleicht warte ich auf eine bessere Gelegenheit." Sie seufzte. „Ich weiß nicht. Ich ... ich kann so einfach nicht weitermachen. Ich bin bereit für den nächsten Schritt, was immer das auch ist. Vielleicht sollte ich einfach die Gelegenheit beim Schopf packen und das Beste hoffen."

Er entspannte sich ein wenig. Sie war nur ein bisschen unruhig. „Was willst du wirklich machen? Ich meine, wenn du alles tun könntest?"

„Hm … professionelle Domina."

Als ihm der Mund offen stehen blieb, prustete sie vor Lachen.

Er schüttelte den Kopf. „Erwischt."

„Ja. Da stehe ich wirklich nicht drauf."

„Worauf stehst du dann?"

„Meinen Vibrator." Sie schlug sich die Hand vor den Mund.

Er schmunzelte.

„Vielleicht sollte ich Sexspielzeug verkaufen. Oder eine Sexspielzeugfirma mit noch besseren Vibratoren gründen." Sie hob die Hand. „Gemacht für Frauen von einer Frau."

„Ist schon eine Weile her für dich." *Und lass mich dir dabei helfen.*

„Wie kommst du denn darauf?"

„Du hast es erwähnt, als wir mit Cali im Diner waren. Plus, alle deine Ideen drehen sich um Sex."

Sie wurde rot und starrte über seine Schulter in die Ferne.

„Ally." Er wartete darauf, dass sie ihm in die Augen sah. „Vielleicht ist das, was du suchst, nicht da draußen, sondern da drinnen." Er tippte sich auf die Stirn. „Und hier." Er tippte sich auf die Brust, direkt über seinem Herzen.

Sie runzelte die Stirn. „Du meinst wie Yoga? Spiritualität?"

„Ich meine ein Leben mit einem Ziel, einer Aufgabe. Was auch immer das für dich ist."

Sie starrte ihn lange an, dann schüttelte sie den Kopf. „Wie bist du so weise geworden?"

Er lachte schallend. „Das habe ich von Joe. Er ist wie ein Dad für mich. Wie auch immer, als ich nicht wusste, was ich mit meinem Leben anfangen sollte, hat er das zu mir gesagt, und es hat alles ins rechte Licht gerückt."

Sie starrte ihn an, als wartete sie darauf, dass er noch mehr Tiefgründiges sagte, darum sagte er ihr seine Meinung zu ihrer Sologamie-Idee.

„Es ist gut, sich Zeit zu nehmen, um an sich zu arbeiten, aber du musst nicht ein Extrem gegen das andere austauschen."

Sie neigte den Kopf. „Was meinst du?"

Er fuhr vorsichtig fort. „Ich meine … alles in deinem Leben stehen und liegen zu lassen, um etwas Neues anzufangen." Er hatte den Schwanz eingezogen. Verdammt. Er hatte sagen wollen *verschließe dich nicht der Möglichkeit von „uns" gegenüber, weil du daran arbeitest, dein Leben zu verbessern.*

Er versuchte, es besser zu formulieren, doch er fand einfach keine Worte. Er wusste nicht, wo er mit ihr stand, und wollte sie nicht bedrängen und ganz sicher nicht über Gefühle reden, die sie womöglich nicht erwiderte, darum saß er da und brachte keinen Ton heraus.

Ihre Angelschnur zuckte. Sie kreischte, sprang aufgeregt auf und spähte ins Wasser.

In einem Kanu steht man nicht!

Und – *Platsch!* – landeten beide im Wasser.

Scheißkalt. Er hätte es ihr erklären sollen. Kanus neigten zum Kentern. Wenn der Schwerpunkt zu hoch lag, kippten sie schnell um. Sie hingen in ihren Schwimmwesten an der Oberfläche. Keiner von beiden trug Badekleidung, nur Longsleeves, Shorts und nackte Füße. Zum Glück hatten sie alles, was von Wert war, in seinen Jeep geschlossen.

„Jetzt haben wir die Fische verschreckt!", lachte sie.

Er schüttelte den Kopf und sammelte schnell die Paddel und seine Angelrute ein. Ihre war verschwunden.

Der Fisch musste damit davongeschwommen sein. „Halt das“, sagte er und schob ihr Paddel und Angelrute entgegen. „Gib mir nen Moment, es aufzurichten.“

Er manövrierte das Kanu wieder in Position, schwamm zu Ally und warf die Paddel ins Boot. „Alles Wasser krieg ich so nicht raus, aber ans Ufer schaffen wir es auch so.“

„Tut mir leid, Eth. Ich bin ein Anfänger, was Natur angeht.“

„Kein Ding. Siehst du? Darum habe ich darauf bestanden, dass du eine Schwimmweste anziehst.“ Sie hatte sich gesträubt und erklärt, dass sie eine gute Schwimmerin sei, doch er war hart geblieben.

Als sie ihm spielerisch Wasser ins Gesicht spritzte, holte er aus und schickte eine Mörderwelle über sie hinweg. Nicht, dass sie nicht sowieso schon klatschnass gewesen wären. Er lachte, denn die Welle hatte ein paar Algen in ihr Haar gespült, sodass es aussah, als trüge sie eine Perücke aus Seegras.

„Seeungeheuer!“, kreischte sie und schlug danach. „Mach es weg!“

„Entspann dich, sind nur Algen und totes Seegras.“

„Ihhhh, das stinkt!“ Sie rümpfte die Nase und versuchte hektisch, es aus ihren Haaren zu ziehen.

„Ist doch nur eine Pflanze.“ Er schwamm zu ihr und zog vorsichtig das bösartige Gras heraus. „Na bitte.“ Er warf es weg.

Sie sah ihn an und öffnete den Mund ein wenig.

Das war das Zeichen, das er brauchte. Der Blick in ihren Augen. Die Anziehung war elektrisch, eine starke Macht, die ihn anzog, denn jetzt wusste er sicher, dass sie gegenseitiger Natur war. Er hob eine Hand und wischte ihr sanft den Pony aus den Augen. Dann zwang er sich, sich abzuwenden. So wie er sie wollte, würde er sonst noch beide ertränken.

„Wir müssen ans Ufer“, murmelte er.

Er zog sich ins Kanu, vorsichtig, um es nicht gleich

wieder zum Kentern zu bringen, drehte sich um und bot ihr eine Hand an.

„Bist du sicher, dass ich dich nicht reinziehen werde?“, fragte sie.

„Nein, ich hab dich.“

Sie legte ihre Hand in seine und er zog sie auf. Wenig elegant fiel sie ins Kanu und blieb liegen, als hätte sie Angst, es wieder zum Kentern zu bringen. Er half ihr, sich zu setzen, und nahm selbst ihr gegenüber Platz.

Sie zitterte. „Ich habe nichts zum Wechseln dabei.“

„Ich auch nicht. Das trocknet schon wieder. Wir hängen deine Klamotten auf und machen ein Feuer.“

„Ach so? Und in der Zwischenzeit rennen wir nackt durch die Gegend?“

Er schmunzelte.

Sie schob ihr Kinn vor, und anstatt ihres köstlichen Mundes starrte er es an. Gott, sie war sexy. Er wollte sie so sehr nackt sehen, dass er es kaum aushielt, auch wenn er vorhatte, ein Gentleman zu sein und ihr seinen Hoodie aus seinem Jeep zu geben, solange ihre Kleider trockneten.

„Ich wärme dich auf, sobald wir am Ufer sind“, sagte er mit heiserer Stimme.

Sie starrte seinen Mund an, und ihre rosa Zunge schoss heraus, um ihre Lippen zu benetzen. „Oh“, hauchte sie.

Er nahm die Paddel und ruderte mit energischen Schlägen ans Ufer.

Sie rieb sich die Arme. „Verdammt, mir ist wirklich kalt.“

„Ich habe ein Handtuch und einen Hoodie im Jeep. Du kannst dich abtrocknen und den Pullover anziehen. Dürfte wie ein Kleid für dich sein.“

Sie sah ihn argwöhnisch an. „Was bist du, ein Park Ranger? Nein, bring mich zurück zu meiner Wohnung. Da werde ich mir den Gestank von deinem verrotteten Seegras aus den Haaren waschen, mich eincremen und frisch anziehen.“

Er lächelte. „Dann bin ich jetzt ein Park Ranger?"

Sie nickte. „Wenn der braune Hut mit dem Bändel unter dem Kinn passt."

Er lachte. „Komm schon, Stadtmädchen, halt durch. Zu deiner Wohnung zurückzufahren, das ist was für Weicheier."

„Nimm das zurück, Tough Guy. Du bezeichnest mich nicht als Weichei."

„Die Jungs dürften bald hier sein. Willst du, dass niemand da ist, wenn sie kommen?"

„Dann bleib du hier, während ich mit deinem Jeep nach Hause fahre und mich umziehe."

„Mit deinem Bleifuß?"

Sie schnitt eine Grimasse, doch ihre Miene wurde weicher, als sie ihm beim Rudern zusah. Sie mochte seine Stärke, das konnte er an ihren geröteten Wangen sehen. Als sie den Kopf hob, war ihre Miene pures Verlangen. „Willst du … Ähm … Soll ich dir beim Rudern helfen?"

Er schmunzelte. „Wie sollst du dann meine Muskeln beaugapfeln?"

Ihre Wangen wurden roter. Ha! Erwischt. Sie wandte den Blick ab in Richtung Ufer, dann sah sie ihn wieder an. „Geht das nicht ein bisschen schneller, Muskelmann?"

Ihm gefiel der Spitzname. Er brachte sie sicher ans Ufer und ließ Paddel, Angelrute und Schwimmwesten in den Sand fallen, bevor er das Kanu umdrehte, um das Wasser herauszubekommen. Dann zog er es weiter ans Ufer.

Als er zu Ally zurückkehrte, hüpfte sie auf der Stelle, um warm zu bleiben.

Er betrachtete ihre Gänsehaut, die nassen Haare, die an ihrem Kopf klebten, ihre blassen Lippen, ihre fast durchsichtigen Kleider, und tat das einzig Logische – er zog sie in seine Arme und küsste sie. Ihre Lippen waren weich und fügsam, genau, wie er gehofft hatte. Sie schlang ihre Arme um seinen Nacken, presste sich an ihn und entzündete ein animalisches Verlangen in ihm.

Glühend heiß, mit tanzenden Zungen, verzehrten sie einander. Er packte ihre Haare, die andere Hand fest auf ihrem Po, und presste sie an sich. Als sie leise stöhnte, hätte er fast die Kontrolle verloren.

Atemlos ließ er von ihr ab.

Sie starrte ihn an und berührte ihre Lippen mit den Fingern.

Er nahm ihre Hand. „Komm."

„Brauchst du deinen Kram nicht?"

Er blieb stehen und sie warf ihm einen wissenden Blick zu. „Blutarmut im Hirn, was?", fragte sie.

Er küsste sie erneut, leidenschaftlich und schnell. „Kleiner Klugscheißer."

Sie starrten einander an. Er wollte diesen Mund und noch so viel mehr. Hier. Jetzt. Ally zu küssen hatte bestätigt, was er tief im Inneren gewusst hatte – sie passten zueinander. Auf jeder Ebene.

Sie atmete zittrig aus und wich seinem Blick aus. „Okay. Ähm, dann lass uns zuerst zu mir fahren, damit ich mich duschen und umziehen kann. Dann können wir gerne zu dir fahren."

Er starrte den köstlichen Mund an, den er unbedingt weiter kosten wollte. Wenn sie zu ihrer Wohnung fuhren und sie nackt in der Dusche war – nein. Er musste es richtig angehen. Keine schnelle heiße Nummer vor einer Party. Alles in allem war es leichter für ihn, sich zu beherrschen, wenn sie hier blieben, da er wusste, dass ihre Freunde bald kommen würden. „Wir bleiben hier", sagte er streng. „Du kannst meinen Pullover anziehen."

Ihre Augen blitzten. „Ich gehe nicht zu einer Party, wenn ich aussehe wie ein begossener Pudel! Lass uns Klick-Klack-Kluck spielen."

Er unterdrückte ein Grinsen. Es gefiel ihm, dass sie ihm Kontra gab. „Sind wir etwa in der ersten Klasse?" Er hob einen Daumen zum Daumenringen. „Und du siehst nicht aus wie ein begossener Pudel. Du siehst sehr natürlich aus."

Sie schnaubte. „So will ich nicht unter Menschen." Sie legte ihre Hand in seine und hob ebenfalls den Daumen. „Eins, zwei, drei, los."

Er siegte in einem schnellen Kampf und hielt ihre Hand fest. „Sieht aus, als würdest du meinen Pullover anziehen."

„Nur weil dein Daumen unnatürlich groß ist."

Er hob seinen Daumen und betrachtete ihn. „Ist er das?"

Sie presste seinen Daumen herunter. „Ha-ha! Ich hab gewonnen. Fahr mich nach Hause."

„Du hast gemogelt. Das gilt nicht."

Sie grinste keck und ging mit schwingenden Hüften zu seinem Jeep.

„Na gut, du hast gewonnen." Er nahm seine Angelausrüstung, und während er ihr folgte, redete er sich selbst zu, cool zu bleiben. In ihrer Wohnung würde er sich von ihr fernhalten. So konnte er vielleicht der Verlockung widerstehen. Nach der Party war auch noch früh genug. Dann würde er sich Zeit lassen und es schön für sie machen. Doch für den Moment würde er sich zurückhalten.

Sie schnupperte an ihm. „Du riechst nach See."

„Ist das nicht gut?"

Sie rümpfte die Nase. „Fischig."

„Wie kann ich fischig riechen? Du hast doch alle Fische verjagt, als du reingefallen bist."

„Glaub mir, wir stinken wie wandelnde Aquarien."

„Hm."

Auf dem Weg zu ihrer Wohnung lieferten sie sich einen amüsanten Schlagabtausch über ihre Stadtmädchen-Attitüde und seine „Junge vom Lande"-Einstellung.

Er konnte nicht aufhören zu lächeln.

~ ~ ~

Ally schrieb Hailey, dass sie und Ethan wegen eines Missgeschicks beim Fischen ein bisschen später kommen würden. Sie sollten die Party jedoch schon ohne sie anfangen. Hailey würde es schon den anderen sagen. Ethans Pullover fühlte sich kuschelig und warm an. Es war ein dickes graues Sweatshirt, so groß, dass es ihr bis zur Mitte der Oberschenkel reichte. Auf dem Weg nach Hause fühlte sie sich viel behaglicher, als noch am See. Zumindest so behaglich, wie sie sich fühlen konnte, jetzt, da sie die Grenze mit Ethan überschritten hatte. Ihre Lippen prickelten bei der Erinnerung an diesen unglaublichen Kuss, sinnlich und leidenschaftlich. Der Kuss sagte ihr, dass Ethan genau wusste, wie man eine Frau berührte.

Und sie wollte so sehr, dass er es tat.

Kein anderer Mann hatte sie je so mit einem Kuss angetörnt.

Sie wollte ihm vertrauen. Sie wollte ihn. Ihr Körper sagte ja, ihr Verstand sagte nein, und ihr Herz verweigerte jeglichen Kommentar, fest eingeschlossen in ihrer engen Brust.

Sie atmete bedächtig aus. Ein Schritt nach dem anderen.

Sie beobachtete ihn. Er saß vollkommen entspannt auf dem Fahrersitz – nicht aufgewühlt wie sie. *Es war nur ein Kuss. Nichts Großes. Nimm's nicht zu wichtig.*

Ethan parkte den Jeep vor ihrem Haus, stieg aus und öffnete die Tür für sie.

„Ein richtiger Gentleman", neckte sie. „Ich habe gehört, Mr. Campbell hat euch Manieren beigebracht."

„Ja, Ma'am."

Sie lachte und stieg aus. „Danke."

Sein Blick wanderte ihren Körper hinab, bevor er ihr mit einem hungrigen Blick in die Augen sah, bei dem ihr heiß wurde. „Ich mag es, wenn du meinen Pullover trägst."

Sie setzte die Kapuze auf. „Das alte Ding?"

Er hielt ihr Kinn fest. „Du siehst aus, als gehörst du

mir.“

Sie erschauerte, plötzlich atemlos, und ihr Herz pochte in ihren Ohren.

Er lachte, ein leiser, schmutziger Klang, und führte sie mit einer Hand auf ihrem unteren Rücken die Treppe hinauf. Sie ging schnell, angespornt vom Adrenalin. *Denk praktisch.* Sie waren beide tropfnass, und die Priorität war, warm und trocken zu werden, bevor sie zur Party zu ihren Freunden gingen. Ja, die Party! Ein fixer Termin, an den sie sich halten mussten. Solange sie die Finger noch ein Weilchen voneinander lassen konnten, würde alles gut gehen. Sie würde die Lust ignorieren, die ihre Gliedmaßen schwer machte und ihren Magen flattern ließ. Doch sie fühlte sich so lebendig. Alles an ihr.

Ein Schritt nach dem anderen.

Sie warf Ethan einen Blick zu. Seine Kleider waren nass, und ihr wurde bewusst, dass ihm kalt sein musste. Es war Mitte Oktober, und die Temperaturen waren schon deutlich gefallen. Doch er war zu tough, um zuzugeben, dass ihm kalt war.

Sobald sie in der Wohnung waren, zog sie seinen Pullover aus und reichte ihn ihm. „Hier, damit du dich aufwärmen kannst, während ich dusche.“

Seine Augen waren hungrig und verzehrten sie. „Mir ist warm genug.“

Sie warf den Pullover nach ihm, und er fing ihn mit einer Hand, dann nahm sie die Fernbedienung vom Tisch. „Wenn du willst, kannst du Sport schauen.“

Er nahm die Fernbedienung. „Wie lange hast du vor, unter der Dusche zu bleiben?“

„Ich beeile mich. Aber ich muss mich um meine Haare kümmern, trocknen und so. Ich hol dir ein Handtuch, damit du dich aufs Sofa setzen kannst.“

„Ich stehe.“

Sie schüttelte den Kopf, ging ins Bad, holte ein Handtuch aus dem Schrank und kehrte damit zu ihm zurück. Er stand mit verschränkten Armen vorm Fernseher. Wenigstens hatte er seinen Pullover angezogen.

Sie legte das Handtuch aufs Sofa und ging zu ihm. „Du kannst dich ruhig setzen.“

Er legte eine Hand in ihren Nacken und drückte sanft, während er ihr in die Augen blickte. „Du hörst nicht gut zu, oder?“

Ihr Atem stockte, ihr Puls stolperte, und ihr war schwindelig vor Lust. „Ich will nur helfen“, flüsterte sie.

„Helfen“, echote er mit einem Anflug von Amüsement, als hätte er durchschaut, dass sie sich bemühte, praktisch zu sein, anstatt ihn zu bespringen.

Sie war gefangen. Seine große Hand lag in ihrem Nacken. Er war so nah, dass sie seinen Atem spürte. „Eth“, flüsterte sie.

Er beugte sich vor. Seine Lippen streiften ihre, einmal, zweimal, und füllten sie mit einem schmerzlichen Verlangen, bis er schließlich von ihr Besitz ergriff.

Sie verlor sich in intensivem Genuss. Er hob seine Hand an ihre Wange, die andere Hand an ihrem Po, und zog sie fest an sich, Becken an Becken. Sie war so angetörnt, dass sie das Gefühl hatte, unter der leisesten Berührung zu explodieren. Sie wollte seine Haut spüren, angetrieben vom beharrlichen Pochen zwischen ihren Beinen. Sie schob die Hand unter seinen Pullover und hatte kaum seinen Rücken berührt, als er den Kuss unterbrach, sie an der Taille anhob und von sich schob.

„Ich verstehe nicht“, sagte sie mit heiserer Stimme.

„Timing“, sagte er angespannt. „Geh.“

Sie ging nicht. Die Versuchung war zu groß. Sie trat näher und ging auf Zehenspitzen, um ihm ins Ohr zu flüstern. „Wir müssen nicht pünktlich zur Party kommen.“

Er hob seine Hand an ihre Wange. Seine raue Haut war so anders als die der anderen Männer, mit denen sie ausgegangen war. Seine Stimme war schroff, mit einer Schärfe, die sie erregte. „Wenn ich dich nackt sehe, will ich es die ganze Nacht mit dir machen." Er strich mit dem Daumen über ihre Unterlippe. „Verstehst du?"

Sie war eine Pfütze der Lust. Nicht eine Gehirnzelle gehorchte. Sie nickte, unfähig zu sprechen.

Er schmunzelte und ließ die Hand sinken, dann ging er ein paar Schritte in Richtung Fernseher und blieb dort stehen.

Sie schwankte zwischen Euphorie und Frustration, als sie ins Bad ging.

Sobald sie ins Wohnzimmer zurückkehrte, die Haare getrocknet und in einen rosa V-Ausschnittpullover und Jeans gekleidet, bellte Ethan „Lass uns gehen", ging zur Tür und hielt sie auf.

Sie nahm ihre Handtasche und ging zur Tür, ein wenig überrascht angesichts seines Stimmungswandels. „Warum bist du plötzlich so schlecht gelaunt?"

„Bin ich nicht. Aber du hast keine Ahnung, wie verführerisch du bist."

Sie wurde rot. „Danke." Sie strahlte, ein wenig taumelig, dass sie dieselbe Wirkung auf ihn hatte wie er auf sie. Sie konnte ihm seine Anspannung verzeihen, wenn sie von überwältigender Lust auf sie herrührte.

Er brummte. „Der einzige Grund, warum ich duschen gehe, ist, weil du gesagt hast, dass ich nach Aquarium rieche."

Sie folgte ihm nach draußen und schloss die Tür. „Rieche ich jetzt nicht besser?"

Er ging zur Treppe. „Kein Kommentar."

Sie folgte ihm mit gutgelaunter Leichtigkeit im Schritt. „Du kannst ruhig einen Kommentar abgeben. Ich rieche besser, nicht wahr? Es *war* eine gute Idee."

Er eilte die Treppe hinunter. „Es war eine furchtbar schlechte Idee."

Mit ihren Turnschuhen fiel es ihr leicht, mit ihm mitzuhalten. „Aber vorher habe ich nach totem Fisch gestunken."

„Nach totem Seegras.“

„Und jetzt rieche ich nach Shampoo.“

Sie wartete darauf, dass er zur Kenntnis nahm, wie gut ihr Kirschblüten-Shampoo roch, doch er schwieg.

An seinem Jeep angekommen, öffnete er die Tür für sie. „Du duftest so oder so nach sexy Frau.“

Sie blinzelte, und ihr Magen schlug einen Purzelbaum. Bevor sie das Kompliment zurückgeben konnte, schloss er die Tür.

Als er auf der anderen Seite einstieg, sagte sie: „Du riechst auch gut.“

Er ließ den Motor an. „Zu spät. Jetzt will ich mich auch duschen.“

Sie unterdrückte ein Lachen.

„Nur meine wird nicht halb so lange dauern wie deine.“

„Du bist es offensichtlich nicht gewohnt, auf eine Frau zu warten.“

„Nein.“

„Gewöhn dich dran.“

Er legte seine Hand auf ihre und drückte sie sanft. „Das würde mir gefallen.“

Ihr Herz machte einen Sprung. Die unerwartete Zärtlichkeit brach durch den Nebel der Lust und brachte sie dazu, über ein mögliches „mehr“ nachzudenken. Ihre Gedanken rasten in die Zukunft. Konnte zwischen ihnen etwas von Dauer entstehen?

Hör auf! Ethan ist nicht dein Fantasieprinz, der dir ein Happy End bescheren wird! Sie war wütend auf sich, weil sie wieder in alte Gedankenmuster verfallen war. Sie hatte bewusst eine neue Richtung für ihr Leben gewählt. Und sie machte große Fortschritte. Sie lernte, ihr Singledasein zu genießen, probierte Neues aus und suchte nach Aktivitäten, die sie glücklich machte. Die Sologamie-Zeremonie hatte alles zementiert und sie von einer hoffnungslosen Romantikerin in eine praktisch denkende Singlefrau mit

Selbstrespekt transformiert. Sie war der Schmetterling geworden, der sie schon immer hätte sein sollen. Jetzt hatte sie ein großartiges Jobangebot von Claire, das sie womöglich weit von zu Hause weg führen würde. Sie konnte nicht etwas mit Ethan anfangen und dann weggehen. Das war beiden gegenüber nicht fair.

Auf der kurzen Fahrt zu seiner Wohnung in Eastman war sie still und hing ihren wirren Gedanken nach. Sie war sich nicht sicher, was sie wegen der intensiven Anziehung zwischen Ethan und ihr unternehmen sollte. War sie in der Lage, etwas Unverbindliches mit ihm zu genießen? Wenn sie darüber redeten und Grenzen festlegten, um zu verhindern, dass es in die Tiefe ging, könnte es vielleicht funktionieren. Niemand würde verletzt werden.

Sie folgte ihm zur Tür seines zweistöckigen Reihenhauses, neugierig zu sehen, wie er wohnte. Wahrscheinlich eine Menge Holzmöbel, vielleicht Trophäen an den Wänden, wie ein Geweih oder ein riesiger Fisch.

Das Wohnzimmer war überaus sparsam eingerichtet – mehr als ein bequemes braunes Ledersofa, ein Sofatisch aus Holz und ein Flachbildfernseher, der an der Wand hing, war da nicht. Keine Beistelltischchen. Nichts an den standardmäßig weißen Wänden. Auch der hellbeige Teppichboden sah nach Standard aus. Sie warf einen Blick in die Küche, die durch eine halbhohe Wand vom Wohnzimmer abgetrennt war. Neben der Einbauküche war da nicht mehr als ein stahlgrauer Bistrotisch mit zwei passenden Stühlen. Das angrenzende Esszimmer war leer, abgesehen von ein paar Hanteln. Spartanisch beschrieb die Einrichtung am besten, und sie kam zu dem Schluss, dass das gut zu Ethan passte.

Das Sofa sah jedoch bequem und einladend aus.

„Wohnst du allein hier?“, fragte sie und ging zum Sofa, um ein wenig Abstand zu gewinnen. Lust verwirrte sie.

„Ja. Logan Campbell hat hier mit mir gewohnt. Das Haus hat zwei Schlafzimmer, aber nachdem er unter die

Unternehmer gegangen ist, hat er ein Haus gekauft.“

„Was macht er?“

Er zuckte mit den Schultern. „Er betreibt einen Onlineservice, der Backgroundchecks für Subunternehmer und Pflegepersonal anbietet. Ben Wright arbeitet mit ihm.“ Er schob sein Kinn vor. „Ich hätte auch einsteigen können. Es war meine Arbeit, die ihn dazu inspiriert hat, aber ich habe ihm gesagt, dass ein Schreibtischjob nichts für mich ist.“

„Autsch.“

Er ging auf sie zu. „Was meinst du mit Autsch?“

„Ich meine nur, dass es ihm und Ben finanziell recht gut geht. Du hättest auch ein Haus kaufen können, wenn du eingestiegen wärst.“

Er verschränkte die Arme. „Ich bin ein einfacher Mann mit einfachen Bedürfnissen“, sagte er mit harter Stimme. „Ich arbeite Schichtdienst, mache meinen Job gut, entspanne mich bei einem Bier oder gehe fischen. Besser geht es nicht.“

Er war so defensiv, dass sie es dabei belassen sollte. Es war nicht so, dass ihr Geld wichtig gewesen wäre, doch durch Claire hatte sie gesehen, welche großartigen Türen Geld öffnen konnte. „Was ist mit Reisen? Bist du jemals außerhalb von Connecticut gewesen?“

„Sicher. Ich habe Jake in Kalifornien besucht. Ich bin glücklich.“ Jake Campbell besaß ein milliardenschweres Technologie-Unternehmen in Kalifornien. Zwischenzeitlich hatte er die Führung abgegeben und zog mit seiner Frau Claire von einem Drehort zum nächsten.

„Dann bist du vollkommen hundert Prozent zufrieden?“ Es fiel ihr schwer zu verstehen, wie man eine so großartige Chance ablehnen konnte.

Er runzelte die Stirn. „Nicht hundert Prozent. Aber weitgehend.“

Sie trat nahe genug, um ihn berühren zu können, angezogen von seiner Offenheit. „Was würde dich hundert

Prozent glücklich machen?"

Seine Miene wurde weich, dann schob er jedoch herausfordernd das Kinn vor. „Was würde dich hundert Prozent zufriedenstellen?"

Sie überlegte einen Moment. „Das versuche ich ja herauszufinden. Vielleicht den Sinn meines Lebens zu finden? Du hast deinen allerdings schon gefunden. Und du bist immer noch nicht zufrieden?"

Er schwieg kurz, dann sagte er: „Es gibt noch andere Faktoren."

Sie nickte und nahm an, dass er etwas wirklich Tiefgreifendes gemeint hatte. „Wie Erleuchtung."

„Erleuchtung, was?"

Sie wedelte mit der Hand. „Erleuchtung, innerer Frieden, Befriedigung – welches Wort du auch immer benutzen willst. Es bedeutet dasselbe."

Er schmunzelte.

„Nicht das!"

Sein sexy Lächeln ließ ihren Magen Purzelbäume schlagen. „Du hast dasselbe gedacht."

„Dann denkst du wirklich jedes Mal, wenn du schmunzelst, an Sex?"

Er nickte. „So ziemlich."

„Das ist oft."

„Ich bin ein Mann. So sind wir nun mal." Er nickte in Richtung Sofa. „Mach's dir bequem, während ich dusche."

Sie hob einen Finger. „Warte. Lass mich sehen, ob ich das richtig verstanden habe. Während du die meiste Zeit damit beschäftigt bist, an Sex zu denken, bin ich, also *war* ich damit beschäftigt, an meinen Prinzen zu denken, der auf seinem weißen Pferd angeritten kommt, um mich aus meinem Trott zu reißen?"

„Scheint so. Ich wusste nicht, dass Frauen so denken, bis du das gerade gesagt hast."

„Davon kannst du ausgehen."

Er zog eine Braue hoch und sah sie mit amüsiert

blitzenden Augen an. Dann lachten beide.

„Lächerlich!", rief sie und schüttelte den Kopf.

„Vollkommen bescheuert."

Sie wurde ernst. „Ich bin so froh, dass ich endlich das Problem in einem anderen Licht sehe."

Er musterte sie einen Moment lang. „Jetzt, wo du also von deinem Prinzen-Trip runter bist, kommst du zu mir auf die dunkle Seite?"

„Ich bin auf dem Weg zur Erleuchtung."

Er beugte sich mit einem unanständigen Funkeln in den Augen zu ihr vor, und ihr Herz begann zu rasen. „Ist das ein anderes Wort für Orgasmus?"

Sie versuchte, es mit einem Lachen abzutun, auch wenn ihr Magen flatterte. Und als er das Wort *Orgasmus* ausgesprochen hatte, wurde sie feucht, oder besser: feuchter. „Eth! Du bist unmöglich."

Er lächelte und tippte ihre Nase an. „Ich bin gleich wieder da, denn ich brauche nicht so lang wie du zum Duschen."

„Ja, ja", sagte sie und ging zum Sofa. Sie nahm die Fernbedienung und ließ sich fallen. *Oh mein Gott, das Sofa ist dekadent!* Sie hatte das Gefühl, in den weichen Polstern zu versinken.

Sie schaltete den Fernseher ein und fand die Wiederholung einer ihrer Lieblings-Arztserien. Das Wasser, das oben rauschte, lenkte sie ab, und ihr Verstand beschwor sofort das Bild von Ethan oben ohne hervor, muskulös und gebräunt. Der Rest von ihm war wahrscheinlich genauso umwerfend, denn sie hatte seine harte Männlichkeit gespürt, als sie vorhin aneinander gepresst gestanden hatten. Sie war unruhig. Zwischen ihren Beinen pochte es. Nein, es war mehr als ein Pochen, es war das Pulsieren ungezügelten Verlangens. Sie blickte in Richtung der Treppe. Was, wenn sie einfach hochginge und zu ihm unter die Dusche trat?

Sie stellte den Fernseher lauter, um das Rauschen des Wassers zu übertönen.

Es kam ihr vor, als wären nur ein paar Minuten vergangen, als der Fernseher plötzlich abschaltete. Ethan legte die Fernbedienung wieder auf den Sofatisch und stand direkt vor ihr. Seine Haare waren nass, und er roch holzig und sauber. Berauschend. Er trug ein enges T-Shirt und Jeans. Das ganze Outfit betonte seinen unglaublich durchtrainierten Körper.

Und sie wollte es ihm vom Leib reißen.

Er reichte ihr die Hand. „Wir sollten losmachen." Sie legte ihre Hand in seine und er zog sie hoch. Sobald sie stand, ließ er sie los, und das gefiel ihr nicht. Vielleicht wollte er doch nicht mehr seiner Lust folgen?

Sie zwang sich, die Hände bei sich zu behalten. Er ging zur Tür und öffnete sie. „Nach dir."

„Danke", murmelte sie.

Sie waren schon fast wieder am See, bevor sie das Schweigen brach. „Eth?"

„Ja?"

„Hast du es dir anders überlegt?"

„Was meinst du?"

„Ich weiß nicht. Von wegen ganze Nacht und so …"

„Du?"

„Irgendwie schon."

„Okay."

Sie atmete langsam aus, nicht sicher, ob sie erleichtert oder enttäuscht war. Er hatte sich so schnell mit ihrer Antwort abgefunden. Doch es war am besten so. Jetzt musste sie sich keine Gedanken machen, irgendetwas mit ihm anzufangen, wenn sie womöglich mit Claire nach Hollywood ging. Und ihr Herz war sicher.

„Du bist das Warten wert", sagte er.

Ihr Herz blieb stehen und erwachte mit einem gewaltigen Sprung zum Leben, bevor es gegen ihre Rippen donnerte. Nicht einmal ihr Fantasieprinz hätte das übertreffen können.

Kapitel Zehn

Als sie und Ethan wieder am See ankamen, waren alle ihre Freunde schon da, außer den wenigen, die keine Zeit hatten. Josh Campbell hatte bereits ein Lagerfeuer angezündet. Drum herum lag ein Ring aus Steinen, die vorher nicht da gewesen waren. Er musste genauso ein Outdoor-Profi sein wie Ethan. Mehrere Leute kochten Hotdogs an langen Metallspießen über den Flammen. Andere saßen in Strandstühlen, tranken Bier oder hielten rote Plastikbecher – höchstwahrscheinlich mit Wein – und unterhielten sich. Sie stieß einen glücklichen Seufzer aus. So genoss sie die Natur am liebsten – mit Essen und Getränken, umgeben von Freunden. Am liebsten hätte sie alle umarmt.

„Wir sind da!", rief sie. „Tut mir leid, dass wir so spät dran sind. Wir sind in den See gefallen und mussten duschen."

Alle lachten.

„Wie hast du es geschafft, in den See zu fallen?", fragte Josh.

„Ally ist aufgestanden, als sie einen Fisch an der Leine hatte." Ethan imitierte ihren Balanceakt auf dem schaukelnden Kanu. „Und im nächsten Moment lagen wir im Wasser." Er pfiff und machte eine entsprechende Geste.

„Und den Fisch habe ich nicht einmal erwischt!", rief Ally. Sie wandte sich Ethan zu, als ihr ein Gedanke kam. „Wo ist meine Rute?"

Er schmunzelte, und sie hob warnend den Finger. Als er ihren Finger packte, wurde ihr heiß. „Der Fisch ist wahrscheinlich damit davon geschwommen." Er beugte sich vor und sagte mit leiser Stimme, die sie erschauern ließ. „Ich besorge dir eine andere Rute, wenn du es noch mal versuchen willst."

In ihren Ohren klangen seine Worte schmutzig. „Ja", sagte sie sofort, dachte aber viel mehr daran, seine *Rute* zu reiten. Wer hätte ahnen können, dass Fischen Vorspiel sein konnte?

Jemand stieß einen leisen Pfiff aus, und Ethan ließ ihren Finger los. Sie folgte dem Laut mit dem Blick. Sowohl Logan Campbell als auch Ben Wright versteckten ihr Grinsen hinter ihren erhobenen Bierflaschen.

Okay. Vielleicht war sie nicht die einzige, die die Chemie zwischen ihr und Ethan bemerkte.

„Ich gehe mir einen Wein holen", sagte sie zu Ethan.

Er nickte. Sie ging hinüber zu Missy, Lexi und Sabrina. Missy hielt eine Flasche Chardonnay in der Hand. „Willst du welchen?"

„Ja bitte." Ally sah sich um. „Wo sind die Becher?"

„Ich hol dir einen", sagte Sabrina und ging zu einem kleinen Tisch, auf dem Pappteller, Becher und Besteck lagen.

„Du und Ethan – ihr wirkt ziemlich vertraut", bemerkte Missy.

Ally strich sich mit der Hand durch die Haare und kämpfte gegen die Röte an. Sie war noch nicht bereit, über was auch immer das mit Ethan war zu reden. „Er hat mir Angeln beigebracht. Das ist alles. Ich probiere Neues aus, das weißt du doch."

„A-ha", sagte Missy und trank einen Schluck Wein.

Sabrina kehrte mit einem Becher zurück und Missy goss ihn voll. „Was geht da mit Ethan?", flüsterte Sabrina.

„Nichts", sagte Ally und wurde rot. „Wir sind Freunde."

„Freunde glotzen nicht den Arsch des anderen an", erklärte Lexi.

Ally wirbelte herum. Ethan stieß gerade mit ein paar Jungs an. „Unsinn. Tut er gar nicht."

„Vorhin schon", sagte Sabrina. „Als du zu uns rüber gekommen bist."

Ally trank einen großen Schluck Wein. „Wie läuft's für euch mit der Sologamie? Fühlt ihr euch selbstbewusster?"

„Du weißt schon, dass du immer noch Sex haben kannst", bemerkte Missy. „Sex ist auch gut fürs Selbstbewusstsein."

„Sie hat recht", nickte Lexi.

„Mir geht's wunderbar", presste Ally heraus. Wenn wunderbar für verrückt vor Verlangen stand oder für Todesangst, sich Hals über Hinterteil zu verlieben, dann ja, dann ging es ihr wunderbar.

Sabrina rieb beruhigend Allys Rücken, wie man es von einer Therapeutin erwarten würde. „Natürlich geht's dir wunderbar, Süße. Frauen kommen viel länger ohne Sex aus als Männer."

Das half ihr auch nicht weiter. Sie warf Sabrina einen finsteren Blick zu, doch sie lächelte sie mit einem schlitzohrigen Glitzern in den Augen an.

„Wann hast du das letzte Mal …?", fragte Ally.

„Oh, zerbrich dir darüber nicht den Kopf", antwortete Sabrina und lächelte immer noch, während sie einen Schluck Wein trank. „Komm, ich will einen Hotdog."

Die Frauen sahen einander an und lachten.

„Gott, habt ihr eine schmutzige Fantasie!", rief Ally.

„Als wüsstest du das nicht!", lachte Missy. „Und du bist keinen Deut besser."

Sie lachten und gingen in Richtung Feuer. Josh zeigte ihnen, wo die Spieße waren, und hielt eine Packung Hotdogs hoch. Sie nahmen sich jeweils einen und setzten sich ans Feuer, um ihr Abendessen zu kochen. Hailey saß in der Nähe des Ufers, den Blick hinaus auf die untergehende

Sonne gerichtet, und unterhielt sich mit Mad.

Josh rief Mad und Hailey zu: „Hey, wollt ihr auch einen Hotdog? Sind nicht mehr viele da."

„Gerne", antwortete Mad und kam zum Feuer.

Hailey folgte ihr mit gerümpfter Nase. „Ich esse keine Hotdogs."

„Meine hast du nie probiert", sagte Josh. „Ich koche sie, wie es sich gehört." Er bot ihr seinen Spieß an. „Hier, probier meinen Hotdog."

Jemand kicherte. Lieblingsfeinde-Explosion in drei, zwei …

„Das ist Müll", antwortete Hailey, kam aber dennoch näher.

„Probier einfach mal."

Die Jungs lachten schallend und jemand rief: „Ja, du solltest Joshs Hotdog mal probieren."

Haileys Augen blitzten, und sie warf einen vernichtenden Blick in Richtung der Jungs.

Josh verdrehte die Augen. „So habe ich das nicht gemeint." Er hielt ihr den Hotdog entgegen. „Versuchs einfach mal."

Hailey verschränkte die Arme und sah ihn argwöhnisch an.

Josh unterdrückte ein Lächeln. „Du würdest es wissen, wenn ich schmutzig reden würde, Prinzessin, glaub mir."

„Und woher soll ich das wissen?"

Er sah sie mit loderndem Blick an. „Du würdest es spüren."

Hailey keuchte und stieß den Hotdog von sich. „Nimm das Ding da weg. Das sind Metzgereiabfälle, die sonst niemand wollte."

Eine zierliche Frau erschien am Ufer und zog die Aufmerksamkeit aller außer Hailey, die mit dem Rücken zu ihr stand, auf sich. Die letzten Sonnenstrahlen beleuchteten die weiße schulterfreie Boho-Bluse der Frau, zu der sie weiße Jeans und Birkenstocksandalen trug. Ihre dunkelbraunen Haare hingen in langen, gepflegten Zöpfen hinab, die bis zur Mitte ihres Rückens reichten. Ihr Lächeln strahlte weiß vor dem Hintergrund ihrer milchkaffee-braunen Haut. „Ich habe vegane Hotdogs mitgebracht, wenn du lieber welche davon haben würdest?" Sie hielt eine Stofftasche hoch.

Hailey wirbelte herum und starrte sie mit weit aufgerissenen Augen an. „Wer bist du?"

Josh strahlte. „Hey, du hast es geschafft." Er ging zu der Frau, nahm die Tasche und gab ihr einen Kuss. „Das ist Clarissa. Clarissa, das sind meine Freunde."

„Hallo", sagte Clarissa und winkte.

„Hi, Clarissa", antworteten die anderen beinahe einstimmig – außer Hailey, die nur mit offenem Mund dastand.

Ally reichte Mad ihren Hotdogspieß und ging hinüber, um sich Clarissa vorzustellen. Sie war neugierig. Clarissa lächelte herzlich und schüttelte ihre Hand. Ihre Haltung war entspannt und ruhig. Die reinste anti-Hailey.

„Bist du neu hier?", fragte Ally.

„Mm-hm", sagte Clarissa. „Bin vor zwei Wochen hergezogen."

„Was machst du beruflich?"

„Sie ist Massagetherapeutin", antwortete Josh.

Clarissa sah Josh mit geneigtem Kopf und einem koketten Lächeln an, dann wandte sie sich wieder Ally zu. „Das mache ich nur nebenbei. Ich unterrichte Yoga."

Josh hätte keine Frau mitbringen können, die sich mehr von der permanent angespannten Hailey unterschied.

„Ich habe früher mal Yoga gemacht", sagte Hailey. Oder vielleicht waren sie doch nicht so verschieden.

Clarissa drückte Haileys Arm. „Du bist herzlich eingeladen, teilzunehmen. In meiner Klasse ist alles vertreten – vom Anfänger bis zum Fortgeschrittenen." Sie wandte sich den anderen zu. „Ihr seid alle willkommen. Josh hat meine Kontaktinfo, wenn ihr es versuchen wollt."

Ein paar von Allys Freundinnen murmelten, doch keine würde es wagen, vor Hailey, die immer noch von Clarissas Existenz geschockt zu sein schien, Interesse zu bekunden.

„Ich habe dir ein Guinness mitgebracht", sagte Josh zu Clarissa.

„Du hast dich erinnert?", sagte sie herzlich.

„Natürlich." Josh ging zur Kühltasche und holte es.

„Er ist so süß", sagte Clarissa zu Hailey.

„Mmm", brummte Hailey, die Lippen zu einer dünnen Linie zusammengepresst. „War nett, dich kennenzulernen. Wir sehen uns sicher öfter."

„Mich au–" Bevor Clarissa den Satz beenden konnte, machte Hailey eine Kehrtwendung und ging zu Sabrina. Ally konnte es ihr nicht verdenken. Allein in Sabrinas Nähe zu sein hatte eine beruhigende Wirkung. Musste von ihrer Erfahrung als Erziehungsberaterin kommen.

Josh kehrte mit zwei Dosen Guinness zurück, eine für ihn, eine für Clarissa. Niedlich.

Ally sah sich nach Hailey um, die ihnen den Rücken zugekehrt hatte und mit Sabrina sprach. Sie war in guten Händen, darum ging sie zurück zu Mad, um ihr ihren Hotdog wieder abzunehmen. „Danke."

„Kein Thema", sagte Mad, deren Blick zu Hailey wanderte. Alle machten sich ein bisschen Sorgen darüber, wie Hailey diese Neuigkeit aufnahm. Es war einfach nicht richtig. Hailey hatte endlich mit ihrem Fickfreund Schluss gemacht und war bereit für eine echte Beziehung, nur, um eine Abfuhr zu bekommen. Ally und ihre Freundinnen waren zu dem Schluss gekommen, dass ihre Erklärung, zum Daten bereit zu sein, bedeutete, dass sie bereit war, Josh zu daten. Hailey und Josh waren schon so lange Lieblingsfeinde mit starken Unterströmungen sexueller Chemie. Alle hatten nur darauf gewartet, dass die Anspannung zwischen ihnen zu verrückter, leidenschaftlicher Liebe umschlug.

Ally seufzte.

Plötzlich fing ihr Hotdog Feuer. „Ah!" Sie hob ihn hoch und versuchte, das Feuer auszublasen, doch das fachte die Flammen nur an. Jemand riss ihr den Spieß aus der Hand und warf ihn samt Hotdog auf den Boden. Ethan kickte Sand darüber und erstickte die Flammen.

„Du hast mich schon wieder gerettet", flüsterte sie. Zuerst während des desaströsen Jahrgangstreffens, dann, als sie am Straßenrand gestrandet war, heute, als das Kanu gekentert war, und jetzt vor einem gefährlichen Feuer. Wie ein Prinz. *Oh nein!* Wie sollte sie diese Prinzfantasie loswerden, wenn Ethan die Rolle so gut spielte?

„Ich hol dir einen Neuen." Er nahm einen neuen Spieß und einen Hotdog und erklärte ihr, wie man den Hotdog halten musste. „Nicht *in* die Flammen, *über* die Flammen. Und lass dich nicht ablenken. Feuer verzeiht nicht."

Sie schmolz wie ein Marshmallow, warm und süß.

Nachdem sie sich mit ihren Freundinnen unterhalten und sich an Hotdogs und diversen Salaten sattgegessen hatte, kehrte sie zu Ethan und ein paar der Jungs zurück. Sie tranken Bier und ließen Steine über das Wasser hüpfen, und sie hoffte, mehr über Josh und Clarissa in Erfahrung bringen zu können.

Ethan stand ganz links. Sie flüsterte ihm ins Ohr: „Wie lange ist Josh schon mit Clarissa zusammen?"

Ethan schüttelte den Kopf. „Muss neu sein. Das ist das erste Mal, dass ich sie sehe."

„Glaubst du, das ist was von Dauer?"

Ethan schüttelte den Kopf. „Wahrscheinlich nicht."

Logan, der neben Ethan stand, fügte leise hinzu: „Keine Frau bleibt lange bei ihm." Er musste es wissen, er war schließlich Joshs jüngerer Bruder.

Sie beobachteten Josh, der ein Stück weit vom Lagerfeuer entfernt stand, die Arme um Clarissas Taille geschlungen. Sie standen einander zugewandt, und Josh lauschte fasziniert ihren Worten.

„Gibt wohl ein erstes Mal für alles", bemerkte Ally.

Kurz darauf half Ethan Josh dabei, das Essen wegzupacken. Ally sammelte Ketchup, Mayonnaise und Senf ein, dann packte sie einen Nudelsalat und eine Obstschale in eine Kühltasche. Sie folgte Josh und Ethan, die beide eine große Kühltasche zurück zu Joshs Wagen trugen, in der Hoffnung, direkt von Josh etwas über seine neue Freundin zu erfahren. Auf dem Weg zum Wagen erklärte Ethan, warum es so wichtig war, das Essen an einem sicheren Ort zu lagern. Jetzt, da die Sonne untergegangen war, würde es sonst alle möglichen wilden Tiere anlocken – Waschbären, Rotluchse, Kojoten und gelegentlich sogar Bären.

„Wie gut, dass wir einen Park Ranger unter uns haben", neckte sie, auch wenn ihr der Gedanke, dass irgendeines dieser Tiere auftauchen könnte, ein wenig Angst machte. Darum blieb sie an seiner Seite. An ihm war mehr dran als an ihr, darum musste er für einen Bären verlockender sein, oder?

Ethan wandte sich ihr zu. „Zu Ihren Diensten, Ma'am. Hast du Angst?"

„Nein."

Seine blauen Augen waren dunkel, fast wie die eines Nachttiers.

„Hast du je einen Bären hier gesehen?", flüsterte sie.

Josh lachte und ging vor, um den Wagen aufzuschlie-ßen.

„Ja", sagte Ethan. „Wenn du einen weit weg siehst, solltest du dich langsam zurückziehen. Auf keinen Fall rennen. Doch wenn einer ganz nah ist, musst du dich groß machen. So groß es geht." Er stellte die Kühltasche ab und hob die Arme über den Kopf. „Und dann machst du Lärm, um ihn zu verschrecken. Schrei so laut du kannst."

„Das Schreien sollte kein Problem sein."

Er zog ihr an einer Haarsträhne. „Ich beschütze dich schon."

Und sie glaubte ihm das.

Nachdem sie alles in Joshs Wagen gepackt hatte, sagte Ethan zu Josh: „Wir kommen nach. Ich will Nachschub für das S'Mores-Machen aus meinem Auto holen."

„Brauchst du Hilfe?", fragte Josh gut gelaunt.

„Nein", knurrte Ethan.

Josh lachte.

„Clarissa ist nett", sagte Ally zu Josh. „Seid ihr schon lange zusammen?"

Josh grinste. „Nicht ganz eine Woche. Sie ist großartig." Er drehte sich um und ging zurück in Richtung See.

„Freu dich für ihn", sagte Ethan. „Er hat es verdient, glücklich zu sein."

Sie strahlte. „Natürlich." Doch ihre Loyalität galt immer Hailey. Ihre Freundin war vielleicht manchmal ein bisschen überkandidelt, vor allem, was die Kuppelei anging, doch sie tat alles mit den besten Absichten. Wenn man sie erst einmal kennenlernte, besaß sie das großzügigste Herz.

Ethan schloss seinen Jeep auf und sie spähte hinein. „Ich hatte ganz vergessen, dass du was zum Nachtisch mitgebracht hast", sagte sie. „Hast du die guten Kekse mitgebracht?"

„Es gibt gute und schlechte?"

„Ja, nicht die Billigkekse. Die Markendinger. Ich hab den Namen vergessen."

Er holte die Tüte aus einer Kühlbox und schloss den Jeep wieder ab. Aus Angst vor Bären blieb sie dicht bei ihm. Er holte die Packung mit den Keksen aus der Tüte und zeigte sie ihr.

„Das sind die richtigen!", rief sie und freute sich darüber. Sie machte schließlich nicht oft S'Mores.

Er ließ die Packung wieder in die Tüte fallen und drehte sich so zu ihr um, dass er sie fast umarmte. „Gut."

So standen sie in Kussdistanz und starrten einander in die Augen.

Seine Stimme war heiser. „Ally."

Sie benetzte ihre Lippen. „Eth.“

Er ließ die Tüte fallen, und sie griffen im gleichen Moment nacheinander und küssten einander, als hinge ihr Leben davon ab. Ihre Finger krallten sein T-Shirt, seine Hand lag in ihrem Nacken, sein Arm um ihre Taille. Flammen. Feuer. Glutheiße Küsse, die ihren Widerstand zum Schmelzen brachten und sie in einer Pfütze des Verlangens zurückließen.

Ethan ließ von ihr ab und starrte sie an, heiße Lust in seinen Augen.

„Wir sollten den Kram für die S'Mores zu den anderen bringen“, sagte sie zittrig. „Josh hat den anderen wahrscheinlich schon gesagt, dass wir unterwegs sind.“

„Ja.“ Er hob die Tüte auf.

Schweigend gingen sie zurück zur Party, ihre Beine zittrig vor elektrisierender Lust. Er überwältigte sie. Es berauschte sie und machte ihr zugleich Angst. Gott, sie war eine Katastrophe.

Als die Party schließlich spät in der Nacht endete, erschien Ethan an ihrer Seite. „Bereit?“

Sie biss sich auf die Lippe, denn sie schwankte zwischen *großer Fehler* und *warum eigentlich nicht?*

„Ally?“

Wenn er sie berührte, hätte sie sofort kapituliert, doch das tat er nicht. Er stand nur da und gab ihr den Raum, den sie brauchte, um rational nachzudenken. Darum tat sie, was wahrscheinlich das Richtige war, auch wenn sie die Worte kaum herausbrachte. „Danke, aber ich fahre mit Missy und den Mädels nach Hause.“ Sie räusperte sich. „Wir wohnen im selben Haus.“

Er zog sie von ihren Freundinnen weg in den Schutz einer großen Kiefer. „Bitte weich mir nicht aus. Ich werde dich nicht noch einmal küssen, wenn du es nicht willst.“ Er sah sie eindringlich an. „Sag es mir einfach, okay?“

Sie schüttelte den Kopf. „Es ist okay. Es war nur … nennen wir es einfach …“ Sie verstummte, denn sie fand keine Worte, die angemessen beschreiben konnten, was sie empfand. Es war Vollmond, vielleicht war das–

„Verrückte Lust", schlug Ethan vor.

Sie starrte ihn an. „Ja! Genau. Verrückt. Als hätte ich meinen Verstand irgendwo vergessen."

Er legte den Arm um sie und zog sie an sich. Seine Stimme war rau. „So ist's am besten."

Sie spürte, wie sie weich wurde. An seine köstliche Hitze gepresst inhalierte sie seinen holzigen Duft. Ethan pur.

Er senkte den Kopf und kam langsam näher.

Er wartete, sein Atem eine zärtliche Liebkosung auf ihren Lippen.

Sie seufzte zittrig.

Dann packte sie seinen Kopf und küsste ihn leidenschaftlich. Sie konnte nicht länger widerstehen. Er reagierte sofort und antwortete mit einem feurigen Kuss, der keine Frage offen ließ, wo es hinführen würde. Intensiv. Heiß. Erotisch.

Sie riss ihren Mund los, immer noch fest an ihn gepresst und schwer atmend. „Eth."

„Ja", sagte er leise.

„Ich möchte dir etwas über diesen Moment sagen, aber nur unter der Bedingung, dass du nicht schmunzelst."

„Verstanden."

„Ich glaube, ich bin gefährlich nah dran, eine Jungfrau zu sein."

Er atmete scharf aus. „Was? Was ist mit dem Typen bei deinem Jahrgangstreffen? Du hast gesagt, dass du vier Jahre mit ihm zusammen warst."

Sie seufzte und spielte mit seinen Haaren. „Leider ist es ...", *leises Murmeln,* „her, seit ich das letzte Mal mit jemandem ... du weißt schon."

Er lachte.

Sie senkte die Arme und funkelte ihn an. „Du hast gesagt, du würdest nicht–"

„Das war kein Schmunzeln." Er zog sie fest an sich und lächelte. „Willst du mir sagen, dass es *murmelmurmel* her ist, seit du zuletzt mit einem Mann geschlafen hast?"

„Ja."

Er strich ihr die Haare aus dem Gesicht. „Daran kann ich vielleicht was ändern."

„Das dachte ich mir."

Er küsste sie. „Danke, dass du mir das gesagt hast."

„Es ist nichts falsch daran, einander auszuhelfen", sagte sie, in der Hoffnung, dass er begriff, dass sie auf ein Freunde-mit-gewissen-Vorzügen-Arrangement hinaus wollte. Es schien für beide der sicherste Weg zu sein. Zwanglos und locker. „Ist es für dich auch eine Weile her?"

„Komm." Er ergriff ihre Hand und führte sie zurück zu ihren Freunden, die immer noch mit Einpacken beschäftigt waren.

„Dann schätze ich nein?"

Er antwortete nicht, während sie an den Jungs vorbei gingen, die ihnen wissende Blicke zuwarfen. Schließlich kamen sie an seinem Jeep an, und er öffnete die Beifahrertür für sie. „Es ist nicht ganz so lange her wie *murmelmurmel*. Keine Sorge, ich erinnere mich noch, was wohin gehört."

Sie lachte und stieg ein.

Auf der Fahrt zu seinem Haus war sie sich sicher, dass er sich nicht an das Tempolimit hielt, auch wenn er es leugnete, bis sie angekommen waren.

Doch sobald sie in seinem Schlafzimmer waren, endeten die Neckereien.

Kapitel Elf

Ally folgte einem stillen Ethan hinauf in sein Schlafzimmer, das um einiges gemütlicher war als der Rest seines Hauses. Ein großes Doppelbett mit warmem Holzfinish, passende Nachttischchen und eine Kommode dominierten den Raum. Die Decke war dunkelgrün. Es war beinahe so, als schliefe man in einem Wald – die Möbel wie Bäume, die Decke wie Moos oder sattes, grünes Gras. Natürlich wie er selbst.

Sie drehte sich um, als sie hörte, wie Ethan seine Taschen ausleerte und Schlüssel, Geldbeutel und Münzen auf den Nachttisch legte. Es kam ihr vor, als würde er sich einfach ausziehen, ohne sich mit Vorspiel aufzuhalten. Gut so. Das war das entspannteste Signal, dass das zwischen ihnen was ganz Lockeres war.

Sie schlüpfte aus ihren Schuhen, zog den Pullover über ihren Kopf und hängte ihn für später über das Fußbrett des Bettes. Sie hörte, wie er scharf Luft holte, dann war er neben ihr, seine rauen Hände auf ihren Rippen.

„Ally, du bist so sexy." Seine Stimme war heiser. Sein Blick ruhte auf ihren Brüsten unter dem rosa Satin-BH. Ihre Brüste waren im Verhältnis zu ihrem übrigen Körper ein wenig größer, was den meisten Männern gefiel.

„Danke."

Langsam wanderten seine Hände ihre Rippen hinauf, sein Blick immer noch auf ihre Brüste gerichtet.

Sie behielt die Hände bei sich, denn es fing an, sich wie

Vorspiel anzufühlen, darum musste sie sichergehen, dass sie dasselbe wollten. „Eth, bevor wir weitermachen, will ich sichergehen, dass wir uns verstehen, was die Natur dieser Beziehung angeht."

Er schloss gequält die Augen und hielt die Hände still. Seine Stimme klang angespannt. „Du willst *jetzt* über unsere Beziehung reden?"

„Es ist keine Beziehung."

„Du hast gerade gesagt …" Er schüttelte den Kopf und ließ die Hände sinken, bevor er ihr in die Augen blickte. „Ja, es *ist* eine. Wir hatten drei Dates."

„Hatten wir nicht."

Er nahm ihren Pullover vom Bett und reichte ihn ihr. „Wenn du reden willst, zieh den an."

„Brauch ich nicht."

„Ich schon."

Sie warf den Pullover beiseite. „Ich will nur Klarheit schaffen, mehr nicht. Wir landen gleich eh im Bett."

Er blickte an die Decke und atmete tief durch, dann sah er sie eindringlich an – ihr Gesicht, nicht ihre Brüste.

„Angeln", knurrte er und hielt einen Finger hoch. „Zwei Wanderungen plus Mittagessen, für das ich gezahlt habe, und die Snacks, die ich mit dir geteilt habe." Er hob zwei weitere Finger. „Das sind *drei* Dates. Ich habe dich zu Hause abgeholt und wieder zurückgebracht. Ich habe dir mein *Shirt* gegeben."

Ihr wurde warm, als sie an seine Großzügigkeit dachte. „Das hast du, und das weiß ich wirklich zu schätzen." Sie hatte es behalten, denn ihr hatte die ritterliche Geste gefallen.

Sein Blick wanderte zu ihrem Dekolleté, doch dann riss er den Kopf hoch. „Glaubst du, das würde ich für jeden tun?"

Sie runzelte die Stirn. Sie hatte gedacht, dass er einfach von Natur aus großzügig war. Doch diese sogenannten Dates hatten sie nicht zu einem nervösen Wrack gemacht.

Natürlich war sie ein bisschen nervös gewesen, doch bei weitem nicht so, wie sie gewesen wäre, wenn sie es für ein Date gehalten hätte. Nicht nur das, bei zwei Gelegenheiten hatte sie noch dazu diese unattraktiven zeckenabweisenden Klamotten getragen, und bei der dritten hatte sie wie ein begossener Pudel ausgesehen. Sie konnte nicht fassen, dass sie unwissentlich mit Ethan auf Dates gegangen war, nachdem sie sich zu ihrem Singledasein bekannt hatte!

Er strich ihr eine Haarsträhne hinters Ohr. „Ich habe das Gefühl, dass ich mich nicht klar genug ausgedrückt habe. Nein, ich tue das nicht für jeden. Normalerweise fliege ich solo oder gehe mit den Jungs aus. Ich habe nie eine Frau zum Wandern oder Fischen eingeladen."

„Du hast mich in dein Allerheiligstes gelassen", flüsterte sie, als sie begriff, wie besonders die Dates mit ihm gewesen waren. Und ruhig war sie in seinem Allerheiligsten auch nicht gerade gewesen.

Er antwortete nicht. Stattdessen legte er seine Hand auf ihren nackten Rücken und dort wanderte sie langsam auf und ab. Ein köstlicher Schauer lief ihr über den Rücken.

„Ich hoffe, ich habe deine Kommunikation mit der Natur nicht gestört", sagte sie.

„Nein, du hast dazu beigetragen." Er legte seine freie Hand an ihre Wange, die andere auf ihrem Rücken gespreizt. „Verstehen wir uns jetzt?"

Ihr Herz flatterte. „Dann ist das ganz zwanglos, ja?", platzte sie heraus. „Freunde mit gewissen Vorzügen?"

Er nahm die Hände von ihrem Körper, und sofort spürte sie die Leere. „Ich habe keine weiblichen Freunde", zischte er.

Sie stemmte die Hand in ihre Hüfte. „Was ist mit Cali und Mad?"

„Cali ist meine Partnerin und Mad ist wie eine Schwester für mich. Du weißt, dass ich mit ihr aufgewachsen bin." Er sah ihr in die Augen und vermied es angestrengt, den Blick zu senken. „Jetzt alles klar?"

Sie rang die Hände. „Eth, ich habe eine ganz schlechte Bilanz mit Männern. Ich stürze mich in eine Beziehung und–"

„Du hast mir schon von deinem Liebesleben erzählt. Vier Jahre mit Dean, dann schnell mit Mark verlobt." Sein Blick war hart und direkt. „Du hast nur mit den falschen Männern rumgemacht. Das ist alles."

„Aber das ist es ja. Ich mache nicht rum. Ich weiß, ich war nur sechs Wochen mit Mark zusammen, aber wir hätten fast geheiratet. Ich bin ein Langzeitmonogamist, und jetzt versuche ich, es langsam angehen zu lassen und herauszufinden, was mich glücklich macht, und, wie du gesagt hast, ein Ziel zu finden. Ich will nicht–"

„Ein Langzeitmonogamist würde nicht nach einer sechswöchigen Beziehung vom Altar wegrennen."

Sie kniff die Augen zusammen. „Warum höre ich da einen wertenden Ton?"

Er lächelte, dann sah er sie wieder ernst an. „Tut mir leid, aber es ist, dass du dich voller Energie in neue Dinge stürzt, wie mit dieser Singlenummer oder dem Filmstarassistentinnenjob, aber bei Männern bist du scheu."

Sie erstarrte. Er hatte sie durchschaut. Niemand hatte je so tief in sie hinein geblickt. Sie atmete zittrig aus und setzte sich auf den Rand des Bettes.

Er blieb stehen wie ein Fels.

Sie faltete die Hände auf ihrem Schoß und starrte darauf. „Ich habe das noch nie jemandem erzählt, aber der wahre Grund, aus dem Dean und ich Schluss gemacht haben …" Sie seufzte. „Es war nicht nur, weil er nicht bereit war, eine Familie zu gründen. Ich–" Ihre Stimme versagte.

Das Bett knarzte, als Ethan sich neben sie setzte und den Arm um ihre nackten Schultern legte.

Sie räusperte sich und blinzelte heiße Tränen weg. Gott, sie wollte nicht darüber reden, doch sie wollte, dass Ethan verstand, warum sie so war, wie sie war. „Ich bin schwanger geworden.“

Er atmete scharf ein und sie fuhr fort. „Das war ein Jahr nach der Uni. Wir haben nicht aufgepasst, vielleicht weil wir schon so lange zusammen waren, dass es vollkommen natürlich schien, dass wir irgendwann heiraten würden. Zwei Wochen, nachdem ich es erfahren hatte, habe ich das Baby verloren. Er war die ganze Zeit für mich da, durch die Angst und den Schock der Schwangerschaft und dann durch den Schmerz und die Trauer der Fehlgeburt.“ Sie wischte sich die Tränen ab. „Er hat gewartet, bis ich mich erholt hatte und ein gutes Gefühl hatte, was unsere Beziehung anging. Ich war mir sicher, dass er der Mann war, der durch dick und dünn mit mir gehen würde. Dann hat er mir den Teppich unter den Füßen weggezogen und mich abserviert. Er hat gesagt, er sei noch nicht soweit, eine Familie zu gründen.“

„Und trotzdem wolltest du wieder etwas mit ihm anfangen?“, fragte Ethan verständnislos.

Sie sah ihn an, sicher, dass er sie verurteilte, doch zu aufgewühlt, um wütend zu reagieren. „Ich habe ihm geglaubt, dass er noch nicht soweit war. Ich meine, das war nicht leicht. Und ich habe *wirklich* an die Fantasie vom romantischen Happy End geglaubt. Ich habe mich an die Vorstellung des Märchenprinzen festgeklammert, habe gewartet und gehofft und nie eine Beziehung zu einem Mann aufgebaut. Außer Mark.“ Sie hob die Hände. „Alles, was ich sagen kann, ist, dass es vorübergehende Unzurechnungsfähigkeit durch den Trennungsschmerz war.“ Ihr Kinn zitterte, und sie verbarg ihr Gesicht in ihren Händen. Jetzt kannte er ihr schlimmstes Geheimnis. So zerstörte man jede erotische Stimmung.

Er zog ihre Hände vom Gesicht und hielt sie fest. „Ally, ich bin nicht wie er. Du kannst mir vertrauen. Ich werde behutsam mit dir umgehen.“

Sie biss sich auf die Lippe und nickte, dankbar für die Versicherung, auch wenn sie wusste, dass es ihr nie leicht fallen würde, einem Mann zu vertrauen.

Ethan drückte ihre Hand. „Ich habe nicht vor, mit deinem Kopf oder deinem Herzen zu spielen."

Sie starrte ihn an, sprachlos angesichts seiner so einfachen, doch so vielsagenden Worte. Kein Mann hatte je so etwas zu ihr gesagt. Tiefe Zuneigung ließ sie schmelzen, und sie umarmte ihn.

Er streichelte ihren Rücken und beruhigte sie mit seiner tiefen Stimme. „Ich ziehe dir nicht den Teppich unter den Füßen weg. Ehrenwort." Er lehnte sich zurück und hob ihr Kinn. „Ich mag dich wirklich und will Zeit mit dir verbringen."

Sie blinzelte Tränen weg, überwältigt von seiner Aufrichtigkeit und Zärtlichkeit. „Das bedeutet mir viel, wirklich. Ich wünschte nur, es würde mir leichter fallen, es wirklich zu glauben."

„Dann muss ich es dir eben beweisen."

„Nein, Eth. Du musst nicht gutmachen, was—"

„Doch, das muss ich."

Sie umarmte ihn erneut und schmiegte sich an seine starke Brust. „Du bist so gut."

Er lachte leise. Einen Moment später machte er sich von ihr los und stand auf. „So gut auch wieder nicht. Ich geh mich kalt duschen."

„Nein, warte!" Sie sprang auf und warf die Arme um seinen Hals. „Ich will dich."

„Ich will dich auch", sagte er mit rauer Stimme.

Sie glühte unter seinem zärtlichen Blick. Dass er sie immer noch wollte, jetzt, nachdem er ihr Geheimnis kannte und wusste, wie unglücklich ihre bisherigen Entscheidungen mit Männern gewesen waren, gab ihr ein wunderbares Gefühl der Leichtigkeit, das sie seit Jahren nicht gespürt hatte. Sie schob ihre Hand unter sein Shirt. „Lass uns die Art der Beziehung nicht definieren. Kein tiefschürfender Kram, okay?"

Er lächelte sexy, dann küsste er sie zärtlich. „Genau

meine Meinung.“

„Stehst du auf Vorspiel, oder können wir es einfach tun? Ich würde es wirklich gerne einfach tun.“

Er lachte und nahm ihr Gesicht in die Hände. „Nicht mehr reden. Ich muss mich konzentrieren.“

„Oh, okay.“ Sie riss ihre Jeans und ihr Höschen herunter. „Bereit.“

Er fluchte und zog sie an sich, dann grub er die Finger in ihre Haare und küsste sie lange und leidenschaftlich. Gott, sie hatte es vermisst, mit einem Mann zusammen zu sein, und dieser war auf jede nur erdenkliche Weise spektakulär. Sie hörte auf zu denken. Er küsste sie unendlich lange und ließ gerade lang genug von ihr ab, um ihren BH zu öffnen und wegzuwerfen, bevor er sie weiterküsste und mit den Händen ihren Körper erkundete. Er brachte sie zum Schmelzen, und das Verlangen brannte in ihr. Er war nicht grob und hart wie Mark oder rein-raus-fertig-schnell wie Dean. Ethan nahm sich Zeit, als wollte er sie genießen.

Sie wollte ihn auch genießen. Sie zerrte an seinem Shirt, und er unterbrach den Kuss, um es auszuziehen und in die nächste Ecke zu werfen.

„*Du* bist derjenige, der hier sexy ist“, sagte sie und ließ ihre Hände über seine Bauchmuskeln hinauf zu seiner Brust und zu seinen breiten Schultern wandern. Sie hob den Blick zu seinen Augen, die vor unverhohlenem Verlangen loderten, doch er war so beherrscht und ließ sie erkunden, während seine Hände auf ihrer Taille ruhten. Das bedeutete ihr so viel, als wollte er wirklich behutsam mit ihr umgehen, wie er es eben gesagt hatte. Ihre Augen brannten, doch sie überspielte es, indem sie die Hände in seinen Hosenbund schob. „Lass mich mehr sehen, Sexy.“

Er zog seine Jeans und seine Boxershorts aus. Ihr Mund wurde trocken. „Ja“, krächzte sie.

Er lächelte und legte seine Arme um sie und küsste sie, während er sie sanft aufs Bett zog, unter sich.

„Zieh nen Gummi über", drängte sie, da sie jeden Moment mit einem harten Stoß rechnete.

„Gleich. Aber jetzt noch nicht." Er ließ sich zwischen ihren Beinen nieder und stützte sich mit den Armen neben ihrem Kopf ab. Er bestand von Kopf bis Fuß aus harten Muskeln und presste sich gegen ihre Weichheit. Er strich ihr die Haare aus dem Gesicht und hielt ihr Kinn. Als er ihr in die Augen sah, stockte ihr der Atem. Dann küsste er sie. Lange, tiefe, feuchte Küsse, die sie in die Matratze schmelzen ließen. Sie war noch nie so entspannt und angetörnt zugleich gewesen. Ihre Hände wanderten seinen Rücken hinauf und hinab, und sie genoss es, wie er sich anfühlte, massiv und stark, seine Haut heiß unter ihren Fingern.

Er küsste sie den Hals hinunter, nahm sich Zeit, küsste sie und kostete ihre Haut. Sie erschauerte. Er arbeitete sich weiter vor, hielt ihre Brust mit seiner großen Hand und senkte den Mund, bevor er seine Zunge schnell um ihren Nippel kreisen ließ.

„Oh!", stöhnte sie.

Sein Mund schloss sich über ihrer Brust, und er saugte ihren Nippel ein. Ohne ihr Zutun hoben sich ihre Hüften vom Laken. Ihr Blut rauschte in ihren Ohren, ihre Haut prickelte wie unter Strom, das Pochen zwischen ihren Beinen fordernd.

„Eth. Ich bin so bereit."

Er wechselte zur anderen Brust und schenkte ihr dieselbe Aufmerksamkeit. Ihr Innerstes zuckte, eng und heiß und feucht. Sie war dem Höhepunkt schon so nah. Sie hielt seinen Kopf und presste ihn an sich.

Endlich hob er den Kopf und liebkoste ihre Brüste mit beiden Händen. Sie stöhnte und spreizte die Beine – sie bettelte ihn an, endlich einzudringen.

Er küsste ihren Bauch, ihre Hüfte, und dann zu ihrer Überraschung ihren Oberschenkel. Kein Mann hatte je ihre Beine geküsst. Es waren immer ihre Titten gewesen. Als er ihre Beine auseinander schob und ihre Kniekehle küsste, zuckte sie zusammen, so unerwartet sensibel war die Stelle. Sein Mund war magisch – fest und sanft zugleich, perfekte Küsse überall. Sie stöhnte und sehnte sich und genoss die Lust, die er ihr so großzügig bereitete.

Er küsste die Innenseite ihres Oberschenkels und endlich berührten seine Finger sie dort, wo sie ihn am meisten brauchte. Im nächsten Moment drang er mit einem Finger in sie ein, dann zog er ihn heraus und hielt ihn hoch. „Du bist so feucht." Als er den Finger in den Mund steckte, packte sie seine Schultern und versuchte verzweifelt, ihn zu sich herunter zu ziehen. Doch er rührte sich nicht.

„Ich will jetzt", drängte sie.

„Schh", murmelte er und schob ihr anderes Bein zur Seite, um die Innenseite ihres Oberschenkels zu küssen, während er sie liebkoste und *überall* erkundete. Sie zitterte vor Verlangen.

Seine Finger verließen ihre pochende Weiblichkeit und wanderten ihre Flanke hinauf, während er ihnen langsam folgte. Sie wand sich unter ihm. Warten war sie nicht gewohnt. Und es war so lange her. Endlich war er in Position zwischen ihren Beinen. sein Kopf war über ihrem.

Er strich mit dem Daumen über ihre Unterlippe. „Du bist so schön. So sexy."

Ihr Herz machte einen Sprung. Er war so großzügig, so behutsam. Sie streichelte seine Wange und spürte einen Anflug von Stoppeln. „Du auch", brachte sie heraus.

Er küsste sie. Ein langer, inniger Kuss, bei dem sie weiche Knie bekommen hätte, hätte sie gestanden. Dann unterbrach er den Kuss und kletterte vom Bett.

„Warte!" Sie streckte die Hand nach ihm aus.

Er ergriff sie und küsste ihre Finger. „Ich geh nur einen Gummi holen."

Sie schloss die Augen und wurde rot vor Scham darüber, wie sehr sie ihn brauchte. Und dann war er zurück, seine Hitze und sein Gewicht so willkommen.

Er küsste sie und sprach gegen ihre Lippen. „Schling deine Beine hoch um meine Taille, das macht es leichter für dich. Es öffnet dich."

„O Gott", stöhnte sie und gehorchte.

Er stieß nicht zu, sondern drang langsam in sie ein und gab ihrem Körper Zeit, sich anzupassen. Er küsste ihre Stirn, ihre Nase, dann ihren Mund. „Du bist so eng", murmelte er.

Dann drang er bis zum Anschlag ein, und ihr stockte der Atem.

Er legte eine Hand auf ihre Wange und regte sich nicht. „Bist du okay?"

Sie nickte glücklich und packte seinen Po. „Du musst dich nicht mehr zurückhalten."

Er streifte ihre Lippen. „Ich will nicht schnell. Wir haben beide lange darauf gewartet."

Sie sahen einander an. Sie atmete schneller, jeder Teil von ihr lebendig und ausgefüllt, wie sie es nie zuvor gespürt hatte. Sie spannte ihre Muskeln um ihn herum an und beide stöhnten. Dann fing er an sich zu bewegen, tiefe lange Stöße, bei denen er sich fast ganz aus ihr zurückzog, bevor er sie wieder ausfüllte. Es trieb sie in den Wahnsinn. Sie reckte sich ihm entgegen, doch er küsste sie langsam und leidenschaftlich. Sie hatte das Gefühl, dass er von ihr Besitz ergriff mit seinem Mund und seinen langsamen, tiefen Stößen. Der Orgasmus rückte in greifbare Nähe, und sie stöhnte in seinen Mund, während er weiter in sie hineinstieß, schneller jetzt, und den Kopf hob, um sie zu beobachten, während er immer härter in sie hineinstieß und der Orgasmus Welle für Welle durch ihren Körper jagte. Er warf den Kopf in den Nacken und schrie, ein heiserer, animalischer Laut, der eine weitere Welle der Lust durch sie hindurch schickte.

Er hielt inne und ließ sein Gewicht einen langen Augenblick lang auf ihr ruhen, bevor er den Kopf hob und sie auf den Mund küsste.

„Mmm", seufzte sie und schloss glückselig die Augen.

Er rollte von ihr herunter, dann hielt er ihre Hand.

Ein Lächeln breitete sich auf ihrem Gesicht aus, so groß, dass sie es in ihren Augenwinkeln spürte. Sie schwebte in einem seltenen Zustand absoluter Zufriedenheit. Perfektion.

~ ~ ~

Ethan war nicht verzweifelt, ganz besonders nicht, was Frauen anging. Er war Mr. Cool. Ärger perlte an ihm ab, und er wandte sich der nächsten zu.

Doch in dem Moment, in dem Ally mit einem gut gelaunten „Danke!" aus seinem Bett, in dem er gerade den besten Sex seines Lebens gehabt hatte, aufstand, kam er der Verzweiflung erbärmlich nahe. Seine Nackenhaare standen zu Berge, seine Finger prickelten mit dem Wunsch, sie zu berühren, sie auch nach der sexuellen Befriedigung zu halten, und sein schlummerndes Herz erwachte zum Leben mit einer Sehnsucht, so intensiv, dass er sich zwingen musste, sie nicht zu packen und zurück ins Bett zu ziehen.

„Du musst dich nicht bedanken", knurrte er und stützte sich auf einen Ellbogen ab.

Sie sah sich um, immer noch köstlich nackt, wahrscheinlich auf der Suche nach ihrem BH. „Kannst du aufstehen? Du musst mich nach Hause bringen." Sie zog ihr Höschen an, dann ihre Jeans, dann sah sie unter dem Bett nach und richtete sich so plötzlich auf, dass ihre Brüste hüpften. „Wo ist mein BH?"

Er tat, als gähnte er und ließ sich in die Kissen sinken. „Ich bin müde. Kann ich dich morgen früh nach Hause bringen?"

Sie beugte sich über ihn und ihre vollen Brüste streiften ihn, verführten ihn. „Tut mir leid, aber morgen ist Schule. Nicht einschlafen, okay?" Ihre weichen Haare strichen über seine Wange, und er schob sie zurück hinter ihr Ohr, bevor er ihren Kopf in seine Hände nahm. „Ich muss früh zur Arbeit, und die Nacht hier zu verbringen fühlt sich eher wie–"

Seine Stimme klang heiser. „Eher wie was?"

Sie richtete sich auf. „Vergiss es. Ich rufe Missy oder Lexi an, damit sie mich abholen. Sabrina würde zu viele Fragen stellen."

Er schlang seine Finger um ihr Handgelenk und streichelte die Unterseite mit seinem Daumen. Sie starrte seine Hand an.

Er versuchte, sie zu verführen. „Und wenn ich dafür sorge, dass es sich lohnt zu bleiben?" *Sagte der Löwe zum Lamm.*

„Und was würdest du tun?" Ihre Stimme war rauchig. Gut so.

Er schmunzelte. „Was alle Frauen wollen."

„Du weißt, was alle Frauen wollen?"

Er zog sie auf sich.

„Eth!" Sie stützte sich auf seiner Brust ab und sah ihn gereizt an.

Er nahm sein Gesicht in die Hände. „Bleib bis zum Morgen, und ich zeige es dir. Ich verspreche dir, dass du rechtzeitig zur Arbeit kommst."

Ihre Augen wurden sanft, und schnell wandte sie den Blick ab. „Es ist keine Beziehung, auch wenn ich hier übernachte."

Er streichelte ihren Rücken. Sie war scheu, doch er verstand jetzt warum. Er wollte Dean erwürgen, doch gleichzeitig wollte er ihm dafür danken, dass er Ally freigegeben hatte. Sie gehörte nicht zu einem Mann, der nicht mit den Konsequenzen seiner Taten umgehen konnte.

Sie gehörte zu ihm.

Er legte die Hand in ihren Nacken, zog sie herunter und küsste sie zärtlich. „Wir brauchen kein Label."

Sie entspannte sich und ließ sich neben ihm nieder.

„Okay, dann bleibe ich." Dann zog sie ihre Jeans aus und warf sie aus dem Bett.

Er atmete erleichtert auf, schaltete die Lampe auf dem Nachttisch aus, zog sie an sich und deckte sie zu. Sie schmiegte sich an ihn und ließ ihren Kopf auf seiner Brust direkt über seinem Herzen ruhen.

Ohne, dass er den Anstoß dazu gab, fing sie an zu erzählen. Sie redete von ihren neuen Zielen, ihren Träumen und der Suche nach erfüllenden Erlebnissen, jetzt da sie sologam verheiratet war. Es gefiel ihm, dass sie sich ihm anvertraute. Er äußerte keine Bedenken, als sie sagte, dass sie ernsthaft überlegte, den Job bei Claire anzunehmen. Sie war bereit für Abenteuer. Er ließ sie erzählen und antwortete mit ermutigenden Kommentaren an den richtigen Stellen – doch alles, was er denken konnte, war: *Tob dich aus. Spiel verrückt. Und dann komm zurück zu mir.*

Denn das war keine einmalige Sache.

Sie so in seinen Armen zu spüren erfüllte ihn mit Zufriedenheit. Er hatte eigentlich noch eine oder zwei Runden in Angriff nehmen wollen, doch die Zufriedenheit, sie zu halten, entspannte ihn so sehr, dass er einschlief.

Er erwachte früh wie immer und betrachtete sie, die blonden Haare zerzaust, ihre Wangen rosa, ihre Wimpern lang auf ihrer zarten Haut, ihr sexy Mund mit dem süßen Amorbogen, ihre vollen Brüste.

Sie öffnete die Augen. „Hi."

Er lächelte, und seine Brust schmerzte, als wollte sein Herz vorspringen angesichts dieses Moments, nach dem er sich mit jeder Faser seines Seins gesehnt hatte – mit einer Frau aufzuwachen, die ihn zum Lächeln brachte. „Hi."

„Wie viel Uhr ist es?"

„Noch früh. Erst sechs Uhr."

Sie streckte sich. „Normalerweise stehe ich erst um sieben auf."

„Das gibt uns Zeit für das, was Frauen wollen."

„Und woher weißt du das?", fragte sie kokett.

Er küsste ihren lächelnden Mund. „Mach die Beine breit für mich, meine Schöne."

Ihr stockte der Atem, doch sie schlug sofort die Decke zurück, zog ihr Höschen aus und gehorchte. Er war steinhart und konnte sich kaum beherrschen. Es war ihm immer schwer gefallen, seine Energie im Zaum zu halten, doch Ally war etwas Besonderes und verdiente jede Zärtlichkeit, die er geben konnte.

Er begann mit einem zärtlichen Kuss auf ihren sexy Mund, dabei blickte er ihr immer wieder in die großen blauen Augen, so offen und voller Vertrauen trotz aller Versuche, sich zu beschützen. Sie schaffte es einfach nicht, ihre liebende Art wegzuschließen. Er ermahnte sich, behutsam mit ihr umzugehen. Als er sicher war, genug Kontrolle zu haben, rutschte er an ihrem Körper hinunter und bewies, dass er genau wusste, wovon er sprach. Ja, er machte es ihr mit dem Mund. Alle Frauen wollten das – genau wie Männer einen Blowjob liebten.

Und sie liebte es. Sie grub ihre Nägel in seine Schultern, reckte ihm die Hüfte entgegen, stöhnte und wimmerte, und er zwang sie zu seinem Tempo, machte langsamer, wenn sie dem Höhepunkt nahe war, und schneller, wenn sie sich entspannte. Als er sie schließlich über die Klippe trieb, bäumte sie sich mit einem spitzen Schrei auf.

Er kroch an ihr empor, und sie zog ihn an sich und dankte ihm überschwänglich. Ihre Reaktion brachte ihn nur dazu, sie weiter lecken zu wollen, doch sie flehte ihn an, sie zu ficken, was sollte er also tun?

Später bereitete sie Frühstück für beide zu – arme Ritter und Rührei – und erzählte ihm von ihrer Klasse und ihren Plänen für diese Woche. Er kochte Kaffee und pfiff vor sich hin. Es war offensichtlich, dass sie Kinder liebte, auch wenn sie sich nach einem Leben außerhalb des Klassenzimmers sehnte. Wie er hatte sie viel Energie. Er konnte sich gut vorstellen, wie sie wilde, energiegeladene

Kinder großzog, die wanderten und angelten und campten. Sein Blut, seine Familie.

Immer langsam mit den jungen Pferden.

Bald saß sie mit ihm am Tisch, und auch wenn er sonst nicht frühstückte, aß er alles mit großem Appetit. Sie stellte ihm persönliche Fragen, und er gab ihr Antworten – über seine Nähe zur Campbell-Familie und seinen Pflegebruder Zach, seinen Job, mit dem er zufrieden war, seine enge Bindung zur Gemeinde. Sie wusste bereits von seiner Liebe zur Natur. Die weniger angenehmen Zeiten in seinem Leben ließ er aus – seine lausige Kindheit, in der er nach dem Waisenhaus von einer Pflegefamilie zur nächsten weitergereicht worden war. Auch von der dunkleren Seite seines Jobs sprach er nicht – von Verhaftungen, bei denen der Täter gewalttätig geworden war, von Szenen häuslicher Gewalt, zu denen er gerufen worden war. Er wollte sie nicht damit besudeln. Er wollte, dass sie so blieb, wie sie war – unberührt von der harten Realität. Davon abgesehen wollte niemand die Geschichte eines Waisen hören, der nie adoptiert worden war. Es stellte ihn in einem erbärmlichen Licht dar, der Junge, den keiner wollte. Doch durch Entschlossenheit, harte Arbeit und die Unterstützung seiner Wahlfamilie, den Campbells, war er zu einem Mann geworden.

„Bist du je campen gewesen?", fragte er.

„Ich hab einmal mit den Pfadfinderinnen übernachtet", sagte sie. „Wir haben in einer Holzhütte geschlafen, und es war wie eine einzige große Pyjamaparty."

„Nein, ich meine echtes Campen. Unter den Sternen schlafen."

„Auf dem Boden?", fragte sie und rümpfte die Nase. „Da, wo Bären und Käfer und Schlangen sind?" Sie schauderte.

„Könnte in einem Zelt sein." Er bot ihr die zivilisiertere Variante an, auch wenn er echtes Campen bevorzugte. Waldboden unter und Sterne über sich.

„Klingt hart.“

„Es macht Spaß. Ist schön, um der Zivilisation zu entfliehen und zum Ursprung zurückzukehren.“

Sie lächelte. „Solange der Ursprung ein Badezimmer mit einer Dusche nicht ausschließt, bin ich dabei.“

„Stadtkind“, feixte er.

„Lass dir gesagt sein, dass ich ein *Vorstadtkind* bin. Durch und durch.“

„Könnte ein Abenteuer sein“, sagte er und spielte damit auf ihre Suche nach neuen Erfahrungen an. „Der Ruf der Wildnis. Bring deine primitiven Instinkte zum Vorschein.“ Er schmunzelte, als er daran dachte, wie fantastisch Freiluftsex mit Ally sein musste.

„Ich kann meine primitiven Instinkte genauso gut in einem weichen Bett ausleben, solange du da bist.“ Sie schenkte ihm ein süßes Lächeln. „Das war so gut. Danke.“

Er wurde ein wenig rot vor Stolz, und seine Brust wollte platzen vor Glück. Er beugte sich über den Tisch, legte seine Finger um ihren Nacken und zog sie zu einem Kuss zu sich heran. „Gern geschehen.“ Er ließ sie los und setzte sich wieder. „Denkst du immer noch, dass ein Vibrator besser ist als ein Mann?“

Sie strahlte – der pure Sonnenschein. „Die meisten Männer sind bestenfalls so-la-la. Du bist die rühmliche Ausnahme.“

Zufriedenheit breitete sich in ihm aus. „Danke.“ Er saugte ihren Anblick auf wie ein Schwamm und hoffte, dass er das, was sie hatten, lange genug am Laufen halten konnte, um sie zu überzeugen, denn er war bereits hoffnungslos verloren.

Kapitel Zwölf

Als Ally nach der Arbeit im Supermarkt Halt machte, hatte sie sich endlich nach der Nacht (und dem Morgen danach), in der Ethan ihre Welt auf den Kopf gestellt hatte, beruhigt. Elf Stunden hatte das gedauert. Ha! Der Mann war eine einzige Ansammlung von Widersprüchen: tougher Cop mit steinhartem Blick, der kaum lächelte, doch im Bett war er sanft, beinahe zärtlich. Sie hatte das noch bei keinem Mann erlebt. Und wie er ihr zugehört hatte – wirklich zugehört hatte, als sie über ihre Bedenken, was Beziehungen anging, gesprochen hatte. Er war der außergewöhnlichste Mann, dem sie je begegnet war.

Ich ziehe dir nicht den Teppich unter den Füßen weg. Ehrenwort. Ich mag dich und will Zeit mit dir verbringen. Sie erinnerte sich an Ethans Worte, die eine tiefe Zuneigung in ihr weckten. Fast, als wäre sie verliebt in ihn.

O Gott! Sie war dabei, sich in ihn zu verlieben!

Sie schüttelte den Kopf und schob ihren Einkaufswagen weiter den Gang mit dem Brot hinunter. *Konzentrier dich.* Sie hatte nach der Arbeit mit Claire über den Assistentinnenjob gesprochen und war zu dem Schluss gekommen, dass es doch nichts für sie war. Was sollte sie also mit ihrem Leben anfangen? Was war ihr Lebenszweck? Über das Leben nachzudenken war nichts für schwache Nerven.

Ihr Einkaufswagen war voll mit gesundem Essen, als sie schließlich in den Gang mit den Gefrierfächern ging, um

Eis zu holen. Nach zwei Schritten blieb sie stehen. Als ob sie ihn mit ihren Gedanken heraufbeschworen hätte, stand Ethan am anderen Ende des Ganges.

Sie zwang sich, weiterzugehen, als wäre alles normal. Als würde ihr Herz nicht rasen. Als hätte sie keine weichen Knie, ihn so schnell nach ihrer gemeinsamen Nacht wiederzusehen. Es war immer seltsam, seinen Lover angezogen zu sehen, wenn der Anblick seines nackten Körpers noch frisch in Erinnerung war. Das, was er mit seinem Mund getan hatte. Allein schon beim Gedanken daran wurde sie feucht.

Er hatte sie noch nicht bemerkt und lud mehrere Tiefkühlmahlzeiten in den Einkaufswagen.

Sei einfach freundlich. Locker. Keine große Sache.

„Da ist ja mein Stalker!", rief sie und winkte.

Als er sich aufrichtete, brachte sein Lächeln ihr Herz zum Stillstand. Sie wurde rot und ihr Puls begann zu rasen, als sie auf ihn zuging und ihren Wagen neben seinem parkte.

Er warf zwei weitere Mahlzeiten in den Wagen. „Ja, ich dachte, wenn ich lange genug hier stehen würde, müsstest du den Gang runter kommen für …?"

„Eiscreme", sagte sie. „Und das Übliche, was man die Woche über so braucht."

Er musterte sie einen Moment lang, dann fragte er: „Und, was macht dein Plan, für Claire zu arbeiten? Hast du mit ihr darüber gesprochen?"

Sie seufzte. „Das wird nicht funktionieren. Sie sagt, dass sie und Jake ein Gestüt in Connecticut kaufen wollen, sobald der Film abgedreht ist. Sie wollen eine Familie gründen. Sie sagt, dass sie weiter arbeiten will, aber eher hinter der Kamera mit ihrer Produktionsgesellschaft."

„Dann braucht sie eine Assistentin mehr."

„Das schon, aber es wäre mehr vor Ort." Sie verzog das Gesicht. „Ich habe keine Lust, auf einem Gestüt in Connecticut rumzuhängen. Ich habe mein ganzes Leben in

Connecticut gelebt. Ich dachte, es wäre viel glamouröser. Ich habe ihr das so gesagt, und sie hat es verstanden. Sie hat gesagt, dass sie sich für mich umhören und mir Bescheid geben würde, sobald sie etwas von einer Stelle hört, bei der mehr Reisen involviert ist. Sie kennt ja Gott und die Welt.“

Ethan ging um den Wagen herum und blieb neben ihr stehen. „Tut mir leid, dass nichts daraus geworden ist, aber ich bin froh, dass du bleibst.“

„Danke. Aber die Chance, dass ich etwas finde, ist immer noch da. Claire hat ein tolles Netzwerk, vielleicht ergibt sich da ja was.“

Seine Stimme wurde rau, und ihre Knie wurden weich. „Bist du frei für ein Abendessen am Samstag?“

„Ja.“

Er lächelte herzlich. „Dann haben wir ein Date.“

Ihr Selbsterhaltungstrieb meldete sich zu Wort. Sie musste ihn bremsen, um ihr Herz zu schützen. „Aber diesmal bleibe ich nicht über Nacht.“

Er zog eine Braue hoch. „Nicht einmal für das, was Frauen wollen?“

Sie zögerte, doch sie zwang sich, an ihren Grenzen festzuhalten. „Nicht einmal dafür.“

„Okay.“ Er spielte mit einer Haarsträhne. „Ich habe noch was, das dir gefallen könnte.“

Damit gehörte ihm ihre Aufmerksamkeit. Nein, sie brauchte feste Grenzen. Davon abgesehen war am Sonntag Laurens Junggesellinnen-Brunch. Ihre Freundin war so süß – anstelle einer Junggesellinnenparty hatte sie sich einen eleganten Brunch in einem schönen Restaurant gewünscht. Unter ihren Freundinnen war die Debatte ausgebrochen, ob sie einen Stripper organisieren sollten, doch Hailey hatte der Sache schnell einen Riegel vorgeschoben, da sie fürchtete, dass man sie dafür aus dem Restaurant werfen würde. Sie hatten sich auf Champagnercocktails und sexy Unterwäsche als Geschenk für sie geeinigt. Ally war der Meinung, dass das eher ein Geschenk für Laurens

Verlobten war, doch zuzusehen, wie sie beim Auspacken errötete und dann allen auf ihre süße Art danken würde, war Gold wert.

„Ich habe Sonntagmorgen schon was vor", informierte sie ihn, doch dann konnte sie nicht widerstehen. „Erzähl mir von der anderen Sache, die mir gefallen könnte."

Wieder strich er ihr eine Strähne hinters Ohr. „Du musst schon über Nacht bleiben, um das herauszufinden. Ich werde dafür sorgen, dass du rechtzeitig aufwachst."

Sie kniff die Augen zusammen. Das klang nach einem Trick. Er wollte sie nur kuscheln, und sie wusste, dass sie dadurch weich und verletzlich werden würde.

„Deine Entscheidung", sagte er schmunzelnd. „Die letzte Frau, mit der ich das gemacht habe … na, das musst du nicht wissen."

Sie stemmte ihre Hand in die Hüfte. „Nicht cool, vor der Frau, von der du im Augenblick was willst, über andere Frauen zu reden, das weißt du schon, oder?"

Er zuckte und beobachtete sie mit einem sexy-selbstbewussten Blick.

Sie konnte die Anspannung nicht ertragen. „Was hat sie gemacht?"

Er beugte sich hinunter und flüsterte in ihr Ohr. Die Worte heiß an ihrer Haut. „Sie hat geschildkrötet."

„Sie hat was?"

Er strich ihr die Haare hinters Ohr und hielt sie dort, während er flüsterte. „Sie hat dieses giemende Geräusch gemacht, wie ein Schildkrötenorgasmus."

Sie war verwirrt. Neugierig. Und in ihr tobte ein einziges Hormonchaos. „Und woher weißt du etwas über Schildkrötenorgasmen?"

Er ließ die Hand sinken und begegnete ihrem Blick. „YouTube-Video. Jemand bei der Arbeit hat es mir gezeigt."

„Dann hast du während deiner Park Ranger-Nummer nicht wirklich Schildkröten ficken sehen?"

Er grinste und sah sich um. Zum Glück waren sie allein am Ende des Ganges, denn sie hatte Letzteres ein bisschen zu laut gesagt. „Das wäre ein Nein", sagte er. „Und ich bin kein Park Ranger."

Sie verschränkte die Arme. „Ich bin mir nicht sicher, ob ich Schildkröte spielen will.

Er schenkte ihr sein erotischstes Schmunzeln. „Bellen? Miauen? Jaulen?"

Sie lachte und ließ die Arme sinken.

Er ergriff ihre Hand. „Ich hole dich am Samstag um sechs ab. Dinner im Vorstadt-Stil mit fließendem Gewässer und einem Koch, der das Essen zubereitet."

Sie schmolz. „Okay. Und Nachtisch?"

„Das ist ganz dir überlassen", sagte er, nickte jedoch dabei.

Sie lachte. „Okay, dann ist das ein …" Sie hustete und hätte sich fast an dem Wort verschluckt. Sie hatte solche Angst, dass sie sich wieder Hoffnungen machen und Aschenputtel spielen könnte, wo es einfach keinen Prinzen gab, der darauf wartete, sie zu ewiger Glückseligkeit zu entführen. Das wahre Leben war nun einmal nicht so.

„Date", sagte er.

Sie holte zittrig Luft. Und dann legte sie so viel gute Laune in ihre Stimme wie sie konnte, während sie nervös vor sich hin plapperte. „Ja. Also, ich sollte besser losmachen. Ich muss nach Hause. Kochen. Ich mache weißes Hühnchenchili zum Abendessen und muss noch drei Gesundheitskuchen für morgen für meine Klasse backen."

Er bewegte sich nicht, immer noch nah genug, damit sie sich ihm an den Hals hätte werfen können. „Ist ein schönes Lokal. Ein Kleid wäre gut."

Sie nickte ruckartig, winkte ihm und drehte ihren Einkaufswagen um, während ihr Magen einen zittrigen Tanz aufführte.

Erst als sie zu Hause angekommen war, fiel ihr auf, dass

sie vergessen hatte, Eiscreme zu kaufen.

~ ~ ~

Ethan ging nur selten schick essen. Das war einfach nicht sein Stil. Doch er wollte, dass Ally sah, dass er es ernst mit ihr meinte. Ungezwungene Fickdates brachten diese Nachricht einfach nicht herüber. Nicht, dass er demgegenüber abgeneigt gewesen wäre. Er ... verdammt. Wenn er es schon tat, dann richtig, mit allem Drum und Dran. Den Hof machen. Er hatte noch nie einer Frau den Hof gemacht, doch sein Pflegebruder Zach war Anthropologieprofessor und hatte ihm ein paar gute Tipps zum Daten gegeben – basierend auf echten anthropologischen Beweisen und Biologie. Er hatte erklärt, dass der dominante Mann bei einer Gefährtin hoch angesehen war als Beschützer und Ernährer für die Jungen. Dominant nicht im Sinne von Unterdrückung des anderen. Es ging mehr um die Stärke, Feinde und Rivalen zu vertreiben, die Familie zu beschützen und das Geschenk von Essen nach Hause zu bringen – wenn auch Ally ihr eigenes Essen nach Hause brachte und besser kochte als er. Und wenn schon. Er konnte den anthropologischen Hintergrund nachvollziehen. Er war ein Cop, darum beherrschte er den Punkt mit dem Beschützen perfekt.

Er spähte in den Badezimmerspiegel, betrachtete den schiefen Knoten seiner Krawatte und öffnete ihn wieder. Wenn sie ihn auch nur ein bisschen verstand, würde sie wissen, was für eine große Sache ein schickes Abendessen war. Er band den Knoten erneut und lockerte ihn wieder. Er hasste Krawatten.

Er war nervös und angespannt. Er konnte sich nicht daran erinnern, je so nervös wegen eines Dates gewesen zu sein, außer vielleicht als Teenager bei seinem ersten Date. So viel hing davon ab. Er meinte es ernst mit Ally, hatte versucht, so offen und ehrlich zu sein wie möglich, doch er hatte immer noch das Gefühl, als könnte sie ihm jeden Moment entgleiten. Als würde sie den nächsten Flieger nach Paris besteigen, um dort als Assistentin für irgendeinen Star zu arbeiten, oder nach Japan gehen, um Englisch zu unterrichten, wenn er sich auch nur einmal umdrehte.

Doch er konnte sie einfach nicht loslassen. Nicht, wo er so viel empfand. Er dachte oft an sie – fröhliche Ausgelassenheit, ihr strahlendes Lächeln, ihr Mut, ihr köstlicher Körper, ihre Weichheit. Wenn er nicht mit ihr zusammen war, konnte er es nicht erwarten, sie wiederzusehen. Und wenn er sie sah, war die ganze Welt strahlender und alles intensiver. Er schloss die Augen und atmete tief durch. Was war nur los mit ihm? Er kannte sie erst seit vier Wochen näher. Das war viel zu früh für … Liebe. Doch hatte er sich endlich verliebt? Er hatte sich noch nie so gefühlt, so neben der Spur. Er vermutete, dass dem so war, doch er konnte niemanden fragen. Er würde einfach weitermachen, als wäre alles vollkommen normal.

Denn wenn Ally seine Gefühle nicht erwiderte, gab es keinen Grund, auch nur daran zu denken.

Er liebte sie.

Fuck.

Er hatte noch nie „ich liebe dich" zu jemandem gesagt und umgekehrt auch nicht. Sollte das etwa endlich passieren?

Oder würde er ihr hinterherwinken, wenn sie zu einem großen Abenteuer aufbrach?

Er zog seinen Blazer an. Genug gedacht. Zeit zum Handeln. Entschlossen zog er die Tür hinter sich zu.

~ ~ ~

Ally stand in BH und Höschen da und trug vorsichtig Mascara vor dem Badezimmerspiegel auf, als es an der Tür klingelte. Scheiße. Er war früh dran!

Sie zerrte die Gummis aus ihren Zöpfen, zerzauste ihre Haare zu kessen Wellen und rannte ins Schlafzimmer, um ihren pinkfarbenen Kimono zu holen. „Komme!" Jetzt, da sie allein lebte, konnte sie sich nicht mehr auf ihre Mitbewohnerin verlassen, um Besucher aufzuhalten.

Sie eilte zur Tür, spähte durch den Spion und riss sie ein wenig atemlos auf. „Hey, du bist viel zu früh dran."

Ethan trat ein. Er sah ernst und seriös aus in seinem dunkelblauen Anzug. „Ich war fertig. Macht mir nichts aus, auf dich zu warten. Lass dir Zeit."

Sein Blick fiel auf ihre nackten Beine unterhalb ihres Kimonos, der auf Höhe ihrer Oberschenkel endete. Dann wanderte er hinauf zum klaffenden Ausschnitt, und zuletzt hob er seine lusterfüllten Augen, um in ihre zu blicken.

Ihr Körper reagierte entsprechend mit einem pochenden Puls zwischen ihren Beinen. Sie benetzte ihre Lippen und legte eine Hand auf seine Brust. „Schöne Krawatte."

„Ally", sagte er mit angespannter Stimme.

„Eth", flüsterte sie.

Sie klatschten aneinander, die Münder hungrig, die Hände tastend. Sie war gierig nach ihm, zerrte an seinem Blazer, packte sein Shirt und riss es aus seiner Hose, öffnete seine Gürtelschnalle – und alles, während sein Mund ihren verschlang. Er küsste sie weiter, drängte sie an die Wand und rieb sich an ihr. Sie war wild auf ihn, hob ein Bein, schlang es um seines und schob einladend die Hüfte vor. Er legte eine Hand zwischen ihre Beine, wo sie bereits heiß und feucht war. Er küsste sie leidenschaftlicher, fordernder, dann riss er seinen Mund von ihr los, die Finger im Saum ihres Höschens.

„Sag, dass ich aufhören soll", keuchte er.

Sie stieß seine Hände weg und riss selbst ihr Höschen hinunter. Dann öffnete sie ihren Kimono und warf ihn von sich.

Er stöhnte.

Der Rest geschah überraschend schnell. Er befreite sich, hob sie hoch und nahm sie, indem er mit einem wilden Stoß in sie eindrang und sie mit dem Rücken an die Wand rammte. Sie keuchte, als er sie so plötzlich ausfüllte, und dann war da nichts mehr außer seinem Mund auf ihrem, sein Körper, der hart pumpte, und die intensive Spannung in ihrem Innersten, die wuchs und wuchs. Sie unterbrach den Kuss und rang nach Luft. Er hielt ihre Wange und blickte ihr in die Augen, während er weiter tief und hart in sie hineinstieß, als hielte er diesmal nichts zurück. Er gab ihr alles, das Harte und das Zarte, und sie verstand in diesem Moment, wer er war. Äußerlich tough, aber innerlich butterweich. Doch sie brachte kein Wort heraus. Sie konnte sich nur an ihm festklammern, keuchend und gierig und vollkommen überwältigt. Seine Hand glitt zwischen sie und streichelte sie wie ihm Fieber, bis sie zuckte und explodierte. Der Orgasmus nahm ihr den Atem. Er rammte weiter in sie hinein und sie hielt sich einfach an ihm fest. Augenblicke später schoss sein eigener Orgasmus durch sie hindurch und brachte ihr eine weitere Welle der Lust.

Schwer atmend lehnte er seine Stirn an ihre. „Bist du okay?"

„Ja."

Er hob den Kopf und lächelte so zärtlich, dass sich ihr Herz schmerzhaft zusammenzog. Er küsste sie sanft. „Tut mir leid, wenn ich zu grob war."

„Mir gefällt beides, grob und zärtlich. Wie du, harte Schale, insgeheim weicher Kern. Stimmt's?"

„Weiß nicht. Vielleicht." Er setzte sie ab, hob ihren Kimono auf und wickelte ihn um ihre Schultern.

In diesem Moment spürte sie es – Sperma, das an ihren Beinen herunterlief. Sie keuchte und plötzlich war ihr eiskalt. Warum hatte sie zugelassen, dass das passiert war? Wie konnte er das tun, wo er doch von ihrer ungeplanten Schwangerschaft wusste?

Er zog seine Hose wieder hoch, während sie den Gürtel ihres Kimonos mit zitternden Fingern band.

„Stimmt was nicht?"

„Du hast kein Kondom benutzt", flüsterte sie.

Er sah sie geschockt an. „Ally, o Gott. Tut mir so leid." Er zog sie an sich und umarmte sie, doch sie konnte die Geste nicht erwidern. Sie war steif und eiskalt.

Er rieb ihr sanft den Rücken. „Mein Verstand hat ausgesetzt. Aber ich bin sauber. Ich habe sonst nie ungeschützt Sex."

„Schon okay", sagte sie, doch nichts war okay.

Er sah sie an. „Du zitterst ja. Komm her. Setz dich." Er versuchte, sie zum Sofa zu führen, doch sie machte sich von ihm los.

„Ich bin okay."

„Ally, es tut mir wirklich leid." In seiner Stimme lag stilles Leid. „Ich wollte, dass heute Abend perfekt wird, und hab Scheiße gebaut."

„Ist nicht deine Schuld. Wir waren beide dumm." Sie ging in Richtung Bad. „Gib mir ein paar Minuten, um mich fertig zu machen."

„Ally ..."

Sie blieb stehen und wartete wie betäubt darauf, dass er den Satz beendete.

„Ich bin nicht wie Dean. Ich übernehme die Verantwortung für meine Taten."

Sie nickte steif und zog sich zurück. Nach seiner Versicherung fühlte sie sich nur noch schlechter. Als wäre es etwas Schlimmes, wenn sie schwanger werden würde.

Natürlich war es das. Sie waren schließlich nicht in einer Beziehung.

Sie ließ sich auf den Bettrand sinken und atmete ein paarmal tief durch. In ein paar Tagen sollte ihre Periode kommen. Das Risiko, schwanger zu werden, war jetzt geringer. Der Eisprung war wahrscheinlich schon vorbei. Sie würde es wohl in ein paar Tagen herausfinden.

Ethan erschien in der Tür, sein Gesicht von Sorgen gezeichnet. „Willst du das Abendessen ausfallen lassen?"

Sie schüttelte den Kopf. „Nein, lass uns gehen. In zwei Tagen sollte ich meine Tage bekommen. Ist sicher alles okay."

Er entspannte sich sichtlich. „Okay. Dann warte ich im Wohnzimmer auf dich."

Sie zog sich schnell an, um sich keine Zeit zu geben, darüber nachzudenken. Sie würde ein schönes Essen in angenehmer Gesellschaft genießen, auch wenn sie zu vollkommenen Idioten wurden, wenn sie einander zu nahe kamen. Nach diesem Schrecken war es sowieso nicht so, als würden sie noch einmal miteinander schlafen. Wow, was für eine Stimmungskatastrophe.

Sie trat in ihrem kleinen Schwarzen und mit schwarzen Pumps ins Wohnzimmer. „Bereit", sagte sie und legte so viel Heiterkeit in ihre Stimme, wie sie konnte.

„Ich hoffe, du magst französisches Essen", sagte er, ging zur Tür und hielt sie ihr auf.

„Hmm. Franzosenbrot."

Er lachte. „Bin mir nicht sicher, ob sie das auf der Speisekarte haben."

Sie gingen den Laubengang hinunter zur Treppe. „Französische Zwiebelsuppe?"

„Das haben sie auf der Speisekarte."

„Ha!"

„Sie haben das Übliche. Wir werden gut essen." Er verflocht seine Finger mit ihren, und sie machten sich auf zu einem Date, von dem sie fest entschlossen war, es zu genießen.

KAPITEL DREIZEHN

Das französische Essen holte die Kuh vom Eis. Ethan seufzte erleichtert auf, denn Ally amüsierte sich königlich. Das Restaurant war intim mit Tischen für zwei in diskretem Abstand voneinander, eingedeckt mit weißen Tischdecken, leuchtenden Kerzen und viel zu viel Besteck. Ally staunte über jeden einzelnen Gang – wovon es viele gab. Beide hatten das Degustationsmenü bestellt, das aus vielen winzigen Gängen bestand. Ally hatte die begleitenden Weine dazu ausgesucht, und ihre Wangen leuchteten – er war sich nicht sicher, ob vom Wein oder vom Sex, doch er saugte ihren Anblick gierig in sich auf. Sein Leben war noch nie so von Süße und Licht erfüllt gewesen, bis Ally in sein Leben getreten war. Er hatte sich so gesorgt, vorhin einen Fehler gemacht zu haben, den er nicht wieder gutmachen konnte, nachdem er sie vor dem Date so grob gefickt und dabei nicht einmal ein Kondom benutzt hatte. Er hätte es besser wissen müssen, besonders nachdem sie ihm von ihrer Fehlgeburt erzählt hatte. Er hätte sowohl körperlich als auch emotional vorsichtiger mit ihr umgehen sollen. Er war geradezu peinlich unerfahren, was Liebe anging, doch verdammt, er wollte es versuchen, koste es, was es wolle.

Sie teilten sich ein Schokoladensoufflé, bei dem Ally aussah, als hätte sie einen Orgasmus, darum aß er bewusst langsam, damit sie mehr davon bekam. Mit einem glücklichen Seufzer, der ihn mit Wärme erfüllte, schob sie den letzten Löffel in den Mund. Sie glücklich zu sehen war alles für ihn.

Sie tupfte sich vorsichtig den Mund mit einer Serviette ab. „Ich bin froh, dass wir essen gegangen sind. Das war wunderbar. Danke."

„Gern geschehen." Er überlegte, wie er weiter vorgehen sollte. Er wollte die Nacht mit ihr verbringen, auch ohne Sex, doch er wollte keine weitere verzweifelte Verhandlungsrunde, um sie davon zu überzeugen. „Was hast du morgen eigentlich vor?"

„Laurens Junggesellinnenabschiedsbrunch. Ist nicht weit von hier." Sie waren in der wohlhabenden Gemeinde von Greenport. „Also keine Stripper, wie du dir sicher vorstellen kannst." Sie schnitt eine Grimasse.

„Ich könnte als Cop-Stripper auftauchen", bot er mit todernster Miene an.

Sie riss die Augen auf. „Das wäre toll!"

Er schüttelte lachend den Kopf. „Das war ein Scherz."

„Ich wette, du könntest so eine Menge Geld verdienen", sagte sie begeistert.

„Ähm … Danke?"

Sie lachte.

Er beugte sich über den Tisch und senkte die Stimme. „Sag mir, warum du etwas dagegen hast, bei mir zu übernachten."

Ihr Lächeln verschwand, und sie fing an, mit ihrer Serviette zu spielen. „Ich bin nicht per se dagegen. Ich will nur nicht, dass eine Gewohnheit daraus wird."

Er richtete sich auf und kam zu dem Schluss, dass er damit arbeiten konnte. „Einmal pro Woche ist nicht wirklich eine Gewohnheit. Wann ist dein Brunch?"

Sie beugte sich über den Tisch und flüsterte: „Warum willst du, dass ich die Nacht bei dir verbringe? Ich kann mir nicht vorstellen, dass du in Stimmung bist nach unserem … Ausrutscher."

Er beugte sich ebenfalls vor und flüsterte: „Ich bin

immer in Stimmung, doch das ist nicht der Grund. Ich wache gerne neben jemandem auf, der mich zum Lächeln bringt."

Ein leises Lächeln umspielte ihre Lippen. Ihre Augen wurden weich. „Eth." Sie schluckte. „Das war so süß." Sie küsste ihn und richtete sich auf. „Okay. Du kannst bei mir übernachten. Brunch ist um elf. Ich stehe wahrscheinlich so gegen neun auf."

Er entspannte sich, froh, dass er das Richtige gesagt hatte. Es war schließlich die Wahrheit. „Klingt gut."

„Was habt ihr Jungs Schönes zu Alex' Junggesellenabschied gemacht? Lauren hat gesagt, ihr wart gestern alle in der Stadt?"

„Bei uns gab's auch keine Stripperinnen."

„Blöd, was?"

Er schüttelte lächelnd den Kopf. Sie war wahrscheinlich die einzige Frau auf der Welt, der es leid tat, dass sie keine Stripperinnen gehabt hatten. „Reizt mich eh nicht sonderlich."

„Ja klar", sagte sie gedehnt. „Du bist da die Ausnahme."

Er lächelte. „Das stimmt. Wir waren an den Chelsea Piers. Driving Range und Klettern. Dann sind wir zu Marcus' Bar gegangen und haben im Nebenzimmer Billard und Poker gespielt."

„Gott, wie lahm."

Er schnaubte. „Es hat wirklich Spaß gemacht, auch wenn es kein typischer Junggesellenabschied war. Und *er* hat sie zweimal angerufen, weil er sie vermisst hat. Was für ein Weichei."

Sie neigte den Kopf. „Ich weiß nicht. Ich finde das irgendwie süß. Habt ihr ihm was geschenkt?"

„Wir haben ihn den ganzen Tag lang frei gehalten, Chelsea Piers und Drinks. Hätten wir sonst noch was machen sollen?"

„Ich weiß nicht, wie das bei Junggesellenabschieden ist. Unter Frauen ist das auf jeden Fall so. Wir haben ihr sündige Lingerie gekauft."

Er beugte sich fasziniert vor. „Sündig, was? Was hast du ihr ausgesucht? Oder besser … Was für sündige Lingerie trägst du gerade?"

Sie warf ihm ein spitzbübisches Lächeln zu und erklärte, dass sie selbst definitiv ein interessantes *Darunter* trug. „Ich habe ihr ein schwarzes Spitzenbustier gekauft und dazu einen winzigen Stringtanga. Du weißt, was ein Bustier ist?"

„Ein aufgetakelter BH."

„Ja–" Sie machte eine Geste vor ihren Brüsten, und er sah sich schnell um, damit außer ihm kein Spanner sie beobachtete. „Der geht von hier, bis hier runter. Und er hebt die Brust schön an – wie ein verführerisches Angebot."

Ihre Beschreibung erregte ihn. Er liebte es, wenn sie so offen war. „Hast du so was auch?"

Sie beugte sich über den Tisch zu ihm vor. „Ich hoffe, das ist jetzt nicht zu viel Information, aber nach einer Trennung werfe ich alle Lingerie raus, die ich bei meinem Ex getragen habe. Ich hab dir ja gesagt, dass es für mich eine Weile her ist. Hab seit Jahren nichts Erotisches mehr gekauft. Kein Typ hat mich wirklich interessiert."

Er lächelte. „Bis du mir begegnet bist."

Sie spitzte die Lippen. „Lass dir das mal nicht in den Kopf steigen."

Er grinste und lehnte sich zurück. „Weißt du, ich finde es gut, dass du den alten Kram rausgeworfen hast. Ich will nicht den Stempel von einem anderen Typen, wo ich meinen haben will."

„Stempel", echote sie und lachte.

„Ich versuche, mich nicht zu primitiv auszudrücken." Er ließ den Blick über all die Paare schweifen, die schick gekleidet waren und sich leise unterhielten. „Das hier ist ein schicker Laden."

Der Kellner erschien und bot ihnen Kaffee an, den beide ablehnten, und ließ die Rechnung da. Sobald er sich darum gekümmert hatte, zog er Allys Stuhl zurück und verließ mit ihr das Restaurant – die Lingerie-Konversation immer noch frisch in seinem Kopf. Welche Art von Lingerie Ally wohl mochte?

Sobald sie in seinem Wagen waren, wandte er sich ihr zu. „Würdest du für mich sexy Unterwäsche tragen?"

Sie lächelte strahlend. „Sicher. Was magst du? Bustier? Teddy? Body? Playsuit?"

„Ja."

„Geht das auch ein bisschen genauer? Oh, ich weiß! Ich kenne da einen Lingerieladen im Ort. Ist nur ein paar Blocks von hier." Sie sprang aus dem Jeep.

O Gott. Er hasste Einkaufen. Er hatte gehofft, dass sie eines Nachts mit irgendetwas aus Spitze auftauchen würde. Als er ebenfalls ausstieg, ergriff sie seine Hand und zog ihn eilig in Richtung des Geschäfts. „Wir müssen uns beeilen. Ich glaub, die machen bald zu."

Als sie ankamen, verriet das Schild im Schaufenster, dass der Laden bis neun geöffnet hatte. „Ja!", freute Ally sich. „Wir haben zwanzig Minuten. Wenn du was siehst, das dir gefällt, sag's mir einfach."

Der Laden hatte nicht einmal einen schmutzigen Namen, wie er gehofft hatte. Über dem Schaufenster stand in elegant geschwungenen Lettern *Deborah Marshall.* In diesem Moment schwanden seine Hoffnungen.

Er folgte Ally in den Laden, der mit all dem Rosa und Weiß Barbies Herz hätte höher schlagen lassen. Rosa Wände, weißer Teppich, rosa Regale und pinkfarbene Bügel. Kopflose Schaufensterpuppen trugen Spitzenwäsche. Es duftete nach Blumen. Wenn einer der Jungs ihn hier sähe, würden sie ihm das bis in alle Ewigkeit vorhalten.

Sie waren die einzigen Kunden. Eine gelangweilte dünne Frau Mitte fünfzig mit schwarzer Katzenaugen-Brille und einer konservativen weißen Bluse stand auf. Vielleicht war der Laden ja nach ihr benannt. „Kann ich Ihnen helfen?", fragte sie.

„Wir sehen uns nur um", antwortete Ally.

Er flüsterte ihr ins Ohr: „Kauf, was immer dir gefällt. Ich warte draußen."

Sie packte seine Hand und zog ihn hinter sich her. „Ich muss wissen, was dir gefällt. Schließlich trage ich es nur für dich."

Sein Herz machte einen Sprung. „Ich mag schwarz. Je knapper desto besser."

Er dachte, dass ihr das reichen würde, doch die Welt der Lingerie war viel komplizierter, als ihm bewusst gewesen war. Wenn er ehrlich war, sah in seinen Augen alles gut aus. Er beobachtete Allys Miene, als sie schnell die schwarzen Auslagen überflog, und als sie mit Begeisterung etwas hochhielt, das sie als „Slip" bezeichnete, er jedoch für ein durchsichtiges Kleid hielt, nickte er und sagte ihr, dass ihm das von allem am besten gefiel. Sie war so aufgeregt, dass sie einen kleinen Freudentanz aufführte und es ihm entgegen hielt, damit er spürte, wie weich der Chiffon war. Er interessierte sich jedoch eher für die durchsichtige Spitze über den Brüsten und den tiefen Front- und Rückenaus-schnitt.

Sie brachten es zur Kasse, und er holte seine Kredit-karte hervor. „Ich schenk es dir", sagte er.

„Danke", strahlte Ally. „Ich kaufe dir die Männer-version."

Er lächelte. „Das ist nicht nötig. Dieses Geschenk für dich ist auch ein Geschenk für mich. Glaub mir."

Sie umarmte ihn. Er legte einen Arm um ihre Schultern und erwiderte die Umarmung.

Die Verkäuferin rückte ihre Brille zurecht und sah sie an. „Was für ein niedliches Paar." Sie wandte sich ihm zu. „Möchten Sie den passenden durchsichtigen Kimono dazu?"

Schon allein war der Fummel teuer. Er dachte an den Preis beider Teile zusammen für den Fall, dass Ally sie wegwarf, wenn sie sich trennten, doch dann entschied er sich, optimistisch zu sein, und kam zu dem Schluss, dass er sich darum keine Sorgen machen musste.

Ally schüttelte den Kopf. „Das musst du nicht."

„Wir nehmen beides", sagte er.

Ally quietschte und umarmte ihn erneut.

～ ～ ～

Ally hatte ihren gemeinsamen Abend genossen, doch jetzt, da sie zurück in ihrer Wohnung waren, hatte sie sich mit rasendem Puls und zitternden Händen, gekleidet in das schwarze Nichts, das Ethan ihr gekauft hatte, im Bad verschanzt. Ethan lag in ihrem Bett, wahrscheinlich nackt, und wartete darauf, dass sie ihm die Lingerie vorführte.

Warum hatte sie zugelassen, dass er hier übernachtete? Sie ritt sich nur tiefer hinein. Sie brauchte Raum, nicht mehr traute Zweisamkeit. Sie konnte den unausweichlichen Absturz geradezu spüren, falls die Sache den Bach runterging. Doch als sie sich vorstellte, nach diesem stürmischen Abend allein in ihre Wohnung zu kommen, wusste sie genau, warum sie ihn eingeladen hatte. Sie war nicht bereit, ihn gehen zu lassen. So einfach war das.

Ethan war bodenständig und solide auf eine Weise, wie es ihre Exfreunde nie gewesen waren. Sie wusste nicht, ob es daran lag, dass er ein Cop war oder dass er ein bisschen älter war als ihre Ex-Freunde. Auf jeden Fall mochte sie das an ihm, und es gab ihr das Gefühl, dass er jemand war, auf den sie sich verlassen konnte. Wenn er ihr etwas versprach, glaubte sie ihm. Sie hatte nicht halb so viel Angst, wie sie hätte haben sollen wegen der Möglichkeit einer ungewollten Schwangerschaft. Denn es war Ethan. Er war Ehemannmaterial. *Verdammt!* Sie hasste es, wenn ihre Gedanken in diese Richtung drifteten, nachdem sie allein für ihr Glück verantwortlich sein wollte.

Sie liebte ihn.

Ihr Magen schlug einen Purzelbaum. Sie liebte den

toughen Typen und hatte nicht die geringste Ahnung, ob er ihre Gefühle erwiderte. Sie war ihm nicht egal, soviel war klar, doch Liebe? Sie ermahnte sich, ihre Erwartungen nicht zu hoch zu stecken. Die Zukunft würde es schon zeigen, so oder so.

Vielleicht war sie schwanger, vielleicht auch nicht.

Vielleicht würde er die Flucht ergreifen. Vielleicht würde er noch eine Weile bleiben und dann verschwinden.

Vielleicht würde sie für immer in diesem Badezimmer bleiben.

Sie warf noch einen letzten Blick in den Spiegel. Die Sorge stand ihr ins Gesicht geschrieben. Sie wandte sich ab und verließ das Bad, um auf zittrigen Beinen ins Schlafzimmer zu gehen.

Er hatte das Licht auf dem Nachttisch angelassen, wahrscheinlich, um das Outfit zu sehen. Er war definitiv nackt, saß aufrecht in ihrem Bett, ein Kissen im Rücken. Er wirkte so fehl am Platz – so männlich, so muskulös – in ihrem mädchenhaften Bett mit pinkfarbenem Paisley und Blümchen-Bettbezug. Sonst war sie immer zu ihrem Freund gegangen, da sie ja immer eine Mitbewohnerin gehabt hatte.

Er pfiff. „Wow! So schön."

Sie blieb neben dem Bett stehen. „Ich hab Angst", platzte sie heraus.

Er schlug die Decke zurück, zog sie ins Bett und schlang die Arme um sie, sodass sie Seite an Seite lagen und einander ansahen. Er strich ihr die Haare aus dem Gesicht. „Hab keine Angst. Wovor hast du Angst?

„Vor allem. Vor dir, mir, der Zukunft."

„Alles wird gut werden." Er küsste ihre Stirn, ihre Wange, die Stelle unter ihrem Ohr, die sie zum Schmelzen brachte. „Mach dir keine Sorgen, okay?", sagte er mit heiserer Stimme. „Genieß es einfach." Als er ihren Hals küsste, lief ein köstlicher Schauer durch sie hindurch.

„Ich will es versuchen", seufzte sie mit zittriger Stimme.

Mit einer schnellen Bewegung war er auf ihr und ließ sich zwischen ihren Beinen nieder. Sein Mund ergriff von ihrem Besitz, und sein hartes, warmes Gewicht wirkte genauso beruhigend wie erregend. Seine Zunge erkundete ihren Mund, seine Finger gruben sich in ihre Haare. Er trug sie davon in ein Reich der Lust, und sie ließ es zu.

Kapitel Vierzehn

Die Braut sah wie eine Prinzessin aus und der Bräutigam wie ein schöner Prinz, und das Blumenmädchen – Laurens zweijährige Stieftochter Vivian – war so niedlich, dass Allys Uterus schmerzte. Ally wartete vor der St. Josephs Kirche mit der Braut und den Brautjungfern darauf, an Laurens und Alex' großem Tag den Gang zum Altar hinunter zu gehen. Der Kloß in ihrem Hals kam einzig und allein von der Freude, die sie für die glückliche Braut empfand, nicht weil sie auch gerne eine Braut gewesen wäre. Okay, zugegebenermaßen war es schwer, alte Denkmuster loszuwerden. Dieser schöne Rahmen war genau so, wie Ally sich immer ihre eigene Hochzeit vorgestellt hatte, doch das Gesicht des Bräutigams war in diesen Wunschträumen immer verschwommen gewesen. Das hätte ihr als Hinweis reichen sollen, dass keiner ihrer Exfreunde „der Eine" war, doch jetzt wartete sie nicht mehr auf ihn. Jetzt war sie „die Eine".

Sie seufzte. Sie hatte seit letztem Sonntagmorgen, als sie zu Laurens Brunch gegangen war, nichts mehr von Ethan gehört. Das war sechs Tage her. Er war nicht einer dieser Typen, der sie anrief oder eine SMS schickte, weil er sie vermisste. Vielleicht vermisste er sie ja auch gar nicht? Er hatte sich nur bei ihr gemeldet, um eine Zeit auszumachen, um sich mit ihr zu treffen. Wenn sie ihn sah, war er wunderbar, zärtlich und einfühlsam, doch wenn sie getrennt unterwegs waren, was einen Großteil der Zeit der Fall war, war es, als vergaß er sie. Durch Abwesenheit wächst die Liebe, doch das Gefühl, nicht an erster Stelle zu kommen, schmerzte. Als wollte er sie nur, wenn es ihm gelegen kam. Sie hasste es, dass ihre Gefühle so derart wirr waren. Sie hatte versuchen wollen, es diesmal anders zu machen. Besser.

Zumindest hätte er fragen können, ob sie schwanger war. *Nicht schwanger. Danke der Nachfrage.*

Orgelmusik begann durch die Kirche zu klingen. Hailey, die Trauzeugin und Hochzeitsplanerin in Personalunion war, kam herüber und nahm Vivian bei der Hand. Das kleine Mädchen war wie ein Flummi um die Braut herum gehüpft, gekleidet in ihr Prinzessin Kei-Kei-Kostüm. Prinzessin Kei-Kei war ein Zeichentrickfilm – und das Kleid war aus rosa Satin mit einem rosa Tutu, das über und über mit neongrünen Elfen bestickt war. Das Neongrün setzte sich in großen Schleifen um ihre Taille und auf ihren Schultern fort. Und wie jede Prinzessin mit einem Hauch von Selbstachtung trug sie eine Kristalltiara. In der Hand hielt sie einen kleinen geflochtenen Korb mit roten Rosenblättern. Die Prinzessinnenfantasie begann in frühester Kindheit.

Hailey beugte sich zu Viv hinunter. „Es ist Zeit. Erinnerst du dich, was du tun sollst? Geh langsam zu deinem Daddy und verstreu dabei behutsam die Blütenblätter."

Vivian nickte begeistert, wobei ihre Tiara in ihren welligen hellbraunen Haaren verrutschte. Hailey rückte sie zurecht, bevor sie die Tür zur Kirche öffnete und ihr das Zeichen zum Losgehen gab.

Viv eilte durch die offene Tür in den Gang.

Alle blieben zusammen und beobachteten, wie Hailey die Tür mit einem kleinen Türstopper offen hielt.

Vivian machte ihren Job großartig. Anstatt wie gestern Abend bei der Probe den Gang hinunter zu rennen, ging sie gemessenen Schrittes und warf in regelmäßigen Abständen Blütenblätter nach links. Alle tuschelten, da sie so verdammt süß war.

Doch dann gingen ihr auf halbem Weg den Gang hinunter die Blütenblätter aus. Wie angewurzelt blieb sie stehen, drehte den Korb um und schüttelte ihn.

Alex Campbell, der Bräutigam und Vivians Daddy, versuchte ihr zu signalisieren, stattdessen Handküsse zu verteilen.

Vivian schüttelte jedoch den Kopf, drehte sich um und stapfte mit wütender Miene zurück zur Braut und den anderen, die noch am Eingang warteten.

Die Menge lachte, und alle reckten die Hälse, um zu sehen, was sie als nächstes tun würde.

Alex rieb sich den Nacken. Die Trauzeugen des Bräutigams lachten. Ethan war nicht darunter, sonst hätte Ally ihm einen bösen Blick zugeworfen. Doch Alex hatte nur eine Handvoll seiner Brüder gebeten, mit ihm am Altar zu stehen.

Vivian marschierte direkt zu Lauren und zeigte ihr vorwurfsvoll den Korb. „Alles alle."

Lauren zog eine Rose aus ihrem Brautstrauß und reichte sie Vivian. „Hier. Das ist eine ganz besondere Blume, die du ganz vorsichtig festhalten musst. Nicht werfen, okay?"

Vivian starrte die rote Rose ehrfürchtig an und ließ den Korb fallen. Ally stellte den Korb beiseite und zog ihrerseits eine weiße Nelke aus ihrem Strauß. „Hier." Und alle anderen schlossen sich schnell an. Vivian machte große Augen, als sie ihren eigenen Strauß aus roten Rosen und weißen Nelken in beiden Händen hielt. Hailey kam aus einer Seitentür geeilt, ein weißes Satinband in der Hand, mit dem sie schnell die Stengel zusammenband.

„Geh, Blumenmädchen", sagte Hailey, hob Vivian hoch und setzte sie am Ende des Ganges wieder ab.

Vivian marschierte munter den Gang hinunter, den Strauß fest in beiden Händen.

Wieder staunten alle über das süße kleine Mädchen.

Vivian hätte es *fast* bis zum Altarraum geschafft.

Ally zog den Kopf ein. So würde Lauren nie zum Altar kommen. Ein paar Schritte von ihrem Vater entfernt ließ Vivian den Strauß fallen und kletterte auf den Schoß ihres Großvaters.

„Passt schon", sagte Lauren. „Auf geht's."

~ ~ ~

Ally stand im Ballsaal des Ludbury House, eines historischen Herrenhauses gegenüber der Kirche. Wie alles im Ludbury House war auch der Ballsaal spektakulär, erleuchtet von aufwendigen goldenen Kronleuchtern mit zahllosen glitzernden Kristallen über einem auf Hochglanz polierten Parkettboden. Runde, weiß eingedeckte Tische mit bunten Gestecken waren um die Tanzfläche herum angeordnet, und große weiße Kerzen flackerten auf langen Tischen, auf denen am anderen Ende des Raumes Snacks und Getränke warteten. Ally hatte beobachtet, wie Ethan mit den Jungs in den Raum gekommen war. Er hatte gelächelt und gewinkt, mehr jedoch nicht.

Hailey schwebte vorbei. „Gleich kommt der Brauttanz, danach können die Brautjungfern und Trauzeugen mit auf die Tanzfläche."

Ally war Ben Wright zugeteilt worden. Er begegnete ihrem Blick und zwinkerte ihr zu. Sie zeigte ihm Daumen hoch. Das sah nach Ärger aus. Er war ein notorischer Flirter mit einem verschmitzten Glitzern in den Augen und einem strahlenden Dauerlächeln. Sie konnte sich gut vorstellen, dass er gebrochene Herzen hinterließ, wo immer er hinging.

Die Musik begann, und der DJ verkündete den ersten Tanz von Braut und Bräutigam. Lauren und Alex bewegten sich perfekt miteinander. Lauren war groß und elegant, und Alex führte selbstbewusst. Die beiden hatten viele Brautjungfern und Pagen, auch wenn es noch mehr geworden wären, wenn Hailey dem nicht einen Riegel vorgeschoben hätte, indem sie erklärt hatte, dass es überaus schwer werden würde, alle Freunde, Freundinnen und/oder Brüder und Schwestern am Altar zu postieren. Letzten Endes hatten sie sich dafür entschieden, Hailey und Laurens Schwester Anne zu Trauzeuginnen zu machen, und Carrie, Ally, Mad und Claire waren Brautjungfern.

Da Claire als Filmstar Paparazzi anzog wie das Licht die Motten, waren die Vorhänge des Ballsaals geschlossen, und Sicherheitsleute draußen wie drinnen postiert, um zu verhindern, dass sich jemand einschlich.

Die Anzahl der Brautjungfern und Trauzeuginnen entsprach genau der von Alex' Trauzeugen und Pagen. Josh war sein Trauzeuge, und seine Brüder Jake, Ty, Logan und seine Ehrenbrüder Parker und Ben waren seine Pagen.

Die Paare standen einander auf beiden Seiten des Ganges gegenüber – Claire und Jake, Mad und Parker, und alle übrigen zufällig zugeteilt. Josh und Hailey waren kein Paar – Zufall war was anderes.

Ihr Blick schweifte auf der Suche nach Ethan in seinem dunkelgrauen Anzug durch den Raum. Sie entdeckte ihn in der fernen Ecke des Raumes mit einem Bier in der Hand. Er unterhielt sich mit Zach. Als sich ihre Blicke begegneten, sagte er etwas zu Zach und kam auf sie zu.

„Hi", sagte er herzlich, als er sie erreichte. „Du siehst umwerfend aus." Sie blickte an ihrem lavendelfarbenen trägerlosen Brautjungfernkleid hinunter. Es schmeichelte ihrer Figur nicht wirklich. Sie war zierlich und hatte das Gefühl, dass es ihren Körper verschluckte.

„Danke, du auch." Er sah unglaublich gut aus in seinem Anzug. Ihre Gedanken wanderten zu dem spontanen Sex, als er das letzte Mal einen Anzug getragen hatte. So heiß, dass keiner von ihnen an Verhütung gedacht hatte. Sie ging auf Zehenspitzen und flüsterte ihm ins Ohr: „Ich bin nicht schwanger."

„Ich weiß", sagte er. „Du hast mir gesagt, dass es nicht passieren würde."

„Ich dachte, du würdest dich bei mir melden.“

„Ich wusste, dass ich dich hier sehen würde.“

Sie biss die Zähne zusammen, irritiert über seine lockere Einstellung einer Sache gegenüber, die ihrer beider Leben hätte verändern können.

„Hätte ich dich anrufen sollen?“, fragte er.

„Schon gut.“

„Tut mir leid. Ich dachte, du sagtest, es wäre okay, darum–“

„Vergiss es.“

Er strich eine Strähne, die sich aus ihrer Hochsteckfrisur gelöst hatte, hinter ihr Ohr und flüsterte: „Ich weiß genug über Frauen, um zu wissen, dass ‚schon gut‘ und ‚vergiss es‘ bedeuten, dass ich was falsch gemacht habe. Ich fürchte, ich werde nicht immer alles richtig machen, aber ich werde mir Mühe geben.“

Sie nickte, und es gefiel ihr gar nicht, dass sie so gereizt war. Sie wünschte sich, nur einmal so cool sein zu können wie Männer es immer waren.

Er hob ihr Kinn an und küsste sie. „Du tanzt mit Ben.“

„Ja. Ist mir so zugeteilt worden.“

„Und mit wem tanzt du danach?“

„Hängt davon ab, wer fragt.“

Er schob seinen Arm um ihre Taille. „Du tanzt mit mir.“

Sie legte ihre Hand auf seine Brust, inhalierte seinen holzigen Duft und entspannte sich wieder. „Ich habe dich nicht fragen hören.“

Er beugte sich zu ihrem Ohr herunter. „Tanz mit mir.“

„Da habe ich auch kein Fragezeichen gehört.“

Er lächelte sie an. „Kannst du Fragezeichen hören?“

„Sicher. Willst du mit mir tanzen?“, sagte sie, um es ihm zu demonstrieren.

„Gerne.“

„Hey! Du hast mich ausgetrickst, damit ich dich frage.“

Er schmunzelte und küsste sie.

„Hör auf, meine Tanzpartnerin anzumachen, du notgeiler Bock", sagte Ben und stieß Ethan aus dem Weg.

Ethan kniff die Augen zusammen.

„Ich kenne einen Haufen peinlicher Geschichten über diesen Typen." Ben grinste Ally an, und seine blauen Augen funkelten verschmitzt. Er bot ihr den Arm an. „Hailey sagt, wir sollen auf die Tanzfläche."

Sie nahm seinen Arm und ließ sich von ihm auf die Tanzfläche führen, wo sich die anderen bereits um Alex und Lauren sammelten. Der Fotograf ging um sie herum und machte Fotos von allen Paaren. Auch sie und Ben hielten inne, um für die Kamera zu lächeln.

„Du und Ethan, was?", fragte Ben bei einem Walzer, der genug Raum für höfliche Manieren zwischen ihnen ließ.

„Nichts Ernstes", sagte Ally. Sie war sich ziemlich sicher, dass Ethan es nicht ernst meinte. Warum würde er sonst nicht den Kontakt mit ihr suchen, wenn sie nicht zusammen waren? Dachte er überhaupt an sie?

„Bist du dir da sicher?", fragte Ben.

„Oh ja, ich denke, ich würde es wissen."

„Er beobachtet uns wie ein Schießhund."

„Das ist normales Cop-Verhalten. Er behält den Raum im Auge."

„Er behält dich im Auge."

„Tut er nicht." Sie spähte über ihre Schulter. Ethans Blick schien auf irgendetwas in der Ferne gerichtet zu sein. Sie wandte sich wieder Ben zu. Er musste es gesagt haben, um sie aufzuziehen. „Ethan hat mir erzählt, dass dein Geschäft mit Logan prima läuft."

„Ja, heutzutage wollen alle auf Nummer sicher gehen. Wir suchen gerade nach Investoren, damit wir uns vergrößern können."

„Warum fragt ihr nicht einfach Jake, ob er investieren will?" Jake Campbell schwamm im Geld. Er besaß eine boomende Tech-Firma, und mit Claire hatte er dann auch noch einen reichen Filmstar geheiratet.

Ben schnitt eine Grimasse. „Hast du je die goldene Regel gehört? Nimm nie Geld von deiner Familie an?"

„Ja, aber das ist Jake." Sie winkte Jake. Er lächelte und trat beiseite, damit Claire sie sehen konnte. Claire hielt einen Finger hoch und formte lautlos „Einen Moment" mit den Lippen.

„Ganz genau", sagte er. „Er ist wie ein Bruder für mich, und ich möchte nicht, dass Geld zwischen uns kommt."

Kurz darauf tanzten Claire und Jake neben ihnen. „Ally, ich habe tolle Neuigkeiten!", rief Claire. „Misty Davies braucht eine zweite Assistentin."

Allys Magen schlug einen Purzelbaum. „Im Ernst?" Misty Davies war eine der Top Komikerinnen der Vereinigten Staaten. Ally hatte sich immer vorgestellt, dass sie beste Freundinnen werden würden, wenn sie einander begegneten.

Claire lächelte strahlend. „Wirklich. Hast du Interesse? Ich schick dir eine SMS mit ihrer Privatnummer."

„O mein Gott! Ich kann's nicht fassen." Sie ließ Ben los und machte einen Schritt auf Claire zu, die immer noch mit Jake tanzte.

„Wäre das in L.A.? Was müsste ich tun?"

„Du würdest überall mit ihr hingehen. Sie hat ein Haus in L.A., aber ihre Freizeit verbringt sie meistens in ihrem Haus auf Maui."

„Maui! Ich bin noch nie auf Hawaii gewesen!"

Claire lächelte. „Soweit ich weiß, ist sie ab August in Rom für ein Remake von *Ein Herz und eine Krone*."

„Rom!" Ally kam aus dem Staunen nicht mehr heraus.

„Sie ist wirklich eine ganz Süße", sagte Claire. „Ich bin mir sicher, dass ihr euch wunderbar verstehen würdet. Sie behandelt ihre Angestellten wie Freunde, auch wenn das nicht heißt, dass du nicht hart arbeiten musst. Sie hat permanent eine Killer-Publicity-Maschinerie am Laufen, und ohne Sicherheitsvorkehrungen geht gar nichts. Du musst jede Location vorher scouten und dich mit dem Rest ihres Teams abstimmen. Du wärst Anlaufstelle für Bodyguards, Publizisten, Management, ihren Agenten, Regisseure, Produzenten und Presse. Ihre Visagistin und ihr Stylist reisen mit ihr zusammen und mit ihrer Assistentin Hannah und ihren zwei Maltesern. Hannah hat so viel um die Ohren, dass sie um Verstärkung gebeten hat. Als sie mir davon erzählt hat, hab ich gleich an dich gedacht.“

„Wow.“ Ihr war ganz schwindelig angesichts dieser unglaublichen Chance.

Der Song endete, und Claire umarmte sie. „Schlaf erst mal drüber, okay?“

„Ich liebe Misty! Ich habe das Gefühl, dass wir beste Freundinnen werden könnten.“

„Verwechsle die Frau nicht mit der Rolle, die sie spielt. Wenn du für sie arbeitest, ist das vielmehr ein Blick hinter den Vorhang. Sie wird nicht immer die Spaßkanone sein, die du kennst. Sie ist auch nur ein Mensch.“

„Danke! Ich werd drüber schlafen. Versprochen.“ Ally verließ vollkommen benommen die Tanzfläche, doch ihre Begeisterung schwand, als sie Ethan auf der anderen Seite des Raumes sah. Sie wollte sich nicht von ihm verabschieden. Vielleicht könnte er mit ihr kommen und als Sicherheitsmann für Misty arbeiten. Oder vielleicht würde sie eine harte Entscheidung treffen müssen.

Sie blieb stehen. Ethan kam selbstbewusst auf sie zu. Seine Miene war ernst und seine natürlich toughe Ausstrahlung gab ihm etwas Autoritäres. Doch zwischenzeitlich hatte sie ihn von einer anderen Seite kennengelernt. Er war aufmerksam im Umgang mit ihr, auf seine eigene, bisweilen ein wenig barsche Art und Weise. Sein eindringlicher Blick ruhte auf ihr, und je näher er kam, desto mehr reagierte ihr Körper. Ihre Haut fühlte sich heiß an, ihr Puls pochte schneller, ihr Mund wurde trocken.

Er blieb abrupt vor ihr stehen. „Was ist passiert? Du siehst so überrascht aus.“

Sie blinzelte zu ihm auf. „Claire hat mir gerade das tollste Stellenangebot überbracht. Sie sagt, Misty Davies – du weißt, wer das ist, oder?“

„Ja, zeig mir einen, der sie nicht kennt.“

„Also, ihre Assistentin braucht eine Assistentin. Claire hat mich empfohlen. Ich könnte zu Mistys Entourage gehören, nach L.A., Maui, Rom und weiß Gott wo sonst noch hin reisen. Ich kann es kaum fassen.“

Ethan runzelte die Stirn. „Du willst die Assistentin einer Assistentin eines Filmstars werden?“

„Aber Rom! Ich bin noch nie in Rom gewesen. Und besser noch, ich würde alle Filmsets aus nächster Nähe sehen, all die exklusiven Bereiche, in die sonst nur Filmstars kommen, VIP-Räume in Clubs, private Zimmer in Restaurants, Penthouse-Suiten! Das ist genau die aufregende glamouröse Gelegenheit, auf die ich gehofft habe.“

Er ergriff ihre Hand. „Komm, lass uns irgendwo hingehen, wo wir ungestört darüber reden können.“

Sie schluckte und folgte ihm aus dem Ballsaal. Wenn Ethan mit ihr reden wollte, wenn er ihr sagen würde, dass er sie liebte, würde sie bleiben. Sie wusste es. Liebe war ein kostbares und allzu zerbrechliches Gut, und sie würde es nie als selbstverständlich betrachten, wenn sie geschah. Doch wenn er sie nicht liebte, wenn er sie einfach nur mochte und Spaß an ihren Wochenendficks hatte, dann, ja, dann würde sie sich verabschieden.

Er führte sie in einen leeren Salon, wo sie sich in zwei roten Samtsesseln niederließen. Er wandte sich ihr zu. „Ich weiß, die Filmwelt klingt aufregend, aber auch das ist Arbeit.“

„Das verstehst du nicht. In Hollywood gehen Arbeit und Spaß nahtlos ineinander über.“

Er seufzte. „Kann schon sein.“

„Du findest es nicht gut.“

Er zögerte. „Würde dich das glücklich machen? Ich

meine, ist das dein wirklicher Lebenszweck?", fragte er.

„Es ist ein Abenteuer. Vielleicht könntest du mit mir kommen? Einen Job in ihrem Sicherheitsteam annehmen?"

Er schüttelte den Kopf. „Ich bin nicht Polizist geworden, um einer Schauspielerin durch die Weltgeschichte zu folgen. Ich arbeite schon lange bei der Polizei hier. Nicht mehr lange und ich kann bei voller Pension in den Ruhestand gehen."

„Ruhestand? So alt bist du doch noch gar nicht."

„Als Cop kannst du nach zwanzig Jahren in den Ruhestand." Sein Blick war eindringlich. „Davon abgesehen ist alles, was ich brauche, hier."

„Willst du nicht, dass ich den Job annehme?" Sie hielt den Atem an. Gleich würde sie wissen, wo sie mit ihm stand.

Er biss die Zähne zusammen, bevor er leise sagte: „Ich würde dir nie im Weg stehen, Ally. Ich will, dass du glücklich bist."

Sie presste die Lippen aufeinander. Warum hatte sie auf eine Liebeserklärung gehofft? Warum machte sie sich jedes Mal solche Hoffnungen? Sie interpretierte immer viel zu viel in ihre Beziehungen hinein.

„Claire hat gesagt, ich soll drüber schlafen", sagte Ally. „Das werde ich auch, aber Misty braucht sofort jemanden."

„Für wie lange?"

„Weiß ich nicht."

Einen Moment lang schwiegen sie. Sie betrachtete seine ernste Miene und entschloss sich, es noch ein letztes Mal zu versuchen, denn sie musste sich sicher sein, was ihn anging, bevor sie eine Entscheidung traf.

Sie beugte sich vor. „Eth", flüsterte sie. „Bitte sag mir, was du für uns empfindest. Für mich."

„Ich mag dich." Er nickte. „Sehr sogar. Ich mag dich sehr."

„Ich liebe dich", platzte sie heraus.

Er zuckte zusammen und starrte sie an, als wären ihr in

diesem Moment Hörner gewachsen. Vielleicht war er geschockt. Vielleicht hatte sie sich bis jetzt so sehr zurückgehalten, dass ihm nicht bewusst gewesen war, wie viel er ihr bedeutete.

„Ich liebe dich, Ethan", sagte sie erneut, doch der Kloß in ihrem Hals wuchs.

Immer noch keine Antwort.

Weil er nicht dasselbe für sie empfand.

Mit zitternden Beinen stand sie auf. „Okay. Ich gehe jetzt."

Er regte sich nicht und schwieg.

Als sie zurück in den Ballsaal ging, war ihr übel. Sie brauchte dringend den Trost ihrer Freundinnen. Ethan war wie jeder andere Typ, mit dem sie etwas angefangen hatte; keiner erwiderte ihre Gefühle. Oder vielleicht waren sie alle verschlossen. Emotional verkrüppelt? Was sagte das über sie aus, dass sie diese Art Mann magisch anzuziehen schien?

Sie trat einen Schritt in den Ballsaal, sah all die glücklichen Paare und rannte in die Damentoilette, wo sie sich übergeben musste.

So viel zum Thema glücklicher Single. Männer waren und blieben ein Rätsel für sie.

KAPITEL FÜNFZEHN

Ethan drosch auf die Wand im Wohnzimmer ein, dann schüttelte er seine wehe Hand aus. Verdammt. Ally hatte ihm gerade eine SMS geschickt, dass sie diesen dämlichen Job als Assistentin für diesen Filmstar annahm. Diese Frau stand zu ihrem Wort. Sie hatte gesagt, dass sie darüber schlafen würde, und prompt hatte sie am nächsten Tag ihre Entscheidung getroffen. Jetzt hoffte sie darauf, die neue Stelle schon in zwei Wochen antreten zu können. Er hätte ihr sagen sollen, dass er sie liebte, doch er hatte die Worte nicht herausgebracht. Warum hatte er es nicht aussprechen können? Sein ganzes Leben lang hatte er darauf gewartet, dass es jemand zu ihm sagte, und jetzt, als sie es endlich gesagt hatte, war er wie betäubt gewesen. Etwas in ihm hatte einfach dicht gemacht. Was zum Teufel war nur los mit ihm?

Sein Handy klingelte, und er hob es in der lächerlichen Hoffnung auf, dass es Ally war. Natürlich nicht. Es war Joe, sein Dad ehrenhalber.

„Hey, was gibt's?", fragte Ethan knapp.

„Ich habe gute Nachrichten."

Ethan richtete sich auf, sofort angespannt. „Was ist passiert? Alles okay?"

„Ja, ja, alles okay. Ich wollte dir nur sagen, dass Peggys Nachlass an dich und Zach geht. Sie hat alles euch hinterlassen."

Joes Stimme drang wie durch einen langen Tunnel zu

ihm. Seine Pflegemutter hatte ihm alles hinterlassen? Er konnte es kaum begreifen.

„Eth?"

„Welcher Nachlass? Und warum Zach und ich? Warum höre ich erst jetzt davon? Peggy ist vor zwei Monaten gestorben."

„Es dauert eine Weile, bis so was durch geht. Sie hat mich zum Testamentsvollstrecker gemacht. Erst musste das Testament vor Gericht eröffnet werden, und wir mussten warten, ob irgendwelche Verwandten ihren letzten Willen anfechten. Aber es hat sich niemand gemeldet. Jetzt ist es offiziell. Ihr Haus und alles darin gehört jetzt euch beiden."

Er starrte zu Boden. Sein Blick verschwamm. Warum hatte sie ihm alles hinterlassen?

Joe fuhr fort. „Ich habe einmal pro Woche nach dem Haus gesehen. Ist in gutem Zustand. Zach ist heute Morgen da gewesen, und ich hab ihm den Schlüssel gegeben. Er meldet sich später bei dir, damit ihr zusammen rüber gehen könnt."

Ethan hob abrupt den Kopf. „Ja, okay. Bye." Er legte auf und rief Zach an.

„Dann hast du es wohl auch gehört", sagte Zach.

„Hast du Zeit, rüber zu fahren?" Es war Sonntag und beide hatten frei.

„Ja, ich bin zu Hause. Lass uns rüber fahren. Ich treff dich da in … sagen wir zwanzig Minuten?"

Ethan fuhr zu Peggys Haus, für den Fall, dass sie irgendetwas zum Sperrmüll schaffen mussten, auch wenn er hätte laufen können, da er nicht weit entfernt lebte. Er kam vor Zach an und parkte vor dem Drei-Zimmer-Bungalow, das sein erstes echtes Zuhause gewesen war. Die weiße Fassadenverkleidung und die schwarzen Fensterläden waren in gutem Zustand, der Garten natürlich jahreszeitbedingt voller heruntergefallener Blätter, auch wenn er erst vor zwei Wochen gerecht hatte. Der Anblick des Hauses schnürte ihm die Kehle zu. Er konnte Peggy sehen, wie sie mit ihrem alten braunen Mantel und ihren bequemen braunen Schuhen jeden Herbst die Blätter rechte. Sie war eine praktische Frau. Stark. Sie musste stark gewesen sein, um sich ein Leben aufzubauen. Als Witwe, die ihren einzigen Sohn verloren hatte, hatte sie in einem Alter angefangen, Pflegekinder aufzunehmen, in dem die meisten Leute in den Ruhestand gingen.

Er ging in den Garten hinter dem Haus, nahm den Rechen, der an der Wand lehnte, und machte sich ans Werk. Seine Gedanken wanderten zurück zu Peggy, die in diesem Garten gestorben war. Sie war in der Hitze der Augustsonne gestorben, als sie Unkraut gejätet hatte. Im Alter von vierundachtzig Jahren hatte ihr Herz einfach aufgehört zu schlagen. Da sie unglücklicherweise hinter dem Haus zusammengebrochen war, hatten ihre Nachbarn sie erst gefunden, als es schon zu spät war.

Schuldgefühle brannten in seinen Augen und er rechte mit entschlossenen Bewegungen weiter. Er hatte Peggy seit seinem Geburtstag im Juni nicht gesehen, als sie ihm seinen Lieblingskuchen gebacken hatte. Damals hatte er ihr eine Geschenkkarte für Target gegeben, wie jedes Mal, wenn er sie besuchte. Jetzt kam es ihm furchtbar unpersönlich vor. Sie hatten einander nicht einmal umarmt.

Er hielt inne und stützte sich auf den Rechen, verloren in Erinnerungen an Peggy und das Haus.

„Eth!"

Er hob den Kopf. Sein Pflegebruder war im selben Alter wie er, groß und schlank mit dunkelbraunen, etwas zotteligen Haaren und einem Vollbart, der perfekt zu seiner Position als Professor passte. „Hey."

„Bereit?"

Seine Beine streikten. Es würde nicht leicht sein, Peggys Habseligkeiten durchzugehen. Seit seinem Geburtstag war er nicht mehr im Haus gewesen. „Klar." Er lehnte den Rechen gegen die Hauswand und folgte Zach zur Tür.

„Hast du gewusst, dass Joe ihr Testamentsvollstrecker ist?", fragte Zach.

„Nein, aber es überrascht mich nicht. Joe war Peggys Notfallkontakt. Als wir noch Kinder waren, haben sie oft miteinander gesprochen." Peggy hatte es für wichtig gehalten, dass er und Zach ein männliches Vorbild hatten, und sie dazu ermuntert, so viel Zeit mit den Campbells zu verbringen, wie sie wollten.

Peggys Haus war zu dem Ort geworden, an dem sie schliefen und aßen. Sie war lebhaft und effizient gewesen, das Haus war immer sauber, und es gab immer frisch gekochtes Essen auf dem Tisch. Sein Magen zog sich zusammen. Er hatte sie und das, was sie getan hatte, als selbstverständlich angesehen. Sie hatte niemanden gehabt. Ihr Mann war früh gestorben und ihr Sohn von einem Betrunkenen totgefahren worden. Warum hatte er sie nicht öfter besucht? Ihm war nicht bewusst gewesen, wie viel er ihr bedeutet hatte.

„Oh ja, stimmt." Zach holte den Schlüssel aus der Tasche, steckte ihn ins Schloss und seufzte.

Ethan schloss auf und öffnete die Tür. Keiner von beiden bewegte sich.

„Warum hat sie alles uns hinterlassen?", fragte Ethan. „Vor und nach uns hat es noch jede Menge andere Pflegekinder gegeben. Ich versteh das nicht."

Zach sah ihn an. „Sie hat uns von allen am meisten geliebt."

„Unsinn. Sie hat uns nicht geliebt. Sie hat es nie gesagt. Ich kann mich nicht einmal daran erinnern, je von ihr umarmt worden zu sein."

Zach sah ihn traurig und mitfühlend an. „Sie war niemand, die ihre Gefühle offen zeigt, aber das heißt nicht, dass sie uns nicht geliebt hat. Sie hat sich immer gut um uns gekümmert und uns ein stabiles Zuhause gegeben, frei von Drama. Und sie hat mit Joe gearbeitet, damit wir eine Vaterfigur hatten." Zachs Stimme versagte und er rieb sich die Nasenwurzel.

Ein schweres Gewicht presste auf Ethans Brust. Die Anspannung war unerträglich. Er ging um Zach herum ins Haus, nahm jedoch fast nichts wahr. Tiefe Trauer überkam ihn. Sie hatte keine Familie gehabt. Er und Zach waren beide Waisen. War das der Grund, warum sie sie geliebt hatte? Weil sie wie sie waren?

Allein.

Sein Blick schweifte über dieselben Möbel, die schon im Haus gewesen waren, als er noch hier gelebt hatte – ein beigefarbenes Sofa, ein brauner Fernsehsessel, ein einfacher Sofatisch aus Holz und passende Beistelltischchen. Eine Stehlampe neben dem Sessel zum Lesen. Keine Dekoration, keine gerahmten Bilder. Nüchtern, ordentlich, bar jeder Sentimentalität. Wie Peggy.

„Sie hat nie etwas geändert", murmelte Zach, als er zu ihm in die Mitte des Raumes trat.

„Ich hatte immer dieses seltsame Déjà-vu-Gefühl, wenn ich sie besucht habe. Als würde dein neunjähriges Ich jeden Moment aus der Küche kommen."

„Ja."

Sie gingen durch das Haus. Es war bescheiden. Zach und er waren wahrscheinlich diejenigen gewesen, die am längsten bei ihr gelebt hatten. Es waren immer noch zwei oder drei andere Kinder da, meistens Geschwister, die unter sich blieben. Und die meisten von ihnen kehrten nach kurzer Zeit zu ihren Eltern oder anderen Familienmitgliedern zurück.

Zach ging in ihr altes Zimmer und setzte sich auf das Bett, das einmal seines gewesen war.

Ethan blieb stehen – ein Strudel von Erinnerungen in seinem Kopf. „Wenn sie uns so geliebt hat, warum hat sie uns dann nicht adoptiert?"

Zach schüttelte den Kopf. „Weiß ich auch nicht. Vielleicht hat sie es versucht, aber vielleicht hat sie es nicht genehmigt bekommen, schließlich war sie alleinstehend.

Damals haben sie kaum Adoptionen durch Singles genehmigt. Vielleicht hat sie auch das Geld gebraucht, das sie vom Jugendamt für uns bekommen hat." Er hob die Hände. „Jetzt ist das eh nicht mehr wichtig."

Er hatte recht, es hätte nicht wichtig sein sollen, doch es *war* ihm wichtig. Er vergrub die Hände in den Hosentaschen und wandte sich ab. Es hätte einen riesigen Unterschied für ihn gemacht, zu wissen, dass jemand ihn geliebt hatte, dass er gut genug gewesen war, um adoptiert zu sein. Zach hatte das gehabt. Er erinnerte sich daran, dass seine Mom ihn geliebt hatte, bevor sie gestorben war. Ethan hatte keine Erinnerungen, auf die er zurückgreifen konnte.

Er ging in den Flur und spähte in das andere Schlafzimmer. Ein Stockbett und ein Einzelbett. Eine Kommode und ein Nachttisch. Ordentlich und leer.

Dann ging er in Peggys Schlafzimmer. Er hatte den Raum nie betreten, nur als Kind ab und zu einmal hineingespäht. Es war genauso schlicht wie der Rest des Hauses. Ein Doppelbett mit einem Eichenholz-Kopfbrett und einer hellblauen Bettdecke. Die lange Kommode und die Nachttische waren ebenfalls aus Eiche. Es gab nur ein Bad im Haus. Gott, wie das wohl für sie gewesen sein musste, ein Bad mit zwei Teenagern und einem Haufen anderer Kinder zu teilen? Darüber hatte er noch nie nachgedacht.

Er öffnete die Nachttischschublade und fand ein kleines Notizbuch und einen Kugelschreiber. Er schloss die Schublade wieder und ließ sich zögerlich am Bettrand nieder. Hier roch es nach ihr, nach frischer Seife und Zitronenputzmittel.

Zach kam herein und sah sich um.

„Sie hat ein Notizbuch in ihrem Nachttisch", sagte Ethan.

Zach holte es hervor und öffnete es, dann zeigte er es Ethan mit einem leisen Lächeln. „Einkaufslisten und Speisepläne. Muss sie benutzt haben, als sie noch

Pflegekinder betreut hat.“

Ethan warf einen Blick hinein und erkannte ein paar der Speisen wieder. Falscher Hase. Makkaroni mit Käse.

Zach betrachtete den Kleiderschrank mit ihren Hauskleidern und ein paar schöneren Kleidern, die sie zur Kirche getragen hatte. Darunter eine Reihe von Schuhen, Pullover, ordentlich gefaltet im Regal über der Kleiderstange. Ethan stand auf und ging umher, während Zach anfing, die Schubladen der Kommode zu öffnen.

Als er die unterste Schublade öffnete, hielt er inne und holte einen großen Umschlag hervor. Vorsichtig holte er den Inhalt heraus und legte ihn auf die Kommode. „Eth.“

„Ich komme mir komisch vor, ihren Kram zu durchwühlen.“

„Das sind wir.“

Das Gewicht auf seiner Brust ließ ihn kaum noch atmen. Zach legte ein paar Bilder aus. Wie konnte er nicht gewusst haben, dass er ihr wichtig gewesen war? Er ging hinüber zu Zach und starrte geschockt die Bilder an. Kleine passbildgroße Fotos von ihm und Zach, aus jedem Schuljahr und Fotos von allen ihren Geburtstagen, jedes Jahr vom neunten bis zum achtzehnten, und dann Ethan und Zach zusammen bei ihrem Highschoolabschluss in Talar und Hut. Zach war der Jahrgangsbeste gewesen und hatte etliche Ehrentitel bekommen. Ethan nicht.

Die Kindheitsfotos von ihm und Zach hätten unterschiedlicher nicht sein können. Auf der einen Seite war Zach, der selbstbewusst in die Kamera lächelte. Er hatte gewusst, dass er intelligent war, weil er eine Eins nach der anderen abgeräumt hatte, und er hatte gewusst, dass er geliebt worden war, weil er sich an seine Mutter erinnerte. Und dann war da Ethan, zunächst der verlorene kleine Junge und dann der wütende Teenager mit finsterer Miene.

„Ihr Mann“, sagte Zach und legte weitere Bilder aus. Ein Mann in Marineuniform und ihre Hochzeitsfotos. Als Braut hatte Peggy so ganz anders ausgesehen. Ihre dunkelbraunen Haare waren überschulterlang, sie hatte Pausbacken und immer noch ein bisschen Babyspeck. Er hatte sie immer nur dünn gesehen, ihre Haare kurz und grau. Er drehte das Foto um, um nach dem Jahr zu sehen, in dem es aufgenommen worden war.

„Ein halbes Kind", bemerkte Zach. „Achtzehn."

„Glaubst du, sie war schwanger?"

„Damals haben Leute viel jünger geheiratet. Vielleicht war ihr Mann in Übersee stationiert und sie haben deshalb geheiratet."

Im Umschlag waren viele Fotos von ihrem Sohn. Er drehte eines um und las auf der Rückseite ihre ordentliche Handschrift: *Michael, ein Jahr, fünf Monate*. Er war zwei Jahre nach der Hochzeit zur Welt gekommen. Nach seinem neunten Geburtstag gab es keine Fotos mehr.

„Da ist er gestorben", sagte Ethan. Er selbst war knapp neun gewesen, als er in ihr Haus gekommen war.

„Ja, sie hat mir mal von dem Unfall erzählt. Er war am frühen Morgen mit dem Fahrrad unterwegs, und ein Betrunkener hat ihn überfahren. Ein Teenager, der die ganze Nacht über gesoffen hatte."

Ethan fluchte leise. „Das habe ich alles nicht gewusst."

„Sie hat mir manchmal Sachen erzählt. Ich glaube, es war, weil ich immer noch beim Essen gesessen habe, wenn die anderen schon lange fertig waren."

„Du hast immer so langsam gegessen!" Er rang einen Anflug von Eifersucht nieder. Peggy hatte sich ihm nie anvertraut.

„Ich war immer mit meinen Gedanken woanders", sagte Zach. „Manche Leute reden, weil Schweigen ihnen Unbehagen bereitet. Sie hätte dir wahrscheinlich auch alles Mögliche erzählt, wenn du lange schweigend da gesessen hättest." Er hielt einen kleinen weißen Umschlag hoch. „Zugeklebt."

„Vielleicht ist er von ihrem Mann."

Zach reichte ihm den Umschlag. „Keine Adresse. Mach

du ihn auf.“

Ethans Magen rebellierte. „Das ist privat. Pack ihn wieder weg.“

„Wir sind ihre Familie. Niemand sonst wird je ihre Sachen durchgehen. Wir müssen uns entscheiden, was wir damit machen. Vielleicht steht da drin, was wir mit ihren Sachen machen sollen.“

„Dann mach du ihn auf.“

„Ich hab den großen Umschlag aufgemacht. Glaubst du, das war leicht?“

Er musterte Zach einen Moment lang. Seine Miene war angespannt. „Du hast dich ganz normal angehört.“

„Ich habe es als Anthropologe betrachtet. Ein Brief ist persönlicher. Bitte, Eth, kannst du den aufmachen?“ Zach ging hinüber zum Bett und setzte sich.

„Wie du willst“, knurrte er. Zach konnte sich als Akademiker gut in seinem Kopf verstecken. Ethan war anders, er spürte alles mit seinem ganzen Körper.

Vorsichtig öffnete er den Umschlag und holte ein ordentlich gefaltetes Blatt liniertes Papier hervor. Er faltete es auseinander, und als er zu lesen begann, brachte ihre ordentliche Handschrift sofort Erinnerungen ans Tageslicht. Manchmal hatte sie ihnen kleine Notizen hinterlassen, zum Beispiel wenn sie spät nach Hause kamen, einfach Dinge wie: „Der Falsche Hase ist im Kühlschrank.“

„Lies vor“, sagte Zach.

Ethan schluckte. „Lieber Ethan, lieber Zach. Ihr beiden seid meine größte Erfolgsgeschichte. Ich bin so stolz, dass ihr zu Brüdern zusammengewachsen seid und einander geholfen habt, die besten Männer zu werden, die ihr sein könnt. Es war mein—“ Ethans Stimme versagte, und er blickte einen Moment an die Decke, um gegen die Tränen anzukämpfen. Dann räusperte er sich und fuhr fort. „Es war mir ein Privileg dabei zuzusehen, wie ihr zu den Männern herangewachsen seid, die ihr heute seid. Du, Ethan, als Polizist, und du, Zach, als Professor, der Menschen über

Menschen unterrichtet.“

„Sie hat nie wirklich verstanden, was man als Anthropologe macht.“ Zach klang amüsiert.

„Kannst du es ihr verdenken? Ist ja nicht so, dass es hier viele Leute gibt, die dasselbe machen wie du.“

„Hast ja recht. Lies weiter.“

Ethan holte tief Luft. „Ihr seid jetzt meine Familie, darum hinterlasse ich euch das Haus mit allem, was drin ist. Joe hat das Testament. Ich bin froh, dass ich euch ein sicheres Zuhause geben konnte, wenn auch nur für einen kurzen Abschnitt in eurem Leben. Ich habe etwas in der Müslidose hinten im Küchenschrank versteckt. Es ist mein Verlobungsring, ein antiker Diamantring mit zwei Diamanten im Marquiseschliff. Er hat einmal der Mutter meines Mannes gehört. Vielleicht möchte einer von euch ja die Tradition fortsetzen und ihn einer Frau schenken. Oder vielleicht könnt ihr ja zwei neue Ringe aus den Diamanten machen lassen. Wie ihr das machen wollt, überlasse ich euch. In Liebe, Peggy.“

Ethan starrte den Brief an, bevor er den Blick hob und den Raum leer vorfand. Er legte den Brief auf die Kommode und ging in die Küche, wo Zach die Schränke durchsuchte. Ethan überlegte einen Moment lang. Wo würde Peggy ihren einzigen Schatz verstecken?

Er ging in die Hocke und öffnete einen Unterschrank, den sie für haltbare Lebensmittel benutzt hatte, die sie nicht oft brauchte. Und da war sie, die Müslidose – hinter dem Mehl, dem Zucker und diversen Backmischungen. Er holte die Dose hervor und öffnete sie. Müsli. *Da musst du schon graben.* Er tauchte mit der Hand hinein und fand einen Plastikbeutel am Boden der Dose: ein Ziplock-Beutel mit einem Diamantring darin.

Er richtete sich auf, nahm den Ring und betrachtete ihn. Er war ungewöhnlich – zwei Diamanten im Marquiseschliff, die im Winkel zueinander mit ein paar kleineren Diamanten in einem Goldring gefasst waren.

„Hab ihn", murmelte er.

Zach schloss den Schrank und ging zu ihm. „Wow, so machen sie sie heute nicht mehr."

Ethan hielt ihn ihm entgegen. „Hier, du stehst auf alten Kram."

„Ich habe Carrie schon einen Verlobungsring gegeben. Das ist deiner."

„Ich heirate nicht."

„Irgendwann schon."

„Woher willst du das wissen?"

„Ich habe gesehen, wie du Ally ansiehst."

Ethan biss die Zähne zusammen. Die Sache mit Ally hatte er in den Sand gesetzt. Bald würde sie weggehen.

Zach stieß seine Schulter an. „Peggy wirft dir gerade einen schiefen Blick vom Himmel aus zu."

Er lächelte schwach. Peggy hatte ihnen gegenüber nie die Stimme erhoben. Wenn ihr etwas nicht gefiel, hatte sie ihnen immer nur diesen Blick zugeworfen, der sie sofort hatte strammstehen lassen. Er packte den Ring wieder in den Plastikbeutel und steckte ihn in seine Tasche.

Zach stemmte die Hände in die Hüften und sah sich um. „Willst du das Haus haben?"

Ethan schüttelte den Kopf. „Nein, da steckt zu viel von Peggy drin."

„Ja, das verstehe ich. Ich will, dass Carrie sich das Haus aussucht, das sie will. Dann verkaufen wir es und teilen uns den Erlös?"

„Ja, für die Möbel können wir einen privaten Flohmarkt veranstalten und was übrig bleibt, spenden wir."

„Ich glaube, Peggy wäre einverstanden damit. Sie würde wollen, dass wir einen guten Start für unser eigenes Zuhause haben." Er rieb sich den Bart. „Ich nehme die Fotos von mir und du die von dir."

Ethan nickte. „Was ist mit denen von ihrem Mann und ihrem Sohn?"

„Wir teilen sie uns." Zach schlug mit seinem Bruder

darauf ein, dann umarmte er ihn.

Ethan, der sonst zu kaum mehr als einer kurzen Umarmung bereit war, legte seine Arme um Zach und klopfte ihm auf den Rücken. „Sie hat uns zu einer Familie gemacht. Mir war das bist jetzt gar nicht bewusst."

Zach sah ihn mit wässrigen Augen an. „Sie hat uns geliebt."

„Ja", schniefte Ethan. „Das hat sie." Das Wissen wärmte ihn und öffnete sein Herz. Seine Brust weitete sich, und er hatte das Gefühl, zum ersten Mal in seinem Leben so richtig tief durchatmen zu können. Er fühlte sich wie ein neuer Mann. Ein Mann, der als Kind gewollt und geliebt worden war.

Zach drückte Ethans Schulter. „Ich pack den Kram wieder in den Umschlag, dann können wir gehen."

Ethan nickte und stand einen Moment allein in der Küche. Erinnerungen an Peggy am Herd und beim Kochen stürzten auf ihn ein. Er konnte ihre Makkaroni mit Käse fast schmecken. Dann sah er Peggy beim Abspülen mit einer Rüschenschürze, die Kinder am Tisch, die sich unter Peggys wachsamem Auge unterhielten. Er hatte die Liebe, die sie in ihren Taten, ihrer stillen Geduld, ihrer kompetenten Fürsorge zum Ausdruck gebracht hatte, nicht erkannt. Sie hatte ihm das Fundament gegeben, das er brauchte. Sie hatte ihm Liebe gegeben. Er hatte sich so danach gesehnt, dabei hatte er es die ganze Zeit gehabt.

Ihr Tod war ein Weckruf gewesen. Seitdem versuchte er, offener zu sein, auch wenn es ihm nicht immer gelang. Er war erstarrt, als Ally ihm gesagt hatte, dass sie ihn liebte. Und was war mit allen anderen? Peggy, Joe, seinen Brüdern und seiner Schwester ehrenhalber?

Sein Herz donnerte in seiner Brust. „Ich liebe dich, Peggy", flüsterte er, und die Worte fühlten sich seltsam auf seiner Zunge an. Eine Welle der Wärme breitete sich in ihm aus. Einen Moment lang hätte er schwören können, ihre Hand auf seinem Rücken zu spüren.

Zach kam mit dem Umschlag zurück. „Bist du soweit?“

Er schluckte. „Ich l–“ Er hustete und seine Wangen brannten, doch er zwang sich, die Worte auszusprechen. „Ich liebe dich, Bruder.“

Zach lächelte. „Ich dich auch.“

Ethan nickte, schloss die Hand um den Ring in seiner Tasche und folgte Zach mit neuer Leichtigkeit in seinem Gang zur Tür hinaus.

Kapitel Sechzehn

Ethan rechte Peggys Garten fertig, fuhr nach Hause, legte den Ring und die Fotos in eine Schublade und ging sofort wieder, zu aufgedreht, um drinnen herumzusitzen. Stattdessen ging er durch den Ort zu Joes Haus. Er musste mit ihm über Peggy reden.

Joe öffnete mit mitfühlender Miene die Tür. „Dachte mir schon, dass du kommen würdest. Kommt Zach auch?"

„Nein, der ist zu süchtig nach Carrie, um sie lange allein zu lassen."

Joe legte ihm die Hand auf die Schulter. „Willst du einen trinken?"

„Gerne." Sie saßen oft zusammen am Küchentisch, tranken etwas und unterhielten sich. Als Kind war es Wasser, Milch oder, wenn es um Wichtiges ging, Limonade. Heute war es Bier.

Er setzte sich an den Tisch und wartete, dass Joe mit den Flaschen kam. Sie stießen an und tranken einen Schluck.

Joe seufzte. „Du hast sie stolz gemacht. Das hat sie mir immer gesagt."

„Habt ihr viel über mich gesprochen?"

„Wir haben uns regelmäßig über dich und Zach unterhalten. Sie hat mich als Partner in eurer Erziehung betrachtet. Sie hat immer gesagt, wer braucht schon ein Dorf, um Kinder großzuziehen, wenn die Campbell-Familie nur ein paar Blocks weit weg ist."

Ethan zupfte am Etikett seiner Flasche. „Ich hätte sie öfter besuchen sollen. Ich kann nicht fassen, dass sie uns alles hinterlassen hat. Ich dachte immer, wir waren nur zwei von vielen."

„Peggy war niemand, die mit ihren Gefühlen hausieren ging. Sie hat ihre Liebe dadurch gezeigt, dass sie für euch gesorgt hat."

Ethan trank einen Schluck, um den Kloß des Bedauerns in seinem Hals hinunterzuspülen. Er sah Joe in die gütigen braunen Augen. Er war die einzige Vaterfigur, die er je gekannt hatte, und eine verdammt gute noch dazu. Er war sein Vorbild. Wegen Joe war er Polizist geworden. Er wollte auch ihm die Worte sagen. Er hätte sie schon vor langer Zeit aussprechen sollen. Er räusperte sich, doch die Worte klangen trotzdem heiser. „Ich liebe dich, Dad." Er hatte ihn auch noch nie zuvor Dad genannt. Es fühlte sich richtig an.

Joe lächelte, und die Lachfältchen um seine Augen tanzten. „Ich dich auch, Ethan."

Sein Herz donnerte angesichts der Worte, auf die er sein ganzes Leben lang gewartet hatte und die er jetzt gleich mehrmals in kurzer Zeit zu hören bekommen hatte. Er rieb sich die Augen. Warum nur hatte er die Liebe in seinem Leben nicht schon viel früher gesehen? Und warum hatte er es so lange nicht aussprechen können?

Joe drückte seine Schulter. „Du gehörst zur Familie, seit du mich mit acht Jahren das erste Mal schief angesehen hast. Ich habe gleich gesehen, dass unter der harten Schale ein gutes Herz steckt."

„Niemand wollte mich adoptieren." Es gefiel ihm nicht, dass ihn das immer noch belastete. Warum hatten sie ihn nicht adoptiert? Er konnte verstehen, dass Joe ihn nicht adoptiert hatte. Er war alleinerziehender Vater mit sechs eigenen Kindern plus Parker. In seinem Haus waren immer so viele Kinder, dass er auch so schon kaum Platz gehabt hatte. Aber Peggy?

„Ethan, Peggy wollte es. Sie hat versucht, dich und Zach zu adoptieren. Sie wollte, dass ihr zusammen bleibt, aber das Jugendamt war damals nicht gewillt, eine alleinstehende Frau adoptieren zu lassen. Und ihr Alter war der zweite Grund. Sie war sechzig, als sie den Antrag stellte."

Ethans Gedanken rasten. „Was? Warum hat mir das nie jemand erzählt?"

„Sie wollte euch keine Hoffnungen machen, für den Fall, dass es nicht funktioniert."

„Aber ich hätte es gern gewusst. Weiß Zach davon?"

Joe schüttelte den Kopf. „Ihr wart zehn. Sie hat das Jugendamt angefleht, keine Adoptiveltern für euch zu suchen, weil sie gefürchtet hat, dass sie euch auseinander-reißen würden. Sie haben zugestimmt, dass sie eure Pflegemutter bleiben durfte, so lange ihre Gesundheit es erlaubte, quasi eine inoffizielle Adoption."

Ethan biss die Zähne zusammen. Er hätte also adoptiert werden können. Zumindest hätte er gerne gewusst, dass Peggy ihn genug gewollt hatte, um es zu versuchen. Wie viel Zeit und Energie hatte er darauf verschwendet, wütend auf die Welt zu sein, weil ihn niemand gewollt hatte? Und Peggy war erst mit vierundachtzig gestorben. Sie hätte seine Adoptivmutter sein können. Was war das für ein System, das eine fähige Frau daran hindert, eine echte Familie zu haben?

Joe unterbrach seine dunklen Gedanken. „Ich glaube, es war vorherbestimmt, dass du und Zach bei ihr gelandet seid. Sie hat euch eine stabile Grundlage geschenkt, und wir haben euch die verrückte Familie gegeben. Ich würde sagen, dass alles ziemlich gut gelaufen ist. Und, Ethan, du machst alle stolz mit deiner Arbeit, deinen Belobigungen und wie du für alle deine Brüder und deine kleine Schwester da bist."

Ethan rieb sich die Stirn und schloss die Augen. „Heute habe ich das erste Mal in meinem Leben jemandem gesagt, dass ich ihn liebe.“

„Was hat dich bisher davon abgehalten?“

Er öffnete die Augen. Es fiel ihm schwer, die Wahrheit zuzugeben. „Ich weiß nicht.“

Sein Dad versetzte ihm einen Knuff gegen die Schulter. „Wir alle wissen, dass du uns liebst, sonst wärst du ja nicht geblieben.“

Er lachte leise. „Ja.“

Es klingelte an der Tür und Joe ging, um sie zu öffnen. Ethan holte sein Handy hervor und schrieb Zach, dass Peggy einen Adoptionsantrag gestellt hatte, der jedoch abgelehnt worden war. Zach schrieb sofort zurück. *Und wenn schon. Das Endergebnis ist dasselbe.* Offensichtlich hatte Zach nicht dieselben Komplexe wie Ethan.

Ethan stand auf, als er die Stimme der zweijährigen Viv im Wohnzimmer hörte. Ihre Eltern, Alex und Lauren, lieferten sie ab, um auf ihre Hochzeitsreise aufzubrechen – ein paar Tage an den Finger Lakes von New York.

Ethan musste lächeln, als er Vivian sah. Sie war einzigartig. Sie trug ihre geliebte Frankensteinmaske, unter der ihre Zöpfe hervor lugten, dazu ein Wonder Woman Outfit einschließlich goldener Armbänder. Halloween war nicht mehr fern.

„Wow“, sagte Ethan. „Tolles Kostüm, Viv.“

Sie knurrte zu ihm auf und rannte mit fliegendem rotem Cape durch den Raum.

„Hey, Eth“, sagte Alex. Sein Ehrenbruder war drei Jahre jünger als er und Viv ein guter Vater.

Ethans Brust schmerzte, und er umarmte Alex, der zunächst erstarrte und ihm dann auf den Rücken klopfte. „Ich liebe dich, Bruder“, krächzte Ethan.

Alex machte große Augen. „Ähm … ich dich auch.“

Viv kam herüber gerannt und klammerte sich an Alex’ Bein. Ethan beugte sich zu ihr hinunter. Jetzt fiel es ihm schon leichter, die Worte auszusprechen. „Ich liebe dich, furchteinflößende Wonder Woman.“

„Dich auch, Efan“, antwortete sie mit süßer Stimme.

Er hob die Hand an sein Herz, dann richtete er sich auf und begegnete Laurens warmen Augen. „Sie hat mich erwischt.“

Lauren umarmte ihn und hüllte ihn in sanfte, weibliche Zuneigung. „Wir alle lieben dich, Eth.“

„Genug umarmt“, blaffte Alex.

Ethan ließ Lauren los und wischte sich die Augen. Wem wäre es auch anders ergangen, nachdem er herausgefunden hatte, dass seine Pflegemutter ihn quasi im Geiste adoptiert hatte. Peggy war auf jede Weise, die zählte, seine Mutter.

„Was'n los mit all der Gefühlsduselei?“, fragte Alex.

Sein Vater antwortete für ihn. „Er und Zach sind Peggys Sachen durchgegangen. Sie hat ihnen alles vererbt. Und Ethan ist heute erst bewusst geworden, wie sehr sie sie geliebt hat.“

Alex nickte. „Sie war eine gute Frau.“

Fuck, er würde gleich die Fassung verlieren. Emotionen schnürten ihm den Hals zu. Seine Augen brannten. „Ich muss los.“

Nachdem er das Haus verlassen hatte, ging er zunächst zügigen Schrittes los, dann rannte er. Er nahm sich die harte Lektion zu Herzen, die er heute gelernt hatte. Er würden den Leuten in seinem Leben sagen, dass er sie liebte – und das schloss Ally mit ein. Würde das etwas ändern? Würde sie bleiben, um ein gemeinsames Leben mit ihm aufzubauen?

Zu Hause angekommen, holte er den antiken Verlobungsring aus der Schublade und starrte ihn an. Wollte er eine Zukunft mit Ally, weil er sie wirklich heiraten wollte, oder wollte er nur nicht, dass sie wegging?

Wenn er diesen Ring nicht geerbt hätte, hätte er ihr dann einen Antrag gemacht?

Er schloss die Augen. *Ja.* Er wollte ein Zuhause mit Ally. Eine eigene Familie.

Sein Plan war einfach. Ally sagen, dass er sie liebte. Dann der Antrag.

Alles, was er brauchte, lag vor ihm.

Er musste nur die Hand danach ausstrecken und es sich nehmen.

~ ~ ~

Ethan wollte Ally persönlich sagen, dass er sie liebte, doch er musste warten. Es blieb ihm keine andere Wahl, denn er brach zusammen – eine verspätete Reaktion auf Trauer und Verlust. Drei Tage lang war er ein Wrack und musste sich die Woche frei nehmen. Er hatte nie um seine Eltern getrauert, da er sich nicht an sie erinnern konnte, und ein Teil von ihm hatte gezögert, um Peggy zu trauern. Vielleicht war sein Herz noch nicht bereit dazu gewesen, auch wenn er sich nach ihrem Tod entschlossen hatte, offener zu sein. Jetzt wusste er, wie es sich anfühlte, ein offenes Herz zu haben. Jede Emotion war so viel intensiver.

Heute hatten Zach und er sich wegen des Hausverkaufs mit einem Immobilienmakler getroffen und danach angefangen, es zu räumen. Das hatte geholfen, denn sobald sie fertig waren, hatte Zach eine spontane Gedenkfeier veranstaltet, in der sie ihre Erinnerungen an Peggy geteilt und sich von ihr verabschiedet hatten. Sie hatte keine Trauerfeier gewollt, darum hatten sie sich nie richtig von ihr verabschiedet. Die heutige einfache Zeremonie mit Zach war so viel besser gewesen.

Jetzt fühlte er sich wieder wie er selbst, nur besser. An diesem Abend erschien er im Garner's zur Halloween Kostüm-Party, randvoll mit seiner neu entdeckten Fähigkeit zu lieben. Er war ein bisschen spät dran, da er Thors Hammer zu Hause vergessen und es erst bemerkt hatte, als er schon auf dem Parkplatz war. Ohne den Hammer hätte er ausgesehen wie ein muskulöser Typ mit rotem Cape und blonder Perücke, darum war er zurückgefahren und hatte ihn geholt. Das Kostüm mit den wattierten Brustmuskeln war ärmellos und zeigte, dass er wirklich Muskeln besaß.

„Thor!", riefen die Jungs. Die Frauen waren noch nicht da. Sie standen wahrscheinlich noch vor dem Spiegel.

Er ging zur Bar, hinter der Josh mit einem schwarzen Hut und einer Maske stand. „Wen stellst du denn dar? Zorro?"

„Lone Ranger."

„Ist Clarissa dein Tonto?", feixte Ethan.

Josh antwortete ernst. „Nein, sie ist ein Engel. Das passt zu ihr. Sie ist ein guter Mensch." Josh seufzte. „Wirklich gut."

„Zu gut für dich", scherzte Ethan, der nicht verstand, wo das Problem lag.

„Ja", sagte Josh halbherzig, in Gedanken verloren.

Ethan klopfte auf die Bar und Josh schüttelte den Kopf. „Honigmet bitte, und ich liebe dich, Bruder."

Josh blieb der Mund offen stehen. „Bist du todkrank, Mann?"

„Nein."

Logan, der jüngste der Campbell-Brüder kam an die Bar und versetzte Ethan einen Ellbogenstoß. „Mach Platz, Thor."

„Ich liebe dich, Bruder", sagte Ethan. Er hatte eine Mission. Er wollte, dass jeder seiner Brüder es wusste. Zach, Alex, Josh und Logan hatte er es schon gesagt, fünf waren noch dran und seine kleine Schwester Mad auch.

„Was soll das mit dem Liebesgedöns?", fragte Josh.

„Nimmst du neuerdings Östrogen oder so was?", grinste Logan.

Sarkastische Hunde.

„Darum habe ich den Scheiß bisher nie gesagt", blaffte Ethan. „Ihr könnt mich alle mal. Ich habe meine Lektion mit Peggy gelernt, und jetzt liebe ich jeden einzelnen von euch Deppen. Gewöhnt euch dran."

Die anderen verstummten. Alle wussten, was er

verloren hatte, dann sagte jemand: „Oh Scheiße.“

Dann nahmen sie ihn in die Arme. Einer nach dem anderen klopfte ihm auf den Rücken. Jemand zerzauste seine Perücke. Josh lehnte sich über den Tresen und versetzte ihm einen freundschaftlichen Klaps.

Da wusste er, dass sie seine Liebe erwiderten.

~ ~ ~

Als Ally zur Halloween Party kam, wurde sie von einem seltsamen Anblick begrüßt. Die Jungs hatten Ethan umringt, stießen ihn an und zerzausten seine Perücke, während er grinste und eindeutig der heißeste Thor war, den sie je gesehen hatte – die Filmversionen eingeschlossen.

Sie mischte sich mit den Worten „Ihr seid dem mächtigen Thor nicht gewachsen!“ ins Getümmel.

Die Jungs machten Platz für sie.

„Ally“, sagte Ethan plötzlich ernst und zog sie an seine gepolsterte Brust.

Sie erwiderte seine Umarmung. Sie hatte ihn seit Laurens Hochzeit nicht gesehen und musste zugeben, dass sie ihn vermisst hatte. Lauren hatte ihr bereits erzählt, dass Ethan das Haus seiner Pflegemutter geerbt hatte, und wie schwer es ihn getroffen hatte, darum hatte Ally ihn angerufen, doch das Gespräch war kurz gewesen. Er hatte gesagt, dass er ein wenig Zeit brauche, um zu trauern, doch dass er sich mit ihr ernsthaft von Angesicht zu Angesicht unterhalten wolle. Sie war vorsichtig optimistisch, dass er sagen würde, dass er sie zu ihrem neuen Abenteuer begleiten würde, oder dass er ihr endlich gestand, dass er nicht wollte, dass sie ging. Ihren Job als Lehrerin hatte sie noch nicht gekündigt. Ethans Ankündigung eines Gesprächs hatte sich wichtig genug angehört, um ihre Pläne auf Eis zu legen. Vorübergehend.

Er beugte sich zu ihr vor. „Ich bin froh, dass du da bist“, sagte er in ihr Ohr.

„Ich auch. Bist du okay?" Sie hatte sich keine allzu großen Sorgen um ihn gemacht, da sie wusste, dass er viel Zeit mit Zach verbrachte. Die beiden Brüder stützten sich gegenseitig beim Abschied von ihrer Pflegemutter. Carrie hatte sie auf dem Laufenden gehalten.

Er nickte. „Ja, mir geht's viel besser." Er richtete sich auf und bemerkte zum ersten Mal ihr Kostüm. „Du siehst aus, als gehörst du zu Thor. Was ist das für ein sexy Kostüm?"

Sie strahlte. „Ich bin eine Göttin." Das Kostüm war ein weißes Maxikleid mit hohen Seitenschlitzen, das viel Haut zeigte. Goldene Akzente glitzerten mit einem goldenen Stirnreif, einem goldenen Kropfband, einem goldenen Gürtel und goldenen Armreifen um die Wette.

„Ja, das bist du." Er schob seine langen blonden Haare über seine Schulter, dann nahm er ihre Hand und führte sie in eine ruhige Ecke. Er blieb stehen, nahm ihr Gesicht in beide Hände und blickte ihr tief in die Augen. „Ich liebe dich, Ally."

Sie schlug die Hand vor den Mund und ihre Augen wurden wässrig.

Er zog ihr die Hand vom Mund und hielt sie fest. „Es tut mir leid, dass ich es nicht schon früher gesagt habe, aber etwas in mir hat einfach dichtgemacht. Niemand hat es je zuvor zu mir gesagt, und irgendwie dachte ich, dass ich dessen nicht würdig sei, doch dann habe ich angefangen, es zu anderen zu sagen, und sie haben es erwidert."

„Welche Leute?", platzte sie hervor. „Sagst du das jetzt plötzlich zu jedem?"

„Nein, gar nicht. Ich habe es meinem Dad gesagt, meinen Brüdern, der Familie. Aber dich liebe ich anders als sie." Er verlagerte sein Gewicht, und sein Hammer stieß gegen ihr Bein. „Sorry." Er legte ihn auf den Tresen, von wo Logan ihn aufhob und anfing, Ben damit auf den Kopf zu schlagen.

Ethan drehte sich wieder zu ihr um und nahm beide

Hände in seine. „Ich will nicht, dass du nach L.A. gehst oder nach Maui oder nach Rom. Zumindest nicht mit diesem Filmstar. Ich gehe mit dir überall hin, aber erst einmal möchte ich, dass du bei mir bleibst, denn ich liebe dich." Seine Stimme war rau vor Emotion, so sehr, dass ihr Herz pochte und ihr Tränen in die Augen stiegen. „Ich will ein Leben mit dir aufbauen."

„Eth", presste sie heraus.

Er hob eine Hand, strich ihr sanft die Haare aus dem Gesicht und sah sie fragend an.

„Ja!", rief sie, und wie ein Blitz breitete sich Liebe in ihr aus. Sie warf sich ihm in die Arme und küsste ihn. „Ich liebe dich auch. Ich bleibe. Der Liebe wegen. Für dich."

Er schloss die Augen. „Danke", sagte er leise, dann lächelte er zärtlich und küsste sie. „Bist du dir sicher? Ich will dich nicht zurückhalten."

„Liebe ist mehr wert als jedes VIP-Erste-Klasse-Ticket."

Er schlang seine Arme um sie und küsste sie erneut. Sie erwiderte den Kuss leidenschaftlich mit aller Liebe, die sie in ihrem Herzen hatte. Nichts hatte sich je richtiger angefühlt. Sie hatte sich für die Liebe entschieden und war glücklicher denn je.

„Thor und die Göttin knutschen", johlte jemand. „Mach ein Foto!"

KAPITEL SIEBZEHN

Es war ein glückliches Samstagabend-Happy End Buchclub Meeting in der privaten Lounge des Hotels in der Stadt. Zum ersten Mal seit ihrer Sologamie-Zeremonie hatten sie wieder ein Buchclubtreffen mit Claire. Ally staunte über den Monat, der seit ihrer Hochzeit mit sich selbst vergangen war. Rückblickend hatte sie sich mit genauso viel unreflektierter Begeisterung in die Sologamie gestürzt wie in ihre bisherigen Beziehungen, doch die Sologamie hatte sich als gutes Heilmittel und erster Schritt in die richtige Richtung erwiesen. Sie hatte viel geleistet, Neues, wie zum Beispiel ihr Fitnesstraining, Wandern und Fischen ausprobiert, und war letzten Endes das Risiko eingegangen, einen Mann in ihr Leben zu lassen. Nicht irgendeinen Mann, sondern den besten Mann, der ihr je begegnet war. Ethan hatte nicht ein einziges Mal versucht, sie zurückzuhalten, während sie versucht hatte herauszufinden, was sie wirklich glücklich machte. Er hatte sich als großartiger Unterstützer erwiesen, warmherzig und liebend. Er war besser als jeder Prinz, den sie sich hätte vorstellen können. Sie war sich sicher, dass ihre Freundinnen sie für liebeskrank hielten, doch seit Ethan offen ihre Liebe erwiderte, schwebte sie auf Wolke sieben.

Ally sah sich lächelnd um, froh, dass sie sich nicht von ihnen verabschieden musste. Jetzt, da sie sich entschieden hatte zu bleiben, suchte sie nach einer besseren Karrieremöglichkeit als dem Assistentinnenjob, etwas, worauf sie aufbauen konnte. Sie überlegte immer noch, was das sein könnte. Heute Abend hatten sie vor, *Die Braut des Prinzen* zu diskutieren, ein unglaublich romantisches Märchen, das einmal Allys Lieblingsmärchen gewesen war. Alle trugen das *Dread Pirate Roberts* T-Shirt, das Claire ihnen bei ihrer Hochzeit als Versprechen gegeben hatte, dass sie zurückkommen würde, um mit ihnen über das Buch zu reden und den Film anzusehen.

Doch wie üblich ging die Tagesordnung schnell unter. Die Diskussion fing bei der Braut des Prinzen an, driftete dann jedoch schnell ins Persönliche ab – wie schön Laurens Hochzeit letzten Samstag gewesen war, was wiederum dazu führte, dass Carrie von ihren Plänen mit Hailey und den Leuten vom *Bride Special* Magazin für ihre eigene Hochzeit im Juni erzählte.

„Wenn Sologamie-Zeremonien nur auch so viel Aufmerksamkeit auf sich ziehen würden!", bemerkte Ally. „Dann würden sich so viele Frauen so viel besser fühlen."

Sabrina nickte. „Wenn dir irgendwas dazu einfällt, könnte ich mir vorstellen, das bei meinen Patientinnen einzusetzen, die nicht mit dem Singledasein klarkommen."

„Vielleicht könnte ich Kits zusammenstellen, mit Gelöbnis und einer Kette", überlegte Ally laut.

„Oder mach ein Junggesellinnenabschiedsthema draus", schlug Lauren vor.

Missy schnaubte. „Zum letzten Mal, Frauen wollen Stripper auf ihrem Junggesellinnenabschied."

Sie lachten.

„Bestellt der Frau einen Stripper!", rief Mad, und wieder prusteten sie vor Lachen.

Sobald alle sich beruhigt hatten, kehrte Ally zur Sologamie-Idee zurück. „Glaubt ihr wirklich, dass es einen Markt dafür gibt?", fragte sie mit Hoffnung in den Augen.

„Absolut", nickte Missy. „Ich halte es für eine gute Idee."

„Wow", murmelte Ally. „Ich habe nie wirklich darüber

nachgedacht, aber ich bin auf der Suche nach einer Geschäftsidee."

Hailey beugte sich zu Ally vor, riss die Augen auf und strahlte. Es war nicht ihr Schönheitsköniginnenlächeln, sondern ein echtes, aufgeregtes Lächeln. „Wirklich?"

Ally und ihre Freundinnen tauschten besorgte Blicke aus. Seit Josh und Clarissa vor drei Wochen das erste Mal zusammen aufgetaucht waren, war Hailey ein bisschen … überdreht. Es war das erste Wochenende im November, was bedeutete, dass Haileys Hochzeitsplanungsgeschäft deutlich ruhiger war, doch Hailey hatte noch einen Zahn zugelegt und sich in die Organisation von Events für die Gemeinde gestürzt. Bis jetzt hatte sie eine riesige „kauf lokal"-Aktion für Clover Park organisiert, eine Vorweihnachtswanderung am darauffolgenden Wochenende, einschließlich ungewöhnlicher Weihnachtsdekoration und einem Frühstück mit dem Weihnachtsmann, einem Eisbildhauer, Weihnachtsliedern und Pferdekutschfahrten die Hauptstraße entlang. Dazu ein Künstlermarkt in einem beheizten Zelt und ein Stand mit heißer Schokolade und kandierten Nüssen. Sie hatte weitere Events in Arbeit, irgendeine Weihnachts-Benefizveranstaltung im Ludbury House für die örtliche Essensausgabe und ein Kinderheim sowie etwas Besonderes für die älteren Mitbürger im Ort, das noch in der Planungsphase war. Allein all das zu hören machte Ally müde.

Ally sagte vorsichtig: „Ja, ich würde gerne etwas mit aufbauen."

„Ally!", quietschte Hailey und rutschte auf ihrem Stuhl umher. „Das Sologamie-Ding könnte ein tolles zusätzliches Standbein für mein Geschäft sein! Ich könnte es als Option auf meine Webseite stellen." Sie gestikulierte wild. „Du könntest die Braut und die Brautjungfern durch ihre eigene besondere Zeremonie führen und ihnen helfen, sich als Frau stark und gut zu fühlen. So, wie du es mit uns gemacht hast!" Sie sah ihre Freundinnen beifallheischend an und alle nickten.

Ally dachte darüber nach. Es war eine gute Idee, und sie war sich sicher, dass Hailey, sobald sie nicht mehr so aufgedreht war, eine gute Kollegin sein würde. „Ich will raus aus dem Klassenzimmer. Einfach nur raus und was Tolles machen." Sie lächelte. „Und das hier könnte was *wirklich* Tolles werden."

Hailey hielt es kaum noch auf ihrem Platz. „Ja! Komm und arbeite für mich. Ich brauche bald jemanden. Du kannst meine rechte Hand sein und dich um den Sologamie-Service kümmern. Und bis das Schuljahr vorbei ist, kann ich dir am Wochenende alles beibringen, was du wissen musst. Sobald nächsten August der *Bride Special* Artikel rauskommt, werden die Leitungen glühen. Dann brauche ich dich Vollzeit. Das ist perfekt!"

Ally strahlte. „O mein Gott, das ist perfekt. Ich *liebe* die Idee!"

Hailey und Ally sprangen gleichzeitig auf und fielen einander in die Arme.

„Was soll die ganze Umarmerei?", fragte eine vertraute Männerstimme.

Ally zuckte zusammen. Sie ließ Hailey los und sah, dass er direkt auf sie zukam. Die anderen Jungs folgten ihm.

Claire stand auf. „Ich habe die Jungs auf ein paar Drinks hierher eingeladen. Ich weiß, dass ihr normalerweise nach dem Buchclubtreffen einen trinken geht, darum dachte ich, wir könnten es hierher verlegen, damit ich mitmachen kann. Ich hoffe, das ist okay für euch." Sie quietschte, als ihr Mann sie von hinten umarmte, doch dann entspannte sie sich und ließ sich von ihm küssen.

„Absolut", war die übereinstimmende Meinung – zumindest derer, deren Ehemänner und Verlobte gekommen waren. Die Singlefrauen beäugten die Singlemänner, die zur Bar hinüber gingen, wo Marcus und Josh sofort anfingen, Drinks zu mixen. Marcus hatte seine eigene Bar, *The Burrow*, ein beliebter Laden in Manhattan.

Zum Glück hatte Josh seine neue Freundin nicht mitgebracht, sonst wäre Haileys Stimmung vielleicht von aufgedreht zu manisch umgeschlagen, und wer weiß, was sie dann zu planen angefangen hätte? Vielleicht einen bundesstaatsweiten Tanzmarathon oder eine Oben-ohne-Singlemännerauktion. Letzteres könnte sogar recht amüsant sein. Ally lächelte vor sich hin und schmiedete ihrerseits bereits Pläne. Die Geschäftsidee passte definitiv gut zu ihr.

Ally berichtete Ethan davon, nachdem er sie zur Begrüßung geküsst hatte. „Ich habe eine fantastische Arbeitsgelegenheit! Ich werde mit Hailey arbeiten, bei den Hochzeitsplanungen helfen und Sologamiezeremonien anbieten, damit sich alle glücklich und unabhängig fühlen können."

Er schenkte ihr ein seltenes strahlendes Lächeln, das sein Gesicht aufleuchten ließ. „Schön. Ich liebe die Idee und ich liebe dich." Er war jetzt so offen, was seine Gefühle anging, dass ihr Herz aufbrach und Liebe herausquoll.

Sie schmolz. Ihre Knie wurden weich, und sie strahlte ihn mit einem verklärten Lächeln an. „Oh, Eth! Ich liebe dich auch."

Er legte seine Hände auf ihre Hüften. „Vielleicht wirst du eines Tages eine Hochzeit für uns planen."

„Du meinst, du willst …?"

„Das werde ich." Er ließ den Blick über die laute Menge schweifen und sah sie wieder an. „Aber nicht hier. Ich will es richtig machen. Hättest du so was gerne eines Tages mit mir? Ich meine, etwas von Dauer?"

Sie nickte glücklich. „Das würde mir gefallen."

Er verflocht seine Finger mit ihren, hob ihre Hand und küsste sie. „Mir auch. Ich glaube, ich kann dich gar nicht mehr lieben als jetzt in diesem Moment."

„Awww", seufzte Ally, deren Herz vor Glück bald platzen wollte. „Ich dich auch!"

„Schon wieder dieses liebeskranke Geturtel, Eth? Kannst du auch mal damit aufhören?" Ben knuffte Ethan in die Seite, doch der grinste nur.

Missy trat neben Ally. „Hey, lass sie in Ruhe", sagte sie zu Ben. „Wenn sie turteln wollen, dann sollen sie das auch tun." Sie lächelte.

Ben starrte Missy an. „Kenne ich dich?"

Missy verdrehte die Augen. „Wir haben vor vier Monaten zusammen Billard gespielt." Als Ben sie verwirrt ansah, fuhr sie fort. „In Marcus' Bar? Die Party, die Hailey geplant hatte. Klingeln da keine Glocken?"

Ben runzelte die Stirn. „Wir haben Billard gespielt."

„Ja, im selben Team." Als er sie immer noch irritiert ansah, fügte sie hinzu: „Ich könnte mich jetzt nicht *weniger* geschmeichelt fühlen."

Ben lachte. „Tut mir leid." Er musterte sie einen Moment lang. „Warte, hast du nicht rote Haare gehabt?"

„Ja, normalerweise ist mein Haar rot, aber ich habe es dunkelbraun gefärbt. Mein Gesicht hat sich allerdings nicht verändert."

„An Gesichter erinnere ich mich nie", feixte er, und seine blauen Augen glitzerten schelmisch. Er blickte an ihrem Körper hinab, dann sah er ihr in die Augen und schenkte ihr sein übliches charmantes Lächeln, bei dem seine Grübchen sichtbar wurden. „Ich erinnere mich an dich! Missy Higgins." Er reichte ihr die Hand. „Ben Wright."

„Mir brauchst du dich nicht vorzustellen. Ich erinnere mich an dich." Sie lachte trocken und ging. Bens Blick folgte ihr.

Ally musste ein Lächeln unterdrücken. Ben hatte sie heute Abend definitiv auf dem falschen Fuß erwischt.

„Das hat gesessen", schmunzelte Ethan.

„Oh, halt die Klappe, Turteltäubchen." Damit verschwand Ben zu den anderen.

Ally schüttelte lächelnd den Kopf.

Ethan hob ihren Kopf und blickte ihr liebevoll in die Augen. „Single zu sein, ist gar nicht so schlimm, doch mit seiner ewigen Liebe zusammen zu sein, ist so viel besser.“

Sie schluckte. Die Worte „ewige Liebe“ von diesem toughen, einst schwer zu lesenden Mann zu hören, traf direkt in ihr Herz. „Eth, ich fang gleich an zu heulen.“

Er hob sie hoch. „Ich will den Rest meines Lebens damit verbringen, dich glücklich zu machen.“

„Ich mache mich glücklich. Und du mich auch. Doppelt so viel Glück. Wir sind Turteltäubchen, nicht wahr?“

„Ich liebe es.“

„Ich auch.“

Er setzte sie ab und ließ seine Hände auf ihrer Taille liegen, bevor er sich zu ihrem Ohr hinunter beugte. „Ich möchte mit dir allein sein. Können wir nicht ein bisschen früher gehen?“

Sie legte die Hand in seinen Nacken und zog ihn zu sich heran. „Ja. Absolut. Auf der Stelle.“

Er schmunzelte.

Sie schmunzelte ebenfalls.

Sie drehten sich um und winkten ihren Freunden an der Bar zu. „Viel Spaß noch, Leute!“, rief Ally.

„Wir müssen morgen früh raus“, sagte Ethan und führte sie schnell in Richtung Tür.

Dort angekommen, rannten sie los, Hand in Hand, denn sie konnten es kaum erwarten, einander zu spüren.

Epilog

Vier Wochen später genoss Ethan sein erstes Thanksgiving mit Ally und ihrer Familie. Später würden sie zum Dessert zu den Campbells gehen. Er hatte sich Zachs Rat zu Herzen genommen, Allys Familie kennenzulernen, auch wenn er normalerweise anderer Leute Familien mied, da er sich fehl am Platz fühlte. Doch Zach kannte sich mit Werbungs- und Hochzeitsritualen aus, und es hatte für ihn funktioniert, darum wollte Ethan es genauso richtig machen.

Allys Vater, Brian, war ein großer, untersetzter Mann mit tiefer, polternder Stimme, der seine vier Töchter über alles liebte. Ally hatte drei ältere Schwestern, zwei blond, eine brünett, die alle schon verheiratet waren und Kinder hatten. Er war ihren Eltern schon zuvor begegnet, doch das war das erste Mal, dass er den Rest ihrer Familie sah. Ihre Schwestern waren viel ernster und maßvoller im Vergleich zu der ansteckenden Lebenslust und Begeisterungsfähigkeit seiner Ally. Ihre Mutter Susa war süß und lebhaft wie Ally und liebte ihre sechs Enkelkinder im Alter zwischen neun Monaten und zwölf Jahren über alles. Auch Allys Schwager waren okay.

Das Essen war köstlich – die Frauen hatten alles selbst zubereitet. Er war ins Wohnzimmer geschickt worden, um dort mit den anderen Männern ein Footballspiel anzusehen. Allys Vater bot ihm den Platz auf dem Sofa neben seinem Fernsehsessel an und verbrachte jede Werbepause damit, Ethan über seine Familie auszufragen, darüber, was er in seiner Freizeit tat und welche Sportteams er mochte. Ethan war schon zuvor ein paar mal zum Abendessen da gewesen, doch da hatten sich die Fragen im Wesentlichen auf seine Arbeit beschränkt. Dass er jedoch zum Thanksgivingdinner gekommen war, musste Allys Dad bewusst gemacht haben, wie ernst es Ethan mit ihr war. Er musste alle Fragen richtig beantwortet haben, denn kurz nachdem er erklärt hatte, dass er ein eingefleischter Patriots-Fan war, stand Brian auf und holte ihm ein Bier.

Allys Schwestern beäugten ihn während des Essens neugierig über den Tisch hinweg, hielten sich jedoch mit Fragen zurück, da sie die allgemeine Unterhaltung nicht stören wollten. Die Kinder hatten einen eigenen Tisch im Wohnzimmer – abgesehen vom Baby natürlich, das in einem Hochstuhl neben seinen Eltern saß. Sie konnten die Kinder nicht sehen, doch sobald sie mit dem Essen fertig waren, konnten sie sie hören. Allys Mutter ging ins Wohnzimmer und kurz darauf verstummten die Kinder. Als sie zurückkehrte, erklärte sie, dass sie den Film *Buddy, der Weihnachtself* für sie eingeschaltet hatte und alle zufrieden vor dem Fernseher saßen. Dann wandte sie sich direkt an Ethan.

„Ethan, wir haben eine Tradition vor der Nachspeise. Jeder am Tisch berichtet vom Besten, was ihm oder ihr das Jahr über passiert ist. Es erinnert uns alle daran, dankbar zu sein. Möchtest du anfangen?"

„Oh, ich will niemandem ins Gehege kommen." Er wandte sich Ally zu. „Mach du zuerst."

Ally lächelte und erklärte stolz: „Dass ich mich selbst geheiratet habe."

Ihre Schwestern lachten, alle anderen sahen sie verwirrt an. Ally erklärte schnell das Konzept der Selbstliebe dahinter.

„Was machst du dann mit ihm?", sagte ihr Dad schmunzelnd.

Ally lächelte. „Erst einmal musste ich mich an erste

Stelle setzen, um mit mir selbst zufrieden zu sein, bevor ich mich jemandem geben konnte."

„Was meinst du mit *dich jemandem geben?*", knurrte ihr Vater.

Ihre Schwestern kicherten, ihre Schwager schwiegen, wahrscheinlich aus Sympathie für Ethans Platz auf dem heißen Stuhl.

Ethan räusperte sich. Vielleicht war das der Augenblick, auf den er gewartet hatte.

„Was glaubst du wohl, was das heißt?", antwortete Ally ruhig. „Ich liebe ihn. Ich lasse mich jetzt von mir scheiden."

Ethan legte eine Hand auf ihr Bein. „Nein, tu das nicht. Ich weiß, wie viel diese Sologamie-Zeremonie dir bedeutet hat. Ich möchte, dass du weiter an erster Stelle stehst." Er blickte in ihre schönen blauen Augen. „Halte daran fest, und ich will dich genauso an erste Stelle setzen."

„Oh, Eth."

„Ich liebe dich", sagte er, und es machte ihm nichts aus, es vor neugierigen Zeugen auszusprechen.

Sie beugte sich zu ihm vor und lächelte. „Ich liebe dich auch."

Er küsste sie zärtlich, dann stand er auf und bemerkte die neugierigen Mienen. „Das Beste, was mir dieses Jahr passiert ist, ist, dass Ally in mein Leben getreten ist."

„Awww", seufzten die Frauen.

„Du für mich auch", rief Ally. „Ich hätte das auch sagen sollen. Mich selbst zu heiraten und dich. Ich meine, nicht dich zu heiraten, aber dich zu haben … Ich meine … nicht so! Du weißt schon—"

„Hey, ich bin noch immer dran", sagte er augenzwinkernd. Er wusste, wie sehr sie ihn liebte, und zweifelte nicht an der wichtigen Rolle, die er in ihrem Leben spielte. Sie waren einander sicher und voller Dankbarkeit für die Liebe, die sie teilten. „Aber genau genommen wird das Beste, was mir dieses Jahr passiert ist, jetzt gleich passieren."

Er ging auf die andere Seite von Allys Stuhl, da er dort

etwas mehr Platz hatte. Er zog den Ring aus seiner Tasche, ging auf ein Knie und hielt den Ring zu ihr hoch.

Ihre Schwestern keuchten und tuschelten, bis ihre Mutter sie zur Ruhe rief.

„O mein Gott, Ethan", hauchte Ally. Sie blickte ihn mit großen Augen und roten Wangen an.

Er ergriff ihre Hand. „Der Ring ist antik. Es war der Ring meiner Mutter, der vor ihr ihrer Schwiegermutter gehört hat. Er steht für meine Familiengeschichte, sozusagen. Ich möchte, dass er dir gehört."

Ally quietschte und nickte mit Tränen in den Augen.

Er steckte ihr den Ring an den Finger. „Willst du mich heiraten?"

„Ja!" Sie packte seinen Kopf und küsste ihn.

Ihre Familie jubelte, und alle standen auf, doch all das verschwamm im Hintergrund. Er stand auf und zog Ally in seine Arme. Tränen brannten auch in seinen Augen, und seine Brust wollte vor Glück fast platzen. Er liebte sie so sehr.

Als jemand ihm die Hand auf den Rücken legte, blickte er über seine Schulter.

„Willkommen in unserer Familie!", sagte Allys Mutter, und dann waren plötzlich alle da und umarmten sie und gratulierten dem Paar.

Ihr Vater holte sogar eine Flasche Champagner aus dem Kühlschrank. „Den habe ich für einen besonderen Anlass aufgehoben", sagte er und reichte ihn Ethan. „Mach du ihn auf."

„Danke", sagte Ethan, und als er den Korken knallen ließ, jubelte die ganze Familie.

Sobald alle wieder am Tisch saßen und ein Glas Champagner vor sich hatten, sprach ihr Vater einen Toast aus. „Mögen Ally und Ethan ihr Leben lang glücklich miteinander sein. Ich kann sehen, wie glücklich Ally jetzt schon ist, und auch wenn wir Ethan noch nicht lange kennen, weiß ich, dass er ein guter Mann ist und sich wunderbar in unsere Familie einfügen wird. Herzlichen Glückwunsch, ihr zwei." Er hob sein Glas. „Auf Ethan und Ally." Seine Stimme überschlug sich am Ende, und eine Träne rollte dem großen Mann über die Wange.

Ethan wandte schnell den Blick ab und sah, dass Ally, ihre Mom und alle ihre Schwestern leise weinten. Gott, in dieser Familie würde es schwer sein, weiter ein Stoiker zu bleiben. Alle stießen miteinander an und tranken auf Ally und Ethan.

Dann bat Allys Mutter alle anderen von ihrem glücklichsten Erlebnis des Jahres zu berichten, doch alle waren sich einig. „Ethans Heiratsantrag zu sehen." Als er es vom Dritten hörte, konnte auch Ethan die Tränen nicht mehr zurückhalten. Ally rieb seinen Rücken und schmiegte ihren Kopf an seine Schulter.

Bald aßen alle Nachtisch – eine Auswahl selbstgebackener Kuchen, angefangen bei Kürbis-, über Pekan- bis hin zu Apfelkuchen mit Vanilleeis und Schlagsahne. Ethan aß gerade sein zweites Stück Kürbiskuchen, als Allys Mutter ihn überraschte.

„Ich habe eine Frage an Ethan und Ally", begann sie unschuldig. „Wollt ihr mal Kinder haben?"

Ethan schluckte und sah Ally an, die hochrot im Gesicht protestierte: „Mom!"

„Was?", fragte sie und hob eine Hand. „Ist nur eine Frage."

Ally ergriff Ethans Hand und hielt sie fest. „Wir haben uns gerade verlobt, setz uns bitte nicht gleich unter Druck."

„Unsinn", sagte ihre Mutter. „Ich setze doch niemanden unter Druck." Sie sah Ethan an. „Ich bin nur neugierig."

„Darüber haben wir noch nicht gesprochen", sagte Ally und warf ihm einen Blick zu. „Können wir jetzt das Thema wechseln?"

Alle schwiegen.

Ally beugte sich zu ihm hinüber und flüsterte ihm ins

Ohr. „Tut mir leid.“

Er lächelte und legte die Hand an ihre Wange, während er ihr verliebt in die Augen sah. „Macht mir nichts aus.“ Er wollte Kinder, doch er verstand, dass sie darüber lieber unter vier Augen mit ihm reden wollte.

Ally sah ihn eindringlich an. „Wirklich?“

Er küsste sie. „Wirklich.“

„Siehst du, es macht ihm nichts aus“, bemerkte ihre Mutter.

Ally blickte an die Decke. „Gahh!“

„Wir können ein andermal darüber reden“, sagte Ethan zu Allys Mutter.

Ihre Mutter musste zwischen den Zeilen gelesen haben, denn sie strahlte ihn an und wandte sich Allys Vater zu, der kurz nickte, bevor die Konversation wieder ihren Lauf nahm.

Der Ring war ein bisschen zu groß für Ally, doch sie versicherte ihm, dass man ihn leicht kleiner machen lassen konnte.

Er konnte es kaum erwarten, seiner Familie von ihrer Verlobung zu erzählen.

Auf der Fahrt zum Haus der Campbells begann Ally bereits, ihre Hochzeit zu planen. Sie wollte eine fröhliche Party, die ein bisschen „unkonventionell“ war, wie sie es ausdrückte. Unkonventionell wie seine Braut. Er war bereit, allem seinen Segen zu geben. Draußen? Absolut. Mit Piñata? Warum nicht. Kuchenbuffet? Selbstverständlich. Der erste Tanz auf einer Tanzfläche, auf der Konfettikanonen Konfetti auf sie herunterregnen ließen? Sicher. Das einzige, was ihm wichtig war, war, ihre Liebe offiziell zu machen. Er sprach das Thema Kinder nicht an, da er sie nicht unter Druck setzen wollte. Sie war jünger als er, und er wollte, dass sie den Moment der Verlobung in vollen Zügen genoss.

Im Campbell-Haus angekommen, stellte er sich vor den Fernseher, vor dem alle saßen und ein Footballspiel ansahen, und verkündete: „Ally und ich haben uns verlobt."

Ally hielt strahlend die Hand mit dem Ring in die Höhe.

„Herzlichen Glückwunsch", sagte sein Dad, und alle anderen sprangen auf und gratulierten ihm.

„Der nächste, der unterm Pantoffel steht", feixte Ben.

Ethan stieß ihn mit der Schulter an. „Du bist der nächste, Mr. Wright."

„Niemals. Ich bin niemandes Mr. Right."

„Damit hat er wohl recht", bemerkte Josh und alle lachten.

Er setzte sich auf einen freien Sessel, zog Ally auf seinen Schoß und schlang die Arme um sie. „Wirst du Mrs. Case sein oder Ms. Bloom?", flüsterte er in ihr Ohr.

Sie drehte sich um und lächelte. „Ich werde Mrs. Case, wenn du mir einen Braten in die Röhre schiebst."

Tränen stiegen in seine Augen, und er musste schlucken. Er war so froh, dass sie dasselbe wollte. Er hatte es gehofft, war sich jedoch bis zu diesem Moment nicht sicher gewesen. „Ich will das so gerne. Ich will wilde Kinder, die wandern und campen und fischen–"

„Du willst Mini Park Rangers. Ha! Was, wenn wir Mädchen haben?"

„Warum sollte es mit Mädchen anders sein?"

„Was, wenn sie sich verkleiden und Teepartys veranstalten wollen? So war ich."

Er dachte darüber nach. „Kein Problem, solange die Teepartys draußen stattfinden."

Sie lachte und schmiegte sich an ihn. Er inhalierte den sanften, blumigen Duft der Frau, die er liebte, mit einem vollen, offenen Herzen, endlich vollkommen zufrieden.

~ ~ ~

Liebe LeserInnen,

Ob die Sache zwischen Josh und Clarissa wohl von Dauer sein wird? Wird Hailey mit ihren Plänen alle in den Wahnsinn treiben? Werden die beiden die Aufregung ihres Geplänkels vermissen? Wir dürfen gespannt sein. Ben Wright mag im Moment nicht Missys Mr. Right sein, doch das Schicksal hat vielleicht andere Pläne. Haben Sie Lust auf eine exklusive Vorschau auf mein nächstes Buch? Melden Sie sich einfach für meinen Newsletter an und erhalten sie Vorschauen, Auszüge und Geschenke, exklusiv für Abonnenten. Als nächstes kommt die Geschichte von Ben und Missy *Schicksalsbegegnungen*, Buch 7 der Happy End Buchclub Reihe. Schließen Sie sich dem Club an und finden Sie Ihr Happy End!

Schicksalsbegegnungen (Happy End Buchclub #7)
Spielt das Schicksal etwa den Kuppler?

Missy Higgins ist nicht auf der Suche nach einem Mann, doch egal, wo sie hingeht, der sexy Ben Wright ist auch da. Ein harmloser Flirt, nicht mehr — bis Ben kurz vor ihrem furchtbaren Ex auf dem Weihnachtsbasar auftaucht und sie rettet, indem er sich als ihr Freund ausgibt und sie küsst, bis ihr die Knie weich werden.

Wahnsinn.

Und doch besteht sie darauf, dass es eine einmalige Sache war.

Doch als Ben wieder auftaucht, als sie gefeuert wird, und er ihr einen Job anbietet, den sie so dringend braucht, muss sie sich fragen, ob das Schicksal ihr vielleicht etwas sagen will. Zum Beispiel — pfeif auf professionelle Grenzen, gib einer unkontrollierbaren Lust nach und lass einen Mann in dein Herz. Wie kann sie sich dem Schicksal widersetzen, wenn Ben unwiderstehlich ist?

Abonniere meinen Newsletter & verpasse keine meiner Neuerscheinungen: *Kyliegilmore.com/DEnewsletter*

Weitere Bücher von Kylie Gilmore

Die Clover Park Reihe
The Opposite of Wild (Buch 1)
Daisy Does It All (Buch 2)
Bad Taste in Men (Buch 3)
Kissing Santa (Buch 4)
Restless Harmony (Buch 5)
Not My Romeo (Buch 6)
Rev Me Up (Buch 7)
An Ambitious Engagement (Buch 8)
Clutch Player (Buch 9)
A Tempting Friendship (Buch 10)
Clover Park Bride (A Clover Park Short)

Die Clover Park STUDS Reihe
Almost Over It (Buch 1)
Almost Married (Buch 2)
Almost Fate (Buch 3)
Almost in Love (Buch 4)
Almost Romance (Buch 5)
Almost Hitched (Buch 6)

Happy End Buchclub Reihe
Hollywood Inkognito (Buch 1)
Gefahr im Anzug (Buch 2)
Gefährliches Spiel (Buch 3)
Förmliche Vereinbarung (Buch 4)
Wenn der Bad Boy keiner ist (Buch 5)
Ein Störenfried zum Verlieben (Buch 6)
Schicksalsbegegnungen (Buch 7)

Über die Autorin

Kylie Gilmore ist die *USA Today* Bestsellerautorin der Happy End Buchclub Reihe, der Clover Park Reihe und der Clover Park STUDS Reihe. Sie schreibt unterhaltsame zärtliche Romanzen mit einer gesunden Prise Humor.

Kylie lebt mit ihrer Familie, zwei Katzen und einem verrückten Hund in New York. Wenn sie nicht gerade schreibt, Kinder bändigt oder bei Autorenkonferenzen pflichtbewusst Notizen macht, findet man sie beim Stretching – bis ganz nach oben ins oberste Regal, um dort ihren geheimen Schokoladenvorrat zu erreichen.